T0204117

Cabo Trafalgar

Arturo Pérez-Reverte nació en Cartagena, España, en 1951. Fue reportero de guerra durante veintiún años, en los que cubrió siete guerras civiles en África, América y Europa para los diarios y la televisión. Con más de veinte millones de lectores en todo el mundo, traducido a cuarenta idiomas, muchas de sus novelas han sido llevadas al cine y la televisión. Hoy comparte su vida entre la literatura, el mar y la navegación. Es miembro de la Real Academia Española.

Para más información, visita la página web del autor:
www.perezreverte.com

También puedes seguir a Arturo Pérez-Reverte en Facebook y Twitter:
 Arturo Pérez-Reverte
 @perezreverte

Biblioteca

ARTURO PÉREZ-REVERTE

Cabo Trafalgar

DEBOLS!LLO

Papel certificado por el Forest Stewardship Council®

MIXTO
Papel procedente de
fuentes responsables
FSC® C117695

Penguin
Random House
Grupo Editorial

Primera edición en Debolsillo: mayo de 2015
Décima reimpresión: junio de 2022

Printed in Spain – Impreso en España

ISBN: 978-84-9062-660-3
Depósito legal: B-9.212-2015

Impreso en Novoprint
Sant Andreu de la Barca (Barcelona)

P 62660 C

«Llenamos los buques de una porción de ancianos, de achacosos, de enfermos e inútiles para la mar.»

J. Mazarredo. *Nota sobre el estado de la Marina*

«Esta escuadra hará vestir de luto a la Nación en caso de un combate, labrando la afrenta del que tenga la desventura de mandarla.»

A. Escaño. *Informe de la escuadra del Mediterráneo*

«Habiéndose ya retirado o quedado muertos cuantos tenían destino en la toldilla, alcázar y castillo, desde el general hasta el guardiamarina que custodiaba la bandera, quedando sólo el comandante sobre el alcázar hasta que cayó herido de un astillazo en la cabeza.»

Parte de campaña del navío *Santísima Trinidad*

«La terrible carnicería y el estado de los navíos apresados prueban el encarnizamiento con que se batieron. Se conviene que el fuego de los franceses fue más vivo al principio, pero los españoles mostraron más firmeza y valor hasta el fin que sus aliados (…) Su coraje nos inspira el mayor respeto, y la humanidad con que han tratado a los prisioneros y náufragos ingleses es superior a todo elogio.»

Gaceta inglesa de Gibraltar, 9-XI-1805

«*Cuando yo esperaba encontrar a estas gentes (los ingleses) llenas de orgullo e insoportables por su victoria, las he visto más bien al contrario, rindiendo los mayores agasajos a nuestros oficiales prisioneros y hablando de ellos con el mayor entusiasmo.*»

Carta de Gibraltar al comandante de San Roque

«*Los legajos que he visto en Marina, estremecen; si el combate pude vivirlo por el conjunto de unas líneas, lo que pasó después por las covachuelas de Madrid, lo alcancé también a vivir con tristeza. Por una parte, ascensos a quienes no habían asistido a la jornada —alguno incluso a capitán general—, por otra, denegaciones de pensiones a huérfanos y a viudas de quienes habían salido a la mar y a la muerte con docenas de pagas atrasadas, en navíos que, para no desmerecer de la concurrencia francesa, habían pintado sus comandantes, ya que no de su faltriquera, empeñándose.*»

J. Guillén. Prólogo a *Trafalgar*, de E. Lon Romero

«*Ha fallecido ayer, de miseria y vejez, el capitán de navío don Pedro Núñez (comandante de la batería del alcázar del navío San Agustín en Trafalgar), a cuya viuda se le ha mandado librar la paga mortuoria, por no quedarles nada que vender después de su postrera enfermedad, ni humano recurso para su entierro y funerales, y con infinidad de acreedores, dimanado del enorme retraso de pagas tan notorio, representado a Su Majestad tantas veces como ha sido desatendido.*»

Archivos de Marina. El Ferrol

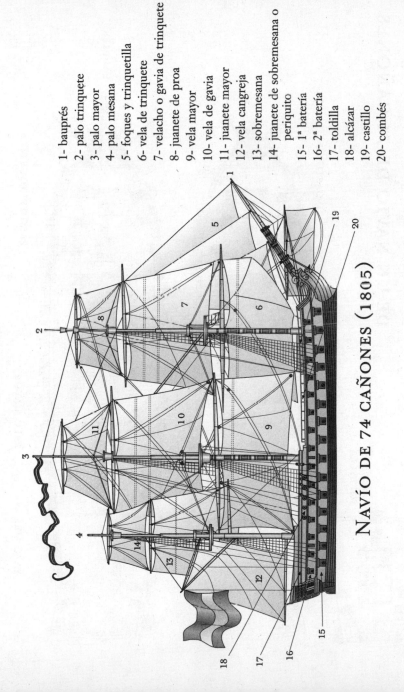

NAVÍO DE 74 CAÑONES (1805)

1- bauprés
2- palo trinquete
3- palo mayor
4- palo mesana
5- foques y trinquetilla
6- vela de trinquete
7- velacho o gavia de trinquete
8- juanete de proa
9- vela mayor
10- vela de gavia
11- juanete mayor
12- vela cangreja
13- sobremesana
14- juanete de sobremesana o periquito
15- 1ª batería
16- 2ª batería
17- toldilla
18- alcázar
19- castillo
20- combés

Cubierta a vista de pájaro de un navío de 74 cañones

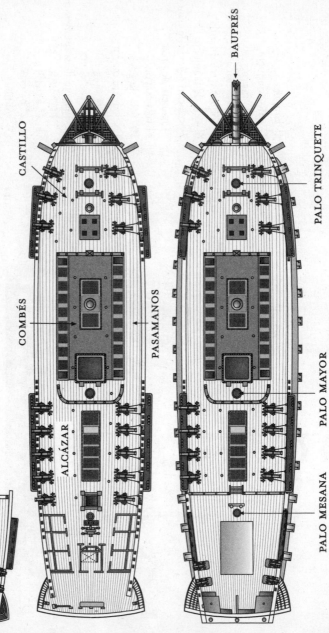

TOLDILLA

ALCÁZAR

COMBÉS

PASAMANOS

CASTILLO

BAUPRÉS

PALO TRINQUETE

PALO MAYOR

PALO MESANA

CUBIERTAS DE LA 1ª Y 2ª BATERÍA DE UN NAVÍO DE 74 CAÑONES

1ª BATERÍA (INFERIOR)

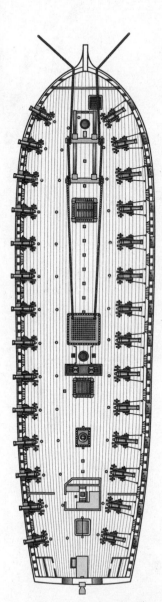

2ª BATERÍA (MEDIA)

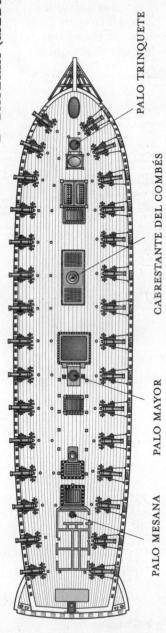

PALO TRINQUETE

CABRESTANTE DEL COMBÉS

PALO MAYOR

PALO MESANA

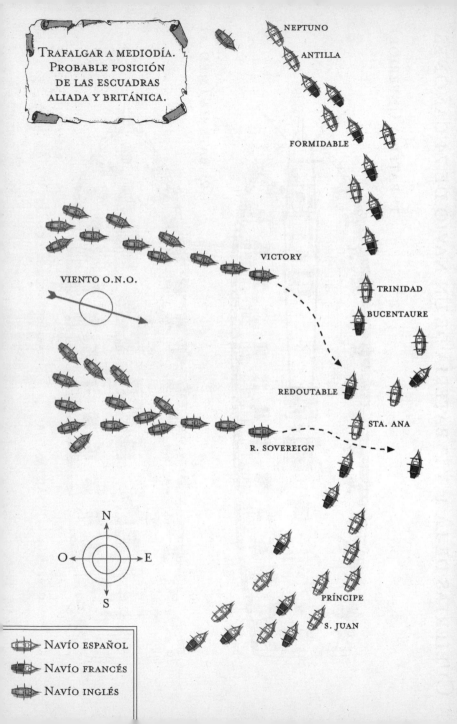

TRAFALGAR A MEDIODÍA.
PROBABLE POSICIÓN
DE LAS ESCUADRAS
ALIADA Y BRITÁNICA.

NEPTUNO

ANTILLA

FORMIDABLE

VICTORY

VIENTO O.N.O.

TRINIDAD

BUCENTAURE

REDOUTABLE

STA. ANA

R. SOVEREIGN

N

O — E

S

PRÍNCIPE

S. JUAN

NAVÍO ESPAÑOL

NAVÍO FRANCÉS

NAVÍO INGLÉS

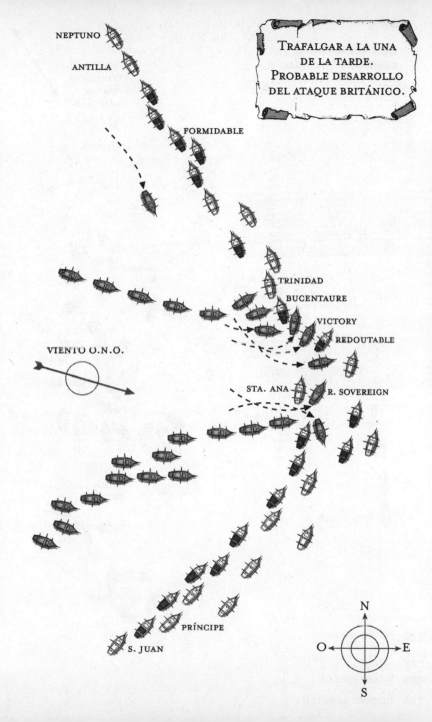

NEPTUNO

ANTILLA

FORMIDABLE

TRAFALGAR A LA UNA
DE LA TARDE.
PROBABLE DESARROLLO
DEL ATAQUE BRITÁNICO.

TRINIDAD

BUCENTAURE

VICTORY

REDOUTABLE

VIENTO O.N.O.

STA. ANA

R. SOVEREIGN

PRÍNCIPE

S. JUAN

N
O — E
S

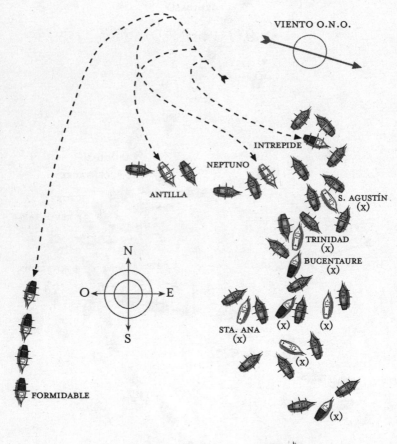

ÚLTIMOS MOMENTOS DEL COMBATE DE TRAFALGAR.

DIRECCIÓN DE RETIRADA DE GRAVINA HACIA CÁDIZ

VIENTO O.N.O.

INTREPIDE

NEPTUNO

ANTILLA

S. AGUSTÍN (x)

TRINIDAD (x)

BUCENTAURE (x)

N

O — E

S

STA. ANA (x)

(x)   (x)

(x)

FORMIDABLE

(x)

S. JUAN

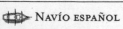

➤ NAVÍO ESPAÑOL

➤ NAVÍO FRANCÉS

➤ NAVÍO INGLÉS

(x)   BUQUES RENDIDOS

Cabo Trafalgar

A Juan Marsé

1

La balandra *Incertain*

El teniente de navío Louis Quelennec, de la Marina Imperial francesa, está a punto de figurar en los libros de Historia y en este relato, pero no lo sabe. De lo contrario, sus primeras palabras al amanecer el 29 de vendimiario del año XIV, o sea, el 21 de octubre de 1805, habrían sido otras.

—Hijos de la gran puta.

La cubierta mojada de la *Incertain* se balancea bajo sus pies en la marejadilla, unas treinta millas al sudoeste de Cádiz. Poco más o menos. Comparada con la que va a caer de aquí a nada, la *Incertain* es una piltrafa náutica: una balandra de dieciséis cañones. Los ingleses la llaman cúter: cortador. Pero ya se sabe que los ingleses siempre fueron en exceso tajantes para sus cosas. Mejor balandra. Y encima, volviendo a lo de los cañones que artilla Quelennec, a su balandra, o cúter, o como se diga, la han aligerado de cuatro para que navegue más veloz. Aun así, la embarcación parece arrastrarse entre la niebla que gotea humedad por la jarcia y los puños de las velas. Cric, croc. Crujiendo al balancearse de banda a banda, como si gimieran sus cuadernas doloridas. Apenas hay viento, y sólo una brisa leve hincha a ratos las lonas que cuelgan como ropa sucia del palo y los estays, o agita la bandera mercante portuguesa izada en el pico de cangreja. La pirula de la bandera es normal. En el mar todos juegan sucio y mienten como bellacos.

—Hijos de la gran puta —repite el comandante.

Lo repite en francés, naturalmente. Fils de la grande putain, o algo así. Pero se le entiende. El timonel y el piloto, que están detrás, junto a la bitácora, se miran sin decir ni pío. El ayudante del piloto, que también está cerca, no se entera de nada porque es español. Como era de esperar, se llama Manolo y es bajito, moreno, con una sola ceja negra. De Conil de la Frontera, por más señas. Provincia de Cádiz, o sea, de allí mismo. Por eso lo han embarcado de ayudante sin preguntarle lo que opina al respecto. Por la cara. Manuel Correjuevos Sánchez, patrón de pesca, contrabandista, padre de familia. Lo típico. Para los gabachos, Manoló Coguegüevós. Cada vez que oye a uno de éstos llamarlo por su apellido, al ayudante del piloto le sienta como una patada en los mismos.

—Llámeme Manolo zi no le importa. Mezié.

Lo que no parece claro para el piloto ni para el timonel es a quién se refiere el comandante Quelennec cuando jura en arameo. El piloto, que se llama Kieffer, piensa tal vez que el comandante alude a quienes le ordenan estar allí a tales horas, en el centro de aquella niebla matutina en la que no se ve más allá del propio carajo. En cuanto al timonel, que en el año I de la República fue un jacobino distinguido por su celo revolucionario, quizá se incline a pensar que su comandante se refiere a los cagatintas de los despachos del Ministerio de Marina en París, a los aristócratas camuflados y a los emboscados que no saben del mar sino que en él flotan barcos y hace olas, e incluso al almirante Villeneuve y a su peripuesta plana mayor de la maldita escuadra combinada, de la que la *Incertain* constituye instrumento de exploración y minúsculo apéndice. Aunque el comandante puede referirse también a los aliados españoles, esos oficiales de marina aristócratas (a España le iría de perlas una guillotina, opina), susceptibles y arrogantes, que con muchas cortesías y pase usted primero, señor, faltaría más, señor, llevan semanas tocándoles a todos las pelotas.

—Jodía niebla —dice el timonel para congraciarse con el comandante. En francés, claro. Algo así como salope de brouille, o algo por el estilo.

—Cierra el pico, mon garsón —ordena el piloto.

Por muy jacobino que haya sido, el timonel se mete la lengua en el ojete. Una cosa es tirar al agua oficiales maniatados, en Brest, el año I de la República, y otra tener encima a tipos duros como Kieffer y Quelennec en el año I del Imperio. El ayudante español del piloto, que no chamulla ni peñazo de guiri pero ha adivinado el sentido del diálogo, se rasca una ceja. O la ceja. Si a bordo de un barco español a alguien se le ocurriera dirigirse al comandante sin que éste le pregunte o sin pedirle permiso, con el paquete que le metían iba a estarse jiñando de allí al apostadero de La Habana, Cuba. Justo al final de los alisios, pasadas las Azores, según se llega a mano derecha. A estribor.

En realidad el comandante Quelennec piensa en la escuadra inglesa. Lo han mandado a la mar para encontrarla como si tal cosa, vaya y búsquela y vuelva para contárnoslo, chaval; y la balandra lleva toda la noche navegando en zigzag, bordo para arriba, bordo para abajo, viendo a veces luces a lo lejos pero sin dar con ella, pese a que se estima que los cabrones de la pérfida Albión andan cerca, como una flota fantasma entre la niebla. Al menos eso señaló ayer por banderas el navío *Achille*, asegurando haber visto por lo menos dieciocho barcos enemigos al sudoeste de Cádiz. Resumiendo: la cosa consiste en echar un vistazo, contar palos y velas, y luego virar de bordo con mucha prisa y largar todo el trapo antes de que las fragatas o las corbetas, que son los cazadores de la escuadra británica, le echen a uno el guante y lo envíen al fondo a cañonazos; o lo que es peor, le hagan arriar la bandera y termine podrido en un pontón del Támesis, contándose los chinches. Reconocimiento visual o descubierta, llaman a eso las ordenanzas navales. Toca joderse, lo llaman los interesados. Cada uno habla en la Marina según le va.

—Parece que hay algo devant, mon capitain.

Quelennec también ha oído el grito del vigía de proa que le repite Kieffer, de modo que el guardiamarina Galopin, que viene con el aviso, se cruza ya al comandante a la altura del bote, en la mediana, cuando aquél recorre a largas zancadas la cubierta resbaladiza de humedad. Antes de moverse ha tenido tiempo de oír a Kieffer interrogar a su ayudante español, quesquiliá ahí alant y todo eso, mon amí Coguegüevós, de la mer o de la tege comme les pomes de tege, viendo a éste torcer negativamente la cabeza antes de escupir un gargajo negro de tabaco, garps, a sotavento de la brisa antes de responder que ná de ná, mezié (en boca del piloto, lo de mezié suena siempre a coña marinera, y posiblemente lo sea). Allí no hay otra coza que guater, o zea, agüita de la fuente: Juan Vela, Hazte Afuera y el baho de la Ascitera ehtán a levante cuatro legua. ¿Compranpá? Aun así, o tal vez precisamente por eso, Quelennec siente un hormigueo de acojono cuando rodea la bomba de achique, pasa bajo el palo mayor y sigue camino barco adelante. Miedo. Canguelo. La trouille, dicen en su pueblo, que se llama Quiberon. No, ojo, a que de pronto le peguen un sartenazo de treinta y seis cañones a bocajarro (que son gajes del oficio), sino a meter la pata. A que la escuadra inglesa con gallardetes y con gaiteros tocando *Hearts of Oak*, y con toda esa chorrada de Britania cabalgando las olas y demás, le desfile por las napias, entre la niebla, sin que él la huela siquiera. Miedo a volver a la escuadra combinada haciendo el ridículo, y que los aliados espagnoles se le choteen en la cara, juas, juas, y que el almirante Villeneuve, ese perro estirado, inseguro y esnob, le vuelva la espalda sin dirigirle la palabra. Miedo a que el teniente de navío Louis Quelennec vea esfumarse la posibilidad de cualquier ascenso, y que el mando de los navíos de línea de setenta y cuatro cañones con los que sueña cualquier oficial de marina comme il faut se lo den a los niños bonitos, a los enchufados y a los suertudos, y él se vea a cargo de una miscrable balandra de dieciséis para el resto de sus días.

En fin. Eso es lo que tiene en la cabeza el comandante de la *Incertain* mientras se dirige a proa. Y al pasar junto a los cañones, cargados, firmes en sus trincas y asomando por las portas, comprueba que las mechas humean, que los baldes están listos y las balas limpias, engrasadas y dispuestas en las chilleras. Para ir más ligera en su misión de reconocimiento, además de dejar en Cádiz dos piezas de 6 libras y otras dos de 8, la dotación de la balandra se ha visto reducida a setenta y ocho fulanos tras desembarcar a algunos artilleros, cuatro enfermos de sífilis y uno de gonorrea, el sargento y los diecisiete fusileros de infantería de marina que figuran en el rol de a bordo. Grande poutade, por cierto. O como se diga. Quelennec habría preferido tenerlo todo y a todos allí, los sifilíticos y el de la gonorrea incluidos; pero a menos peso más rapidez. Más espidigonzález, como dicen en Gibraltar. Y lo que se le exige si se topa con los malos no es que combata, sino que ponga pies en polvorosa. Que ice cuanto trapo pueda, y corra como quien se quita avispas del culo.

Algunos hombres de la guardia de estribor hacen grupos mirando hacia la cortina de niebla; uno se ha encaramado por fuera de la mesa de guarnición, agarrándose a los obenques, y Quelennec le ordena en voz baja al primer contramaestre Tête-de-Mort que haga retirarse de allí a aquel subnormal antes de que se caiga al agua. Luego sigue camino, oyendo al otro increpar al marinero, decirle cretín, idiot y todo lo demás como pronuncian los franceses esas cosas, con mucho acento circunflejo y la boca pequeñita y redonda; todo lo contrario de los groseros suboficiales españoles, que animan a su chusma mentándole a la madre, te quitas de ahí, tontolpijo, o te arranco los huevos y me hago un llavero. Y así les va. El caso es que Quelennec sigue camino hasta la proa, donde el serviola está sentado a horcajadas sobre el palo macho del bauprés.

—Creí ver algo, mon capitain.

—¿Algo?… ¿Qué algo?

—Yenesepá.

Quelennec se apoya en el cabillero y pone toda su atención en la masa gris que la proa de la *Incertain* hiende. Nada. Ni una silueta, ni un ruido salvo el de la roda que bajo sus pies corta suavemente el agua. La bruma clarea un poco a cuatro cuartas por la amura de babor. También la brisa refresca, y la lona de los foques gualdrapea cada vez menos. Amurada a estribor, la *Incertain* lleva izados el foque, el petifoque y la enorme cangreja; y en la gavia del único palo el velacho se encuentra aferrado pero listo para soltarlo con rapidez, por si hay que largarse cagando leches. Quelennec se hurga la nariz y levanta la vista a la cofa, oscilante sesenta pies sobre su cabeza y apenas visible entre la bruma. No se atreve a gritarle al otro vigía que está arriba, con toda aquella niebla alrededor que cualquiera sabe lo que esconde; así que manda por los obenques al guardiamarina Galopin, que tiene catorce años y trepa como un simio. Un momento después Galopin se desliza de nuevo abajo por el estay de la trinqueta, para llegar antes, y comunica que desde arriba se ve menos que por el culo de un muerto. Eso dice: el culo de un muerto. Le cul d'un palmé. Incluso para la Marina francesa post-revolucionaria, imperial desde hace media hora, la expresión es demasiado libre. En otro momento, Quelennec habría reconvenido con dureza al joven Galopin, quesquesesá, monanfant de la patrí, demasiado suelto de una lengua que tarde o temprano le traerá problemas si vive lo suficiente para tenerlos; pero este amanecer otras cosas le ocupan la cabeza.

Por algún lugar entre la *Incertain* y tierra navega una escuadra combinada francoespañola de treinta y tres navíos de línea, cinco fragatas y dos bergantines, esperando que la balandra regrese con su informe, y lo cierto es que lo del culo del muerto no es mala comparación. La vieja idea vuelve a preocuparlo. Podrían estar navegando por mitad de la flota inglesa, haciendo el cimbel y sin enterarse de nada.

—Hijos de puta —repite entre dientes.

—Nespá culpa nuestra, mon capitain —protesta el vigía de proa, creyéndose incluido en el paquete—. No se ve una auténtique merde con esta niebla.

—Ne te hé parlé a tuá, Berjouan. Métete en tus afaires.

El vigía se calla, gruñendo por lo bajini. Quelennec, que no necesita las Ordenanzas Navales para manejar a sus hombres, lo deja refunfuñar tranquilo. La brisa sigue refrescando, comprueba con alivio. No es supersticioso, pero silba un poquito para darle ánimos al viento. Fiu, fiu, fiu. El vigía lo mira de reojo, pero a Quelennec le importa un nabo. Más ridículo sería arañar las burdas, como hacen los ingleses, o rezar y persignarse como los españoles, que hasta para tomar un rizo a las velas enrolan a Dios y le rezan a San Apapucio y al copón de Bullas. Así que pasa un ratito más haciendo fiu, fiu. Lo justo, calcula, para que levante un poco aquella bazofia gris, se hinchen las lonas y él pueda cumplir con su obligación y con la Patrie, echando un vistazo decente audesús de la melé. Que ya va siendo hora.

—Está refrescando, mon capitain.

Es cierto. La brisa se hace más fresquita, entablándose de poniente cuarta al noroeste, y la niebla empieza a moverse en jirones ante la proa. Ahora las velas pintan en todo lo suyo, tirando de los garruchos que las sujetan a los estays; las escotas se tensan y el avance de la balandra se hace más perceptible y firme.

—Hay quelquechose devant —insiste el vigía.

Quelennec entorna los párpados, escudriñando la niebla, el oído atento. A veces se vuelve a observar de soslayo al marinero, que sigue mirando entre la cortina gris, impasible. No está allí por casualidad. Berjouan es el mejor vigía de a bordo, y se diría que tiene un sexto sentido para este tipo de cosas. Una vez, a la vuelta del Canadá y a unas cien millas del cabo Farewell, descubrió un iceberg entre la niebla a dos cables de distancia. «Témpano», dijo (no era muy parlanchín, el jodío), y a todos se les paró el corazón mientras el timonel metía la caña a una banda y la *Incertain* pasaba rozando aquel monstruo blanco. Berjouan había olido el hielo, con un par, del mismo modo que a Quelennec le gustaría que hoy oliera a los ingleses.

—Vualá —dice el vigía.

Que se me caiga a pedazos, se dice Quelennec, si no tiene razón este oncle. La brisa sigue refrescando y se lleva la niebla, y entre los claros que se abren en la cortina gris empiezan a definirse luces doradas y sombras. Hay una nube extensa y muy baja que recibe la luz por arriba y se mantiene oscura por abajo; y a medida que la balandra avanza ciñendo la brisa por la amura de estribor y se abren más claros, la parte blanca de la nube parece fragmentarse en formas trapezoidales, en docenas de cuadrados de tamaños diversos que un sol invisible a este lado de la niebla ilumina desde atrás. Entonces la *Incertain* avanza un poco más, la brisa se vuelve viento, y la extraña nube se fragmenta ante los ojos de Quelennec no ya en decenas, sino en centenares de trapecios y triángulos que no son otra cosa que velas. El grito del otro vigía suena alarmado arriba, en la cofa, justo cuando el de proa se queda tieso, incapaz como su comandante de articular palabra, viendo cómo la parte baja y oscura de la nube se multiplica, se convierte en innumerables cascos de buques con franjas negras, amarillas y ocres, una escuadra inmensa, navíos de línea de dos y tres puentes que navegan con rumbo sursudoeste y el viento de través, todas las velas desplegadas, flanqueados por las fragatas de observación que se mueven en torno, como perros guardianes de un peligroso rebaño.

—Hijos de puta —confirma al fin Quelennec, cuando recupera el habla.

Está inmóvil, los ojos muy abiertos. Nunca había visto tantos barcos enemigos juntos en su húmeda vida. Y habría seguido así vaya usted a saber cuánto tiempo, si en ese momento no hubiese aparecido un resplandor en el flanco de la fragata más cercana: un fogonazo silencioso cuyo estampido llega un momento más tarde, a la vez que el desgarrador crujido de una bala de cañón pasa haciendo raaaaca por encima de la *Incertain* y va a perderse detrás, donde aún persiste la niebla.

—¡Cuéntalos, Berjouan!… ¡A virar!… ¡Todos a virar!

Para entonces Quelennec ya se dirige a popa procurando no correr, gritando esas y otras órdenes, mientras los marineros acuden a las brazas, los gavieros trepan por los flechastes, los artilleros se agrupan junto a sus cañones, y el teniente de fragata De Montety, segundo de a bordo, asoma la cara soñolienta y desconcertada por el tambucho.

—¡Preparés pour largar le velaché!... ¡En cuanto vire!

Un segundo fogonazo de la fragata, y luego un tercero procedente de uno de los navíos grandes que se encuentran más próximos, a menos de media milla, envían dos nuevas balas que hacen rugir el aire junto al palo de la *Incertain*. Raaaaca. Raaaaca.

—Hihosdelagranputa.

Esta vez el comentario viene, obviamente, de Manoló Coguegüevós, el piloto español, mientras se agacha tras el timonel. Uno de los cañonazos casi le ha hecho la raya en medio del pelo antes de caer por la aleta, levantando una columna de agua.

—¡Izad nuestra drapeau! —vocifera Quelennec.

El guardiamarina Galopin arría la inútil bandera mercante portuguesa, que apenas les ha concedido tres minutos de cuartelillo, e iza en su lugar el pabellón tricolor: Liberté, egalité, etceteré. De Montety, en mangas de camisa y quitándose las legañas con una uña, ya está en su puesto junto a la bitácora y grita órdenes de maniobra. El primero y el segundo contramaestres azuzan a los hombres en cubierta, y el jefe artillero Peyreguy apresta la batería de babor. Hay prisa y nervios; pero los hombres llevan año y medio navegando juntos, y Quelennec sabe que todos conocen su oficio. De un vistazo calcula rumbo, viento y distancias, comprueba que ya hay gente en la banda de babor, y que a estribor todos están atentos para tirar y amarrar después de la virada.

—Allonsanfán —le dice a De Montety.

El segundo asiente y empieza a dar órdenes. Quelennec manda al timonel que orce a la banda, y mientras éste gana velocidad metiendo adentro la caña, ordena largar las escotas de los foques y acuartelar botavara. El siguiente cañonazo de la fragata, que orza de modo inquietante y empieza a virar también hacia ellos, cae al mar, corto esta vez, cuando la *Incertain* ya se encuentra en plena virada por avante, el viento abierto casi tres cuartas por la nueva amura, los foques flameando sobre el bauprés y los marineros a punto de cazar escotas a la otra banda.

—¡Diles aurevoir, Peyreguy! —le grita Quelennec al jefe artillero—… ¡Una andanada por el emperador!

Peyreguy se toca el gorro con un saludo vagamente marcial, comprueba que tres de los seis cañones de babor ya están listos, se agacha tras el cascabel de uno cerrando un ojo para apuntar, le quita de las manos el botafuego al jefe de la pieza, sopla la mecha, espera a que la cubierta suba con el siguiente balanceo, y aplica la brasa al oído del cañón. Bumb-raaas. No se ve dónde cae la bala, pero al menos el cañonazo indica que la balandra está dispuesta a escaquearse con la dignidad adecuada. La fragata inglesa, más lenta de maniobra con sus tres palos y todas las velas cuadras desplegadas, se va quedando primero por el través y luego hacia la aleta, con la lona dando zapatazos mientras busca el viento de la otra banda para iniciar la caza. Aún les da la popa cuando, bum-raas, bum-raaas, los otros cinco cañones de babor de la *Incertain* disparan a su vez, levantando remolinos de humo negro en la cubierta y penachos de agua junto al inglés.

—Largad el velaché y la escandalosé —le dice Quelennec a su segundo.

La fragata inglesa ya queda por la popa, y la balandra arriba proa al nordeste, alejándose. Mientras los hombres amarran a sotavento la maniobra de foques y botavara, los gavieros terminan de desplegar la gran vela cuadrada, que se extiende con restallar de lona al mismo tiempo que, abajo, los de cubierta bracean las vergas y trincan escotas y brazas. Raaaaca. El siguiente cebollazo de la fragata inglesa, que todavía se encuentra a media virada, abre un agujero en el velacho, haciendo agachar las cabezas allá arriba a los gavieros que ahora trabajan en desplegar la escandalosa. Apenas abierta, la vela triangular atrapa el viento y hace escorar más la balandra. Quelennec, de pie en la popa, las manos en los bolsillos del casacón, consciente de la ojeada furtiva que le dirigen el piloto, el timonel y Manoló Coguegüevós, observa con fingida indiferencia la majestuosa escuadra británica que navega impasible, manteniendo el rumbo sursudoeste como si la escaramuza de su escolta con aquel inoportuno barquito no la afectara en lo más mínimo. Luego piensa que ojalá Berjouan haya contado bien el número de barcos, sin meter la gamba. Por si acaso, se vuelve hacia el guardiamarina Galopin y le ordena que apunte cuántos navíos de tres y dos puentes pueden verse, antes de que los pierdan de vista. Luego calcula mentalmente círculos, cuadrados y triángulos, catetos e hipotenusas: los movimientos de la fragata perseguidora, que justo ahora termina de virar, y los de otra que, algo más al norte, también parece querer unirse a la caza. La muy cochina. Pero la *Incertain* es rápida, y Quelennec se tranquiliza al sentirla navegar veloz y a todo trapo entre los últimos jirones de niebla, la botavara de la gran vela cangreja bien abierta, la afilada roda macheteando el mar, y todo eso al extremo de una estela de espuma blanca, larga y recta, en busca de la escuadra francoespañola. Con la noticia de que sir Horacio Nelson acude puntual a la cita.

2

El navío *Antilla*

El capitán de navío don Carlos de la Rocha y Oquendo, cincuenta y dos años de vida y treinta y ocho de mar a las espaldas, comandante del navío de línea de setenta y cuatro cañones *Antilla*, es justo, seco e inflexible. También es hombre religioso, de rosario en el bolsillo y misa diaria cuando se encuentra en tierra, aunque sin llegar a la categoría de meapilas. A bordo, el hombre más poderoso después de Dios. O según se mire, más que Dios. Resumiendo: Dios.

«Nos van a escabechar», se dice.

Así interpreta el panorama.

El comandante cierra el catalejo con un chasquido y mueve desalentado la cabeza mientras pasea la vista por la línea y piensa: Virgen del Rosario. A esas alturas, aquello sólo puede llamarse línea haciendo un esfuerzo de buena voluntad, porque hay un desorden increíble. Con varios navíos sotaventeados o retrasados en sus puestos, aunque razonablemente juntos, la escuadra francoespañola navega con rumbo sur con poco viento, recibiéndolo por estribor. Flojo oeste cuarta al noroeste. Las cinco fragatas, los dos bergantines y la balandra (todos franceses) situados fuera de la línea de combate mantienen una actividad frenética explorando la formación inglesa o repitiendo las órdenes e indicaciones del almirante Villeneuve, que se encuentra hacia la mitad de la línea, a bordo de su buque insignia. Treinta y tres velas enemigas al oeste, dicen las banderas de señales. Pero no hacen maldita falta las banderas ni las señales ni la madre que las parió, porque en el horizonte, con la primera luz de la mañana, se distingue ya a simple vista la masa enorme de velas inglesas preparándose para la batalla, a barlovento. Y en los combates navales, en principio, quien tiene el barlovento decide cuándo, dónde y cómo romperle al adversario los cuernos. Si puede. Y esos hijoputas son los mejores marinos del mundo. Luego pueden.

—Veintisiete navíos de línea… Cuatro fragatas… Una goleta… Una balandra… Agrupándose sin orden.

La voz del guardiamarina Ortiz, que apunta con otro catalejo hacia las banderas de señales, suena un poquito excitada en el silencio de la toldilla, traduciendo los informes de los exploradores: lo justo para que no sea necesario llamarle la atención al chaval. Al fin y al cabo el guardiamarina, que es el mayor de los tres que hay a bordo, tiene dieciocho años, y el que más y el que menos ha pasado por ahí. Carlos de la Rocha mira a su segundo comandante, el capitán de fragata Jacinto Fatás, que le devuelve la mirada sin decir ni pío. Fatás es un aragonés callado; de los que han ascendido según el principio de que en boca cerrada no entran moscas. Además, él y Rocha llevan tiempo navegando juntos y saben ahorrar palabras inútiles. Comprenden los nervios del chico, y los de cada cual. También saben de sobra la que les viene encima desde que hace dos días levaron de Cádiz. O desde antes. Desde que el almirante gabacho incumplió las órdenes de Napoleón y se dejó encerrar allí como un pardillo, dando tiempo a que llegara Nelson y se agruparan los ingleses. El Villeneuve de los cojones. Y al final, enterándose de que iba a ser relevado en el mando, decidió salir a la mar, tarde y mal.

—Señal del buque insignia —sigue informando el guardiamarina—. Reformar la línea... Mantener rumbo sur estribor amuras, orden natural... Distancia de un cable.

El segundo se inclina sobre el antepecho de la toldilla y da las órdenes pertinentes, esto y aquello, bracear por sotavento trinquete y velacho, cazar trinquete, etcétera, y la cubierta del *Antilla* se llena de hombres ocupando sus puestos en las brazas, rumor de pies descalzos a la carrera de aquí para allá, marineros trepando por la jarcia alquitranada entre gritos y pitidos de silbatos de los contramaestres y guardianes. A ver esa escota, inútiles. Amarrad las brazas de una puñetera vez. Subid ahí antes de que os muerda la nuez. Lo de siempre. Huesos dislocados, manos despellejadas, caras de desconcierto y pánico de proa a popa. Un caos que pone la carne de gallina, pues de los ochocientos dieciocho hombres (seiscientos sesenta y ocho de tripulación y ciento cincuenta de refuerzo, entre artilleros, marineros, grumetes y fusileros de infantería de marina) que debían constituir hoy la dotación de combate, faltan a bordo cincuenta y seis, que se dice pronto. Y encima, las dos terceras partes de lo que se ha logrado embarcar in extremis rebañando mucho, aparte soldados y artilleros de tierra sin costumbre de mar, es gente de leva, chusma reclutada a la fuerza un par de semanas antes en Cádiz y alrededores: pastores, mendigos, campesinos, presidiarios, borrachos, gentuza de los barrios bajos, a quienes hubo que llevar a bordo a culatazos, bajo la amenaza de las bayonetas de los piquetes de reclutamiento, y que ahora, harapientos, mareados, aterrorizados, vomitan por todas partes, resbalan en cubierta y en los obenques, gritan de miedo cuando se les obliga a subir a los palos a rebencazos, se hacinan en rebaños asustados por el balanceo del barco y la presencia de las velas enemigas. Tampoco es que el origen de los marineros enemigos sea otro; pero largas campañas, una disciplina terrible y compensaciones de presa adecuadas han ido transformando a la gentuza inglesa en buenos gavieros y artilleros. En cuanto a los reclutas del *Antilla*, aún no han tenido tiempo de aprender que, a bordo, el marinero de ley guarda una mano para sí y otra para el rey. En los dos días que lleva en la mar, y antes de dispararse un cañonazo, el navío ha perdido ya a cinco de estos infelices, sin contar lesionados: uno caído al agua cuando soltaban rizos durante la noche, tres estrellados en cubierta al resbalar en los marchapiés de las vergas (el último cayó hace poco más de una hora, amaneciendo, desde ciento veinticuatro pies de altura, sobre el alcázar mojado por el relente y a cuatro pasos del comandante. Aaaahhh, dijo. Chof, hizo luego, y la cabeza se le abrió como una sandía). Al quinto, un campesino recién casado a quien los de la recluta arrancaron de los brazos de su mujer al día siguiente de la boda, hubo que matarlo a tiros anoche, cuando se volvió loco y agredió con un chuzo de abordaje a un teniente de la segunda batería. Hay que joderse.

—Fatás.

—Susórdenes, mi comandante.

—Cuando acabe esta mierda de maniobra, forme a esos desgraciados en el alcázar.

El segundo se toca un pico del sombrero con cuatro dedos y sigue atento a lo suyo mientras Rocha se acerca a la banda de estribor y se apoya en una de las cuatro carronadas inglesas de 28 libras que hay en la toldilla (*Carron Iron Company*, dice el cuño de fundición), y echa un vistazo a la línea de batalla. Poco a poco, arrastrándose muy despacio a impulsos del viento flojo y entorpecidos por la marejada, los treinta y tres navíos de la escuadra combinada, descompuesta durante la noche, intentan ocupar sus respectivos puestos de combate en la línea que se extiende en forma de arco, entre diez y doce millas al noroeste del cabo Trafalgar: unos largando todo el trapo para ocupar su sitio, otros poniendo velas en facha para dejarles hueco suficiente, con los sotaventeados esforzándose en ganar barlovento y mantener su lugar en la formación. La bruma de la mañana ha desaparecido, y la luz permite ahora abarcar casi toda la extensión de la línea: la escuadra de observación delante, al sur, con el teniente general Gravina y su *Príncipe de Asturias* junto al contralmirante francés Magon y su *Algesiras* y otros diez navíos españoles y franceses, la mayor parte de setenta y cuatro cañones. Entre los barcos del centro (los catorce que componen el cuerpo fuerte o segunda escuadra) se distingue bien el casco negro del *Santa Ana*, que artilla ciento veinte, mandado por el teniente general Álava; y algo más cerca, navegando muy juntos, el *Bucentaure*, de ochenta, donde el almirante Villeneuve enarbola la insignia de jefe de la escuadra combinada, y el majestuoso *Santísima Trinidad* (bajo el mando del jefe de escuadra Cisneros y su capitán de bandera, Uriarte), orgullo de la Marina española, construido en La Habana, único navío del mundo de cuatro puentes y ciento treinta y seis cañones, con su imponente casco pintado a franjas rojas y negras en vez de las amarillas y negras reglamentarias que luce la mayor parte de los navíos españoles: palos amarillos, cámaras en porcelana y azul, castillo y entrepuentes en olivo y tierra roja para disimular las salpicaduras de sangre en el combate.

—Una cosa discreta, sufrida, fashion —sugirió en su momento el ministro de turno—. Para que nuestros chicos no se desmoralicen cuando los escabechen y sigan gritando viva España y todo eso.

Sería demasiado pedir, sabe bien el comandante Rocha, que tales barcos, reconocidos por aliados y enemigos como excelentes, construidos con maderas españolas y americanas en buenos astilleros, tuvieran una tripulación a su altura. No estaríamos hablando de la vieja y maltratada España, donde la antigua política del marqués de la Ensenada, que la elevó al rango de potencia naval, hace mucho que se fue a tomar por saco en manos de una sucesión de ministros que más parecían trabajar para el enemigo a puro golpe de libra esterlina (y en algún caso así era, en efecto) que para sus compatriotas. A esto había que añadir el estado de cosas habitual: corrupción en todas partes, oficiales expertos pero desmotivados y sin cobrar sus pagas, marineros esclavizados sin preparación y sin incentivos, obligados a servir durante media vida sin otro futuro que la muerte, la mutilación, la mendicidad y una vejez miserable. Eso a diferencia de los franceses, con su patriotismo fresco, el Imperio recién estrenado, le-jour-degluar-estarrivé y toda la parafernalia, derecho al dinero de las presas y sueldos puntuales; o de los ingleses, profesionales entrenados (ninguno de sus oficiales puede mandar embarcaciones de más de veinte cañones hasta haberse comido diez años de mar, tenga el mérito o el favor que tenga) que cobran una pasta si capturan presas, ascienden hasta capitán por méritos distinguidos, y a partir de ahí suben por rigurosa antigüedad por muchas batallas que ganen; o sea, justo al contrario que los españoles, que ascienden a capitán por escalafón y a almirante por enchufe. Y encima, aquí, de postre (concluye amargamente Rocha), tenemos un rey abúlico e incapaz, una reina más puta que María Martillo, y su amante, Godoy, príncipe de la Paz, el niño bonito de Madrid, el héroe de la guerra de las Naranjas, jefe máximo de las fuerzas navales y de las otras, lamiéndole un día sí y otro también el ciruelo a Napoleón con los tratados de San Ildefonso.

—Con permiso, señor comandante —dice el guardiamarina Ortiz—. Señales del *Formidable*.

Carlos de la Rocha echa un vistazo hacia las banderas que suben a las vergas del buque insignia del almirante Dumanoir, que manda los siete navíos de la división de retaguardia, o tercera escuadra, entre los que navega el *Antilla*. El franchute es un setenta y cuatro cañones que se encuentra a unos dos tercios del final de la línea, entre el español *San Agustín*, que aunque pertenece a otra división se ha quedado un poco retrasado y a sotavento, y el francés *Mont-Blanc*, que fuerza velas para ocupar su puesto a proa del *Formidable*. Delante, desordenados, navegan los franceses *Duguay-Trouin* y *Héros*, y el español *San Francisco de Asís*. Detrás, el decrépito tres puentes español *Rayo* (abuelo de la escuadra), más a barlovento y muy retrasado como siempre, arriba forzado de vela para ocupar su puesto en la línea. Le siguen el *Intrépide*, el *Scipion* (dos setenta y cuatro franceses) y el *Antilla*, que es el penúltimo de la fila. Siguiendo sus aguas y cubierto de lona hasta las perillas de los topes ya sólo navega el español *Neptuno*, de ochenta cañones, mandado por un viejo amigo del comandante Rocha: el brigadier Cayetano Valdés. Otro buen amigo, el brigadier Cosme Churruca, debe de estar a esas horas ocupando su lugar justo en la otra punta, en cabeza de la línea, con su *San Juan Nepomuceno*. Los tres, como sus compañeros, se han hecho a la mar debiéndoles seis pagas atrasadas, que tal vez alguno no llegue a cobrar nunca. Cosas de la Marina. Glorias de España.

Más banderas en el *Formidable*. El joven Ortiz aplica el catalejo. A ese capullo de Dumanoir, piensa el comandante, le encanta que sepan quién manda en la retaguardia.

—Ocupar orden natural... Respetar distancia de un cable.

—No te jode, el madelón —dice bajito alguien, por detrás.

El comandante se vuelve y toda la plana mayor (segundo comandante Fatás, segundo oficial Oroquieta, tercer oficial Maqua, alférez de navío Grandall, alférez de fragata Cebrián, primer piloto Linares y guardiamarinas

Ortiz, Falcó y Vidal) pone cara de no haber sido. De cualquier modo, tienen razón. El contralmirante Dumanoir podía haberle ahorrado trabajo a su oficial de señales. El *Bucentaure*, buque insignia del almirante Villeneuve, que se ve muy bien desde allí, ha hecho ya esa señal cinco mil veces, las fragatas la han repetido y la ha visto todo el mundo, y hasta el último tontolculo de la escuadra, ingleses incluidos, sabe de sobra que la distancia ordenada por el almirante aliado es de un cable, o sea, ciento veinte brazas, y que lo ortodoxo sería navegar todos en línea, uno detrás de otro como los enanitos del bosque: aibó, aibó, y tal. Pero es evidente que con el viento flojo y la marejada y el desorden aún no resuelto de la noche, la cosa es peliaguda, aunque cada uno hace lo que puede. El mismo Dumanoir ha caído un poco a sotavento, detalle que complace a Rocha, y su *Formidable*, intentando ceñir entre continuos braceos de vergas, no hace una estampa precisamente formidable ni de coña.

—El *Formidable* repite la orden, señor comandante.

Rocha no traga a Dumanoir. Hasta con las banderas de señales es parlanchín y arrogante, el tío. En realidad el comandante del *Antilla*, como la mayor parte de sus compañeros, no soporta a los colegas franceses impuestos por la alianza con Napoleón. A quienes de verdad admira es a los cabrones de los ingleses, con su profesionalidad, su patriotismo, su fría eficacia y sus tripulaciones disciplinadas y mortíferas a la hora de manejar la artillería, que los hace superiores a todas las marinas del mundo. Al inglés, a la mujer y al viento, dice el proverbio, con mucho tiento. Pero así son las cosas. En cuanto a la escuadra combinada, el carácter aristocrático de los jefes y oficiales de la Marina española (todos son chicos de más o menos buena familia), su conciencia de clase y sus maneras, contrastan con la rudeza y la arrogancia populachera de sus aliados, salidos de las filas de la marinería revolucionaria. Allí, a los oficiales de Luis XVI, de origen tan desahogadillo como los españoles, se los pasaron concienzudamente por la piedra en los primeros momentos de la Revolución, con la guillotina haciendo chas, chas, chas; y hasta que Napoleón se hizo emperador y amariconó un poco el escalafón, los ascensos no fueron por antigüedad sino por echarle pelotas a los abordajes y repartir luego, además de los botines de las presas, el conveniente número de palmadas en la espalda a sus muchachos, en plan o-la-lá, Gastón, mon amí, viva la egalité y la fraternité y todo eso. Uí. Al comandante Rocha, que es más bien clásico y apoya su mando en el respeto reverencial, el temor de Dios y la Real Ordenanza de 1802, toda esa chusmosa murga gabacha le da náuseas; pero reconoce que, gracias a ella, y a diferencia de la mayor parte de los marinos y marineros españoles, los aliados tienen la convicción de estarse partiendo el morro por su patria, como los ingleses; y lo mismo que ellos, o más, aprecian a sus comandantes y suelen estar dispuestos a seguirlos al infierno, a poco bien que lo hagan. Que lo hacen. Ahí está el caso del pequeño Lucas, del *Redoutable*, que con su metro cincuenta de estatura es el capitán más bajito de la Marina imperial gabacha, pero tiene unos huevos que no le caben en la toldilla. Lucas es de los que opinan que las tácticas navales no tienen otro objeto que abarloar el barco con otro enemigo, cañoneándose a quemarropa hasta que uno de los dos arríe bandera, se hunda o se vaya a tomar por saco; de modo que, consecuente con la idea, se ha pasado todo el tiempo de espera en Cádiz adiestrando a su gente para el abordaje, pagándoles de su bolsillo rondas de vino, aguardiente y putas para premiar a los mejores a la hora de manejar alfanjes y chuzos, disparar mosquetes desde las cofas o arrojar garfios de abordaje, granadas y frascos de pólvora, con el resultado de que hasta el último grumete del *Redoutable* se haría despellejar vivo a una orden de su baranda. Y cuando estás en la mar y vuelan balas y astillas, con la metralla barriéndolo todo y un dos puentes enemigo paño a paño, arrimándote candela, esas cosas tienen su puntito.

—Con su permiso, mi comandante —dice Fatás—. La gente está reunida en el alcázar.

Carlos de la Rocha asiente, se toca el espadín dorado que lleva al cinto y comprueba con disimulo que los zurcidos de sus viejas medias apenas se ven. Nunca usa botas en los combates, desde que en la batalla de San Vicente (hace ya ocho años, madre santa) lo hirió una esquirla de metralla y el cirujano tuvo que cortárselas para curarlo. Las botas cuestan un ojo de la cara.

—Vamos a leerles la cartilla —suspira.

Desde lo alto de la escala de estribor de la toldilla, con el grueso palo de mesana crujiendo a la espalda por la tensión de velas y obenques, Rocha dirige un vistazo hacia proa. Los hombres están agrupados por brigadas y ranchos, con cierto orden dentro de lo que cabe, cubriendo toda la cubierta del alcázar y los cinco pies de anchura de cada pasamanos a uno y otro lado del foso del combés, hasta el castillo de proa, con los artilleros encaramados en las mesas de guarnición y en las cureñas de los cañones aún batiportados y firmes en sus trincas. Hasta los vigías de las cofas se inclinan hacia cubierta, atentos, sujetos a la obencadura. A trechos, entre los desharrapados reclutas vestidos con ropas de tierra, ponen una apariencia relativa de disciplina los uniformes de loneta marrón y los rojos gorros cuarteleros de los infantes de marina y los artilleros de brigadas, el uniforme azul de los artilleros de tierra, las casacas blancas de los soldados de los regimientos de Córdoba y Burgos y las azules con vueltas amarillas de los voluntarios de Cataluña con los que se suple la falta de hombres a bordo (algo es algo, aunque muchos se marean y vomitan como cerdos). La gente de la primera y la segunda baterías también ha subido a cubierta con sus cabos y oficiales, y se encuentran presentes subalternos de pito, carpinteros, calafates, cocineros y otros oficios: setecientos sesenta y un hombres (setecientos sesenta y dos con el comandante) ocupando hasta los primeros cañones del castillo, a proa, bajo el enmarañado bosque de palos, vergas, lona y jarcia que oscila con la cubierta en la marejada; toda la madera gimiendo en sus junturas como si el barco se lamentara por anticipado de lo que le espera. Hasta el cirujano, sus ayudantes y los sangradores asoman las cabezas por una escotilla. Con el primer vistazo, por la expresión de las caras y por la ropa, el ojo experto del comandante distingue a los marineros veteranos (que no han querido desertar o, lo más probable, no han podido) de los forzosos de leva: ojos desorbitados, pieles pálidas, bocas abiertas de estupor o de miedo contrastan con las caras curtidas por el sol y el salitre, las manos encallecidas y la expresión resignada de los hombres ya hechos al mar y a la guerra. Al menos, se consuela, un tercio largo de la tripulación es gente fogueada, y la mayor parte de ésta conoce su oficio. O casi. Por desgracia, muchos de los nuevos no vivirán para aprenderlo.

Y sin embargo, piensa el comandante, qué Real Armada tuvimos hasta hace poco: escuelas de navegación, talleres de relojes e instrumentos náuticos, astronómicos y geodésicos, arsenales y astilleros modernos en La Habana, El Ferrol y Cartagena, capaces de construir una fragata en mes y medio. Aún hace seis años, dos después de que nos partieran el morro en San Vicente, poseíamos setenta y nueve navíos de línea, algunos considerados por los ingleses (que ya es considerar, tratándose de esos perros) los mejores del mundo. Ahora la mitad de esos navíos se pudre en los muelles por falta de recursos, y para tripular los que navegan (y que no hemos entregado todavía a los gabachos), estamos los de siempre: jefes y oficiales mal pagados y escasos de motivaciones, pese a tratarse en muchos casos de astrónomos, matemáticos, ingenieros navales, científicos respetados en toda Europa. Lo que tiene pelotas de pavo. Y aunque sirvan (sirvamos) pese a la desidia y la burocracia del reino, motivados por la certeza del honor y el deber, eso no puede extenderse a las tripulaciones desprovistas de dinero, medicinas y socorros, a los pescadores que huyen de la marina de guerra como del tifus, a los artilleros de mar, a los gavieros, a los matriculados con experiencia que desertan para no embarcarse por la dureza de la vida a bordo y la miseria que les aguarda a ellos y a sus familias, y prefieren alistarse en los ejércitos de tierra o en armadas de otros países, incluida la francesa. Tratados siempre, para resumir, según la vieja y siniestra ordenanza española: «No como es justo, sino como es gusto».

Aun así, Carlos de la Rocha los ha visto combatir, otras veces. Con dos cojones. A ellos o a otros como ellos, asustados, inseguros, preguntándose qué se les ha perdido allí en vez de estar en su casa, en seco. Pero bajo el fuego, cuando todo se vuelve tan simple como pelear para seguir vivos, y el espanto, la sangre y la mutilación se alternan con el coraje, la mala leche y el odio hacia el enemigo que te cañonea, a veces las cosas cambian. Bastante. Tres meses atrás, durante el combate de Finisterre, después de un tiempo en la mar, hombres al principio tan bisoños como esos nuevos reclutas lucharon durante todo el día entre la niebla con el valor de la desesperación, haciendo retirarse a los ingleses. A los que por cierto (Rocha es uno de los muchos marinos españoles que piensan así, pues luchar contra el enemigo es compatible con el sentido común) no se les puede echar la culpa de todo. El estado comatoso en que andan España y su Marina tiene que ver con los grandes intereses de otras naciones, pero también con enjuagues de personajillos de tercer orden, miserables intrigas cortesanas, medros particulares y, sobre todo, la absoluta incapacidad del gobierno puesto en manos de Manolito Godoy (otros tienen a Pitt, Talleyrand o Metternich y los españoles tienen a Godoy). Sólo así resulta comprensible el siniestro callejón sin salida: para conservar la neutralidad ante

Inglaterra hubo que pagar un montón de dinero a Francia, lo que llevó inevitablemente a la guerra contra Inglaterra. Y hasta entonces, negarse a reconocer la realidad, aferrándose a una paz más falsa que un duro de plomo, estuvo convirtiendo en víctimas de incontables atropellos a buques españoles que venían de América atestados de carga y pasaje, mal artillados, y eran presa fácil de los navíos ingleses mientras Godoy, mesié por aquí, excelentísimo señor Cónsul por allá, se carteaba con el Petit Cabrón y España se iba al carajo. Porque en lo que a ingleses respecta, si ya durante la pasada guerra contra la Francia republicana (cuando a Luis XVI y a la ciudadana Capeta consorte les dieron matarile con la guillette) los hijos de la Pérfida demostraron ser unos aliados mezquinos, desleales y crueles, ahora como enemigos para qué te voy a contar. El comandante del *Antilla* lo sabe de primera mano, combates y vida en el mar aparte, porque estuvo con el almirante Lángara y su colega inglés Hood en el 93 en lo de Tolón, cuando las escuadras española y británica intentaban ayudar en el levantamiento de la ciudad contra la República. Y lo de ayudar es un eufemismo, por cierto, porque mientras los españoles combatían en tierra e intentaban salvar a la gente, los ingleses sólo atendieron a robar, destruir e incendiar cuanto no podían llevarse consigo. A su manera de siempre, claro. Los hijos de la gran puta.

El silencio abajo, en el alcázar, es absoluto. Nunca mejor dicho: sepulcral. Todos los oficiales han subido a la toldilla y se agrupan bajo el palo de mesana, a espaldas de su comandante: oficiales de guerra, agregados y guardiamarinas. Rocha se planta en lo alto de la escala, las manos cruzadas atrás, sintiéndose observado con respeto y temor, y confiando en que una racha inesperada de viento no le vuele el sombrero y le estropee la pose. Él es quien en las próximas horas decidirá sobre la vida y la muerte de esos hombres, y todos lo saben. Su amo. Mira hacia estribor, donde la escuadra inglesa, todavía a cosa de una legua y en aparente desorden, parece empezar a formarse por pelotones, y señalando hacia allí levanta la voz cuanto puede.

—¡Marineros y soldados del *Antilla*!… ¡Ahí llegan los ingleses, y vamos a batirnos!… ¡Vuestro deber, como el mío, es mantener a flote nuestro barco y hacerles todo el daño que podamos!… ¡Quiero que les devolváis cada bala de cañón y cada tiro de mosquete, sin piedad, pues ellos no la tendrán con nosotros!… ¡El Todopoderoso acogerá a los que caigan cumpliendo su obligación!… ¡A los que falten a ella, los haré fusilar!

Con la palabra fusilar vibrando en el aire, La Rocha abre el volumen de las Ordenanzas Navales que le acaba de traer el guardiamarina Ortiz y lee en voz alta y clara el título 34, 11: «*El que, estando su bajel empeñado en combate, desamparase cobardemente su puesto con el fin de esconderse, será condenado a muerte. La misma pena sufrirá el que en la acción, o antes de empezarla, levantase el grito pidiendo que cese, o no se emprenda, y el que arriase la bandera sin orden expresa del comandante…*». Después cierra el libro de un golpe, se lo devuelve al guardiamarina y mira al capellán de a bordo, el padre Poteras, que está al pie de la escala. No le gusta el sacerdote que les ha tocado en suerte en esta campaña, y procura tenerlo lejos de la camareta y de la toldilla: lo encuentra estúpido y sucio, con demasiada afición al vino de misa y al otro. Pero es lo que hay. Dentro de un rato, puestos a despachar almas al Más Allá, dará lo mismo un cura borracho que uno sobrio.

—Suba aquí, padre, y haga su oficio... Absolución general. Es una orden.

Obediente, el sacerdote se recoge un poco la sotana y sube hasta media escala acomodándose la estola; y cuando se vuelve, una mano en alto, hasta el último hombre se pone de rodillas, descubriéndose. Benedicat vos, etcétera. Amén. Rocha se ha quitado el sombrero y se persigna, baja la cabeza. Reza de verdad, con devoción, encomendando a Dios su alma y el futuro de la mujer y los cuatro hijos que ha dejado en Cádiz. Que tal vez sean viuda y huérfanos al caer la noche, con el desamparo que eso supone en aquella España de mierda, donde un soldado o un marino muertos, que no reclaman, constituyen una ocasión estupenda para que el Estado se ahorre pagar atrasos. Cuando el cura termina su absolución, el comandante, aún con el sombrero en la mano, alza el rostro y grita:

—¡Viva el rey!... ¡Viva el rey!... ¡Viva el rey!

Y todos los infelices que van a morir o a quedar mutilados de aquí a nada, y cuyas viudas y huérfanos ni siquiera podrán reclamar atrasos, ni compensaciones, ni pensiones, ni pepinillos en vinagre, corean los tres gritos con tres rugidos. A su pesar, Rocha se estremece en sus adentros. Pobre gente. Si hay un rey indigno de tal grito, es el suyo. El de ellos y el de él. Ese zurullo empolvado y fofo de Carlos IV. Pero eso no tiene nada que ver con el asunto. Lo que cuenta es que, por un instante, aquello parece una tripulación y no un rebaño de gente asustada a las puertas del matadero. Y en la duda, la más tetuda: el deber. Cuando uno muere cumpliendo con su obligación, no se equivoca nunca.

—¡Vivaspaña! —grita.

Aún resuenan setecientas y pico voces de proa a popa aullando que sí, que viva España y lo que se tercie, que de perdidos al río y que a los ingleses se los van a comer sin pelar, si los dejan, cuando Rocha piensa que por ahora ha hecho lo que podía hacer. Aunque no sea mucho. Ya sólo queda librar el combate con arreglo a las ordenanzas, ciega disciplina, etcétera, a las órdenes de un contralmirante gabacho y de escasa competencia, en una línea mal formada, a barlovento de una costa peligrosa y llena de bajos, en condiciones que, si el tiempo empeora (como es probable), harán muy crítica la situación de los navíos que el combate deje sin gobierno. Pero así son las cosas. De manera que Rocha mira hacia la escuadra enemiga, se encasqueta el sombrero y hace un gesto al patrón de su bote, Roque Alguazas, un veterano artillero de mar que navega con él desde hace seis años y se mantiene aparte en la toldilla, con el sable del comandante en las manos. Sin necesidad de palabras, Roque se acerca, le desciñe el espadín de paseo (que es una auténtica cursilería) y le ciñe el sable de verdad, el de combate. Después el comandante se vuelve hacia su segundo en el mando.

—Fatás.

Una sonrisa resignada y triste cruza el rostro recién afeitado del comandante. El segundo se la devuelve. Idéntica.

—Susórdenes.

—Vaya a su puesto, si es tan amable.

Circunspecto, flemático, el capitán de fragata Jacinto Fatás de Ponzano, cuarenta y cuatro años, padre de dos hijos, se ajusta el corbatín, comprueba la botonadura de la casaca, saluda quitándose el sombrero a la bandera que ondea en el pico de cangreja, y seguido por el guardiamarina Falcó, encargado de asistirlo, desciende por la escala que lleva al alcázar, a los pasamanos y a la proa. A partir de ahora su puesto está bajo el palo trinquete, en el castillo, y sólo volverá a la toldilla para tomar el mando si el comandante es herido o muere.

—Qué leches hago aquí, si soy de Huesca.

Eso no lo dice Fatás ahora, naturalmente. Lo dijo anoche mientras tomaba un trago de jerez en la cámara del comandante, a solas con Carlos de la Rocha, el mar negro como un telón siniestro al otro lado del amplio ventanal de popa. ¿Y no piensas (añadió al rato, tuteando a su superior por primera vez en mucho tiempo) que Gravina tenía que habérsele plantado a esos gabachos y poner su dimisión sobre la mesa de Godoy en vez de aceptar lo que nos espera a todos?... Eso preguntó el segundo del *Antilla* copa en mano, mirando a Carlos de la Rocha a los ojos mientras oían el rumor del agua en la estela, el crujir del barco y la primera campanada de la guardia de media. Dong. Pero éste no respondió, y ahora lamenta no haberse franqueado con su segundo y dicho sí, naturalmente, ésa es la fija, colega: con todo su golpe de disciplina y pundonor, nuestro almirante Gravina es un tiñalpa cortesano, un político antes que un marino, que va a llenar España de viudas y de huérfanos, incluyendo posiblemente los tuyos y los míos. Y yo también me cago en su puta madre. Pero no lo dijo, sino que se quedó callado, bebiéndose el jerez sin decir ni pío. La soledad del mando, la boca cerrada y toda la murga. La maldita pose. Y ahora lo lamenta mientras observa irse a Fatás, que es su amigo (todo lo amigo que se puede ser de un comandante a bordo de un navío de línea), y a quien tal vez nunca más vuelva a ver vivo. Porque en efecto. Qué leches hace aquí uno de Huesca, se pregunta Rocha. O un asturiano, como yo. O cualquiera de estos otros infelices. Pero así son las cosas en la Real Armada y en la vida. Luego suspira para sus adentros y se vuelve hacia el segundo oficial de a bordo.

—Oroquieta —llama sin alzar la voz.

Suena un exagerado taconazo. El teniente de navío Oroquieta, piensa Rocha, es un poquito frívolo, guasón y pelota, pero buen marino. Y con vergüenza torera: mientras otros procuraban escaquearse para no salir con la escuadra, él acaba de incorporarse voluntario, dejando el hospital donde estaba convaleciente después de un tabardillo y unas tercianas de las de aquí te pillo aquí te quedas. No querrán que me lo pierda, dijo al llegar con su cofre a lomos de un marinero. El pifostio.

—Todo el mundo sabe que con tres gloriosas derrotas en la hoja de servicios, en la Marina española asciendes antes... Yo llevo San Vicente y Finisterre, así que sólo me falta una.

El comandante del *Antilla* lo conoce bien y se alegra de tenerlo allí con su lealtad y su buen humor. A él, a Fatás y a los otros. Hasta los peores acabarán hoy ganándose el jornal. Hay días, concluye, que redimen toda una vida.

—A sus órdenes, mi comandante —dice Oroquieta—. Listo para la masacre y la vorágine.

Rocha está mirando a barlovento, hacia los ingleses.

—Déjese de guasa y toque zafarrancho de combate de una maldita vez.

3

El castillo de proa

—Mareadme ese contrafoque, porque da pena verlo.

Junto a la campana colgada del propao del castillo, a popa del palo trinquete, el guardiamarina Ginés Falcó observa cómo el segundo contramaestre Fierro cumple las instrucciones de don Jacinto Fatás, segundo comandante del *Antilla*, que pistola y sable al cinto acaba de incorporarse a su puesto de combate a proa, muy tranquilo, en plan buenos días, señores, espero que no me hagan quedar mal con el comandante y con la gente que nos mira desde popa. A batirse tocan, ridiela. Atrás, al pie del palo mayor, el tambor sigue tocando a zafarrancho, ran, rataplán, rataplán, tan, tan, mientras los pajes suben a cubierta cestos de mimbre con sables, hachas y chuzos de abordaje, los soldados embarcados preparan sus mosquetes bajo la supervisión de los sargentos, y los artilleros disponen las piezas de estribor en los entrepuentes y la cubierta. Aquí, sobre el castillo, correteando inseguros con los pies desnudos sobre la tablazón húmeda, azuzados por los gritos y los rebencazos del segundo contramaestre Fierro (que tiene el punto borde y la mano fácil), los hombres asignados a la maniobra del palo trinquete y el bauprés tiran de la driza del contrafoque para tensar el grátil, alehop, alehop, y luego cazan la escota de

57

sotavento procurando no dejar la vela ni muy acuartela-
da ni muy en banda. Lo que tiene su arte.

—¡Amarrad!... ¡He dicho que amarréis!... ¡Amarrad, me cago en mis muelas!

Torpemente, los marineros amarran driza y escota y
se miran unos a otros, desconcertados, ignorantes de si
lo han hecho bien o lo han hecho mal. Y cualquiera sabe.
Del medio centenar largo de desgraciados que a proa se
ocupa de la maniobra y de manejar los seis 8 libras de la
batería del castillo (tres por babor y tres por estribor),
sólo una docena tiene experiencia de mar, y el segundo
contramaestre ha tenido que echar mano él mismo a la
escota para rematar el asunto. Cagüenmismuelas, mas-
cullaba. Cagüentodo. Tirad, coño. Tirad. Una panda de
nenazas, es lo que sois. De Cádiz, claro. Allí sólo hay
atún y maricones. Apoyado junto a la chimenea del fo-
gón para no estorbar, don Jacinto Fatás los mira con un
ojo abierto y otro cerrado, como si apuntase a los reclutas para pegarles un tiro. O pegárselo él. Luego suspira,
desalentado, y se vuelve hacia el guardiamarina.

—Que echen aquí la arena.

No dice más, pero Ginés Falcó le adivina el tono. Si
esos infelices resbalan y tropiezan con la cubierta así,
mejor no pensar lo que ocurrirá cuando la tablazón se
encharque de sangre. Estremeciéndose en los adentros,
el guardiamarina se asoma por la escala del foso del
combés y da las órdenes pertinentes a los jóvenes pajes
que aguardan abajo, en la segunda batería, con baldes
llenos de arena. Cuando ésta empieza a ser esparcida por
la cubierta del castillo, los marineros veteranos se dan
con el codo. Cómo lo ves, paisano. Chungo. Los nuevos

preguntan en voz baja y luego miran alrededor con la boca abierta y ojos de espanto, que aumenta cuando otros pajes colocan en las chazas alfanjes, hachas y chuzos de abordaje tan afilados que da grima mirarlos. Una vez extendida la arena, un chico de diez o doce años pasa entre los hombres con un cubo de aguardiente y un pichel, dándole un trago de matarratas a cada uno, tan exiguo que sólo da para hacer glú-glú una vez. Entre los veteranos agrupados junto al cabrestante, uno alza la voz con descaro mientras afila un hacha de abordaje en la piedra de amolar:

—Si al marinero le dan de beber, o está jodido o lo van a joder.

Don Jacinto Fatás, por aquello de guardar las formas, le ordena al segundo contramaestre que apunte el nombre del chistoso. Para meterle un paquete que se va a cagar, dice. El segundo contramaestre hace como que lo apunta, aunque todos, menos los nuevos, saben que dentro de media hora, cuando empiecen a volar astillas y metralla y a caerles encima pedazos de la arboladura y pedazos de fulano y pedazos de todo, lo que apunten Fierro o su puta madre no va a importarle a nadie un pimiento. Y mientras el segundo contramaestre guarda la libreta, el guardiamarina Falcó levanta la vista y mira el bosque inmenso de madera, velas y jarcia que cruje sobre su cabeza, los palos reforzados y las vergas con bozas de cadena para que no se vengan abajo en el combate. Cric, croc, chirrín, chirrán, gruñe todo al balancearse perezoso en la marejada, haciendo que el muchacho se sienta como un ratón dentro de un violín tocado por manos torpes. Ginés Falcó lleva ocho meses a bordo y conoce el navío de los topes a la sentina; pero cuando mira alrededor, como ahora, las proporciones del monstruo lo siguen dejando de pasta de boniato: un flamante setenta y cuatro cañones de tres mil y pico toneladas de madera, lona, cáñamo, hierro y carne humana sobre un casco de ciento noventa pies de eslora y cincuenta y dos de manga, forrado de cobre bajo la línea de flotación, clavado y empernado de bronce y cabillería de madera americana, con roble ferrolano, haya asturiana, pino aragonés, jarcia murciana y valenciana, lona andaluza, bronce catalán y sevillano, hierro cántabro. Una máquina perfecta, prodigio de la ingeniería naval, plataforma artillera hecha para moverse con el viento, soportar temporales y hacer picadillo al enemigo, si se deja. El non plus ultra sobre quilla y cuadernas de los mejores bosques de España y América. Todo limpio, cepillado, con el metal pulido y cada cabo adujado en su sitio, dentro de lo que cabe. Cuatro millones de reales a flote. Y sin embargo, de aquí a nada, piensa el joven Falcó, buena parte de todo esto volará en astillas y jirones, y el suelo de la cubierta se volverá resbaladizo por la sangre, y al personal se le irá la olla con el humo de la pólvora, y allí reinará un barullo de veinte pares de narices. O más pares. El guardiamarina no sabe todo eso porque se lo hayan contado. Ni hablar. Lo vivió él mismo hace tres meses, en Finisterre, cuando al regreso de las Antillas la flota combinada se estuvo batiendo todo el día con la escuadra del almirante Calder, pumba, pumba, pumba, hasta que los ingleses se retiraron por la noche llevándose dos barcos españoles apresados, por la patilla, sin que ni el almirante Villeneuve ni los navíos franceses cercanos (gabachos ratas de cloaca) hicieran nada por evitarlo.

Ginés Falcó Algameca, nacido hace dieciséis años en Cartagena de Levante (casualidades de la vida: el mismo año y en la misma ciudad en cuyo arsenal fue construido el *Antilla*), tiene el pelo casi rubio y granos en la cara. Es un chico de buena familia, media tirando a alta, porque en la academia de guardiamarinas de Cádiz, cantera de la Real Armada, centro de prestigio que alumbra desde su fundación oficiales cultos y bien formados, sólo ingresan muchachos de razonable posición, con hidalguía probada (o comprada) en las líneas paterna y materna. De los tres jóvenes aspirantes a oficial embarcados en el *Antilla*, es el de en medio: Cosme Ortiz, el veterano que se ocupa de las señales en el alcázar, tiene dieciocho años, y el pequeño Juanito Vidal, trece. A este último, Falcó acaba de verlo trepar a toda mecha por los flechastes del palo mayor, sin duda enviado a la cofa para informarse de algo con los vigías, y le ha parecido en buena forma, pese al mareo que anoche le hizo echar la pota en la camareta de guardiamarinas. Puag. Pese a la mascada con la que el pequeño cabroncete estropeó la cena, Vidal es un chico joven y voluntarioso, y a Falcó le cae bien, a diferencia del estirado Ortiz y sus pijoteras banderas de señales, siempre tan tieso como si acabaran de meterle un atacador de cañón de 36 libras por el culo. Que igual sí. Además, lo del mareo resulta razonable: Vidal embarcó hace sólo dos días, en su primera salida a la mar, con madre y tres hermanas llorando como Magdalenas al despedirlo desde el botecillo que los acompañó un trecho cuando se dejaban llevar por el levante hacia la bocana, con todo Cádiz agitando pañuelos en San Sebastián y en La Caleta, esposas, hijos, padres, amigos y todo cristo allí amontonado mirando salir la escuadra en un silencio de muerte, los hombres vueltos hacia tierra como si la vieran por última vez, y en el bote que navegaba al costado enorme del *Antilla*, la madre y las hermanas de Vidal repitiendo adiós, Juanito, adiós, con el pobre Juanito agarrado a un obenque mirándolas muy pálido y muy serio, abotonada la casaca azul hasta el corbatín, sorbiéndose con disimulo los mocos para no llorar. Juan Vidal Romero, caballero guardiamarina. Trece años. Por cierto que el padre, teniente de navío, también anda cerca. O navega cerca. Más o menos en algún lugar de la vanguardia, a bordo del *Bahama*; así que a estas horas la madre y las hermanillas de Vidal, como Cádiz al completo desde Puerta de Tierra a La Viña, deben de estar arrodilladas ante cualquier Cristo o Virgen de la ciudad, rosario en mano, Virgo potens, turris eburnea, ianua coeli, etcétera, rezando para que el padre y el hijo vuelvan con los brazos y las piernas en su sitio. O para que, por lo menos, vuelvan. Que sólo volver, en el estado que sea, con aquella cantidad de ingleses cerca, ya será como para darse con un canto en los dientes.

—Voy a echar una meadilla —dice don Jacinto Fatás—. Contrólame esto.

Sin perder el tiempo en bajar al beque (los jiñaderos de la tripulación se encuentran allí, a proa y bajo el bauprés, poéticamente justo detrás del fiero león coronado y rampante del mascarón), el segundo comandante se encarama con desenvoltura a la mesa de guarnición de sotavento, echa atrás los faldones de la casaca, y se alivia. En zafarrancho nadie puede abandonar su puesto, así que algunos marineros veteranos lo imitan con disimulo un poco más lejos, en equilibrio sobre las scrviolas de las enormes anclas de sesenta y seis quintales trincadas en las amuras. Anoche después de la cena, en la camareta, aprovechando que don Carlos de la Rocha estaba echando un vistazo por cubierta, el segundo comandante del *Antilla* hizo, en obsequio de los jóvenes guardiamarinas y de algunos oficiales, un resumen de lo que los había llevado hasta allí. A fin de cuentas, apuntó ecuánime, los ingleses tenían sus motivos para mirarlos torcido. En la anterior guerra, hasta que por la ineptitud del almirante Córdova todo se fue al carajo en San Vicente, la escuadra española no se desenvolvió nada mal, pese a que el almirante Mazarredo había denunciado al rey (le costó la destitución, por supuesto) el mal estado en que se hallaba la Armada: en 1796 los marinos españoles destruyeron los arsenales ingleses de Bull y Chateaux, arrasaron las islas de Miquelon y San Pedro, hundieron o capturaron ciento trece buques de Su Majestad británica, y de remate el *San Francisco de Asís* les dio las del pulpo, o sea, una estiba guapa, a cuatro fragatas inglesas que se aventuraron, muy chulitas ellas, en la ensenada de Cádiz; sin contar la soba que las lanchas cañoneras le endiñaron a Nelson cuando intentó beberse el té de las cinco en la Tacita de Plata. Luego, firmada la paz de Amiens y recobrada Menorca a costa de ceder la isla de Trinidad, Napoleón intentó varias veces que España entrara de nuevo en guerra. Al no conseguirlo exigió la destitución de los gobernadores de Málaga y Cádiz y del comandante militar de Algeciras, por la cara, y además el compromiso de pagar indemnizaciones, cesar en los armamentos, disolver las milicias y entregar a los gabachos la base de El Ferrol y las guarniciones de Burgos y Valladolid, amén de permitir el paso a dos ejércitos franceses para fumigarse Portugal y Gibraltar. Unas tonterías, vamos. Durante un tiempo, Godoy (que será lo que ustedes quieran, caballeros, pero no tiene un pelo de tonto) logró llamarse a altana; a cambio tuvo que comprometerse a aflojarle a Su Majestad Imperial un subsidio de seis milloncejos mensuales, lo que suponía una tela larga. El tratado era secreto, a fin de mantener la neutralidad española. Pero claro. Como al Petit Cabrón le interesaba que el asunto se hiciera público, no tardó en serlo. Y los ingleses, tras poner el grito en el cielo, empezaron a dar por saco: sin declaración previa de guerra capturaron las fragatas *Santa Florencia* y *Santa Gertrudis* en el cabo Santa María, luego volaron la *Mercedes* (con mujeres y niños a bordo) y apresaron la *Medea*, la *Fama* y la *Santa Clara*, con los caudales que traían de Lima para pagarle los subsidios a Francia. De postre le metieron mano a la *Matilde* y a la *Anfitrite* cuando salían de Cádiz para América. Así que Napoleón se frotó las manos, encantado, y a Godoy, presionado por la indignación pública, no le quedó otra que declarar la guerra a los míster y poner la escuadra española al servicio de la Frans. Y allí estaban.

—¿Tú has meado ya? —pregunta Fatás al volver, abrochándose.

—Aún no, mi segundo.

—Pues mea, mocico. Mea. No te vayan a dar un palanquetazo con el depósito lleno.

Obediente, el guardiamarina va hasta la mesa de guarnición, pasa las piernas al otro lado de la regala, se apoya con la rodilla contra la boca de un cañón para no caerse al agua en el balanceo, aparta los faldones de la casaca azul de solapas rojas y se abre la portañuela de los calzones. Con los ingleses tan cerca le cuesta trabajo encontrársela. Y al devolverla a su lugar, descansen, no puede evitar pensar, inquieto, si dentro de cuatro o cinco horas seguirá teniéndola en su sitio. Cuando el zipizape de Finisterre, donde el *Antilla* perdió el mastelero del trinquete y tuvo once muertos y treinta heridos, a Falcó le tocó ayudar a bajar al sollado a un artillero que ya no la tenía, y aún le vienen sudores al recordar cómo gritaba el fulano. En fin. De regreso a su puesto, Falcó mira hacia barlovento, donde la escuadra británica sigue en aparente desorden, aunque parece empezar a formarse en dos líneas paralelas que apuntan perpendiculares a la línea francoespañola. Aun así, desordenada y todo, impresiona. Como Ginés Falcó es joven y tiene los estudios frescos, el Císcar, el Mendoza y Ríos, el *Compendio de navegación* de Jorge Juan, las *Punterías* de don Cosme Churruca y la *Táctica* de Mazarredo incluidos, sabe que la costumbre tradicional de que, en una batalla naval como Dios manda, dos escuadras enemigas naveguen paralelas pegándose sartenazos, y luego, muy al final, una doble la línea de la otra para cogerla entre dos fuegos y joderla bien, está más pasada de moda que los lunares postizos de María Antonieta, que en paz descanse. Según comentan los oficiales experimentados, las nuevas tácticas del inglés Nelson han cambiado el paisaje. Touch Nelson, lo llaman. O algo así. Hasta el jefe de la flota aliada, Villeneuve, en la instrucción para el combate remitida a los capitanes saliendo de Cádiz, ha advertido que probablemente el enemigo, en vez de un combate artillero a distancia, intentará cortarles la línea o envolver la retaguardia, concentrando el fuego masivo de sus cañones sobre los buques que allí vayan quedando desamparados. Más claro, agua. Proporción de varios buques a uno, muy a la inglesa, con el plus de la proverbial eficacia artillera de su Puta Majestad Británica. Por eso, poniendo la venda antes que la pedrada, el almirante gabacho ha advertido que, empezado el combate, con el humo que no dejará ver una mierda y toda la parafernalia, él hará pocas señales, y que «*el navío que no se halle en fuego no estará en su puesto*». Literal. Como para quedarse calvo pensando. O sea, que nos ha ilustrado aquí, el táctico insigne. Porque eso es, dicho de otra manera, una vez liado el carajal que cada perro se lama su órgano. Y, como Falcó oyó comentar en Cádiz al teniente de fragata don Ricardo Maqua, jefe de la primera batería (que iba de anís del Mono hasta la toldilla), si hasta ese franchute, oigan, que no tiene ni zorra idea de táctica naval, se da cuenta del panorama, imaginen, caballeros, la que nos viene encima. Rediós. Los ingleses nos van a cortar la línea, el aliento y los huevos. Ésa es la fija. Nos van a dar hostias hasta en el cielo de la boca.

—¿Y por qué salimos, entonces? —preguntó alguien.

—Porque don Manuel Godoy y Álvarez de Farias, además de tirarse a la reina, le pone el culo a Napoleón. Hip. Y éste le ha dicho a Villeneuve que o sale a la mar o le quita el mando.

—¿Y qué dice Gravina?

—Nuestro señor general Gravina es un hombre de honor y un caballero. Hip. Dicen. En cualquier caso, tiene órdenes. Hip. Y traga.

El que traga es nada menos que don Federico Carlos Gravina y Nápoli, cuarenta y nueve primaveras, un marino respetado y hasta cierto punto prestigioso, con hoja de servicios muy decente: lucha contra los piratas argelinos, asalto del fuerte de San Felipe, ataque de las baterías flotantes a Gibraltar, jabeques de Barceló, desembarcos de Orán y Santo Domingo, heroica defensa de Tolón. Un currículum, vamos. Y todo un caballero. Quizá demasiado pulcro y cortesano, apuntan algunos. Hábil en moverse por Palacio y sitios así. Un niño fino, figurín típico de esos oficiales ilustrados de la Real Armada, algunos de los cuales (las cosas como son) están universalmente reconocidos como los más cultos y mejor preparados entre las marinas europeas de su época: astrónomos, cartógrafos, matemáticos, ingenieros, autores de libros traducidos al inglés y al francés, formados en el sacrificio y el estudio entre combates y expediciones científicas, últimos herederos de la tradición naval de Patiño, Ensenada, Floridablanca y la España borbónica del XVIII. Gravina es uno de ésos, o casi. Lo que pasa es que en la Marina se conoce todo cristo, y a nadie se le escapa que ese chico es un tipo presentable, de acuerdo. Con mano izquierda y con maneras, y encima, guapo y bailarín. Pero en la Real Armada hay fulanos de bandera, o sea, marinos solventes como Mazarredo y Escaño, por ejemplo. Unos profesionales que te rulas. El mayor general Escaño, sin ir más lejos, bailar, lo que se dice bailar, no baila una mierda. Cierto. Es un marino más bien rudo, la verdad; pero también el mejor comandante de navío de la Armada y el táctico más notable de su tiempo. Sin embargo, ahí anda: de machaca del niñato Gravina, o sea, de mayor general de la escuadra (algo así como ayudante) a bordo del *Príncipe de Asturias*, del mismo modo que tampoco le dieron el mando cuando la felpa de San Vicente.

—¿Y eso, por qué?

—Porque es de los que llaman a las cosas por su nombre y no medran chupando pollas.

Otro que tal es el almirante (general, es el grado oficial) don José de Mazarredo, con un currículum de órdago: salvó cuatro veces a las escuadras hispanofrancesas en las operaciones del canal de la Mancha, organizó el desembarco y el reembarco de la expedición contra Argel, defendió Cádiz y Brest del bloqueo inglés, redactó unas Ordenanzas y escribió cinco obras maestras sobre construcción naval, navegación y táctica. Pero claro. Mazarredo es antigabacho, y además ha denunciado quinientas veces en plan Pepito Grillo, ante el rey, ante Godoy, ante el ministro y ante todo hijo de vecino, el deplorable estado de la Marina, que *«hará vestir de luto a la nación en caso de un combate»*, según sus palabras textuales. Solución oficial española: desterrarlo. Y por ahí lejos anda el hombre, desterrado (le quedan un par de años de contemplar musarañas, y ya ha cumplido sesenta), mientras todos los comandantes de la escuadra combinada, don Carlos de la Rocha entre ellos, tienen la certeza de que, con él o con Escaño en el navío insignia español, y mucho mejor al mando de toda la escuadra, otro gallo iba a cantarles ese 21 de octubre, frente al cabo Trafalgar. Pero hay lo que hay. No es a Mazarredo ni a Escaño, sino a Federico Gravina, muy relacionado con los gabachos y con su ministro de Marina Decrés, bien visto del rey y de la reina y mimado por Godoy, a quien el príncipe de la Paz ha nombrado segundo jefe de la flota combinada, sujeto a Villeneuve, rogándole todo el tacto y la prudencia necesarios para que los aliados estén a gusto y Napoleón, que es lo importante, no se mosquee.

—Mucha vaselina, mi querido don Federico. Sobre todo no escatime la vaselina. ¿Ein?

Pero después de fondear en Cádiz tras lo de Finisterre, cuando la escuadra francesa apenas entró en fuego y los españoles llevaron el peso de la batalla, Gravina, que aunque enchufado no es tonto y tiene su punto de honra, el hombre, se fue a Madrid descompuesto, a contarle a Godoy en manos de qué retrasado mental los había puesto a todos. Questa e la porca ruina miseriosa, ilustrísimo (Gravina había nacido en Palermo). Siamo tuti jodeti, etcetereti. Pero ni flores. El semental de la reina María Luisa de Parma, que iba a lo suyo, con su chaqueta de entorchados y el calzón marcándole paquete, le dio a Gravina dos largas cambiadas, peroró sobre la disciplina y el amor a la patria, apuntó que Villeneuve era el ojito derecho del ministro Decrés, y dijo sin rodeos que mientras el Petit Cabrón fuese en Europa lo que era (e iba para largo), a los españoles no les quedaba otra que obedecer como borregos. Sí, buana, como decían los negros esos que se vendían en América.

—Confío en su tacto e hidalguía, almirante. Y en el de sus dignos y disciplinados jefes y oficiales. Recuérdeles, si hace falta, el ibérico genio, el valor y otras hierbas. Colón, Elcano, Lepanto... Ya sabe. Esto y lo otro. Y no olvide la vaselina.

Luego lo llevó a ver a los reyes para dorarle un poco más la píldora antes de despacharlo con muchos abrazos y palmaditas en la espalda, plas, plas, Europa tiene los ojos fijos en nosotros, o sea, en mí, en usted, en la gloriosa Marina española y todo eso, vaya con Dios, almirante, chao, y el pobre Gravina se volvió a Cádiz hecho polvo. Schifosa miseria. Resumiendo: estamos en manos de un chulo de putas en Madrid y de un imbécil en Cádiz, dicen que les confió a Churruca, Escaño y Cisneros en un aparte, rompiendo su hidalga circunspección habitual. De ésta no nos salva ni la Virgen de la Caridad.

—¿Han hecho ustedes testamento, caballeros?... ¿No?... Pues espabilen, que los pilla el toro. Yo acabo de hacerlo.

Por qué salimos a luchar sin esperanza, es la pregunta. Al matadero tocando el tambor y la gaita. Buenos barcos y oficiales competentes sin tripulaciones a las que mandar, frente a enemigos implacables y entrenados como máquinas, motivados y con una férrea disciplina: estirpe de marinos y piratas, conscientes de que quien controla el mar domina el mundo. Profesionales despiadados y sin complejos. Por eso las dotaciones inglesas son las mejores del mundo. Y luego está la moral de la tropa. A estas alturas, venteando el desastre que se avecina, hasta el último guardiamarina de la flota combinada sabe que, resguardada en Cádiz como en el 97, la flota aliada podía haber obligado a los ingleses al desgaste de un largo bloqueo; pero que salir ahora en busca de batalla abierta sólo puede acabar en desastre. Salir o no salir, dat is de cuestion: como lo del majareta ese de Chéspir (dijo alguien), pero en versión caspa. A la española. Las razones de todas aquellas entradas, salidas y vueltas a salir las reveló hace dos días el comandante don Carlos de la Rocha en la camareta del *Antilla*, en una especie de consejo de guerra que se creyó en la obligación de convocar para informar a sus oficiales antes de que los escabechen. Nobleza obliga.

—Napoleón pretendía invadir Inglaterra. No se rían, joder.

En realidad el plan no era malo. Sobre el papel, claro. Por el tratado de San Ildefonso y los convenios de París, España, además de bajarse los calzones, quedaba obligada a colaborar con Francia en sus operaciones de guerra contra los ingleses con dinero, soldados y navíos. Para el desembarco en la Pérfida Albión, Napoleón necesitaba enseñorearse del canal de la Mancha durante cinco o seis días. El truco consistía en amagar un golpe de mano en las posesiones británicas de las Antillas, atrayendo allí a Nelson. Una vez engañados los rubios, la escuadra francoespañola regresaría rápidamente a Europa para caer sobre los cruceros que bloqueaban El Ferrol, Rochefort y Brest, liberando a los navíos allí sitiados. Luego, reuniendo así una escuadra de sesenta navíos y varias fragatas, Villeneuve subiría hecho un tigre hasta el canal de la Mancha, para proteger la travesía hasta Inglaterra de los dos mil buques de transporte y los ciento sesenta mil hombres preparados en Texel y Boulogne. Ése era el plan, tan impecablemente detallado como todos los de Napoleón. Cuarenta y ocho horas, pedía el fulano. Dadme sólo cuarenta y ocho horas de supremacía naval en el Canal y les meto a los ingleses varias divisiones en las playas, y un gol que se van a ir de vareta. Pero el Petit Cabrón, siempre eficaz en tierra, no tenía del mar ni zorra idea. Su maravilloso proyecto ignoraba las incertidumbres de la navegación, el mal tiempo, la insegura fortuna de guerra de un navío. Además, semejante encaje de bolillos requería un jefe de escuadra eficaz y responsable. Todo cristo sabía que Gravina era el hombre adecuado; pero Gravina era español, y a Napolichis ni le pasaba por la cabeza que un español se hiciera cargo de la operación. Así que aceptó el consejo de su ministro Decrés y nombró al recomendado de éste, Villeneuve: un capitán de navío valiente (en la defensa de Malta le había echado sus cojoncillos al asunto), pero indeciso e incapaz a más nivel, Maribel. Mandando la retaguardia gabacha, por ejemplo, cuando Nelson les rompió la cara a los imperiales en Abukir, el tal Villeneuve se había limitado a encajar leña inmóvil y resignado. Más desenvuelto en los despachos del Ministerio de Marina que en el puente de un navío almirante, carecía de voluntad propia y no aceptaba los consejos ajenos. O sea. Como jefe era un auténtico cenutrio.

—¿Para dónde tiramos ahora, mon admiral?... ¿A babord o a estribord?

—Yenesepá.

—Yo tiraría para babord.

—Yenesepá.

—Virgen santa.

Al principio la operación americana funcionó bien. Gravina (que pese al enchufe de Godoy tenía experiencia, valor y maneras) hizo una salida impecable de Cádiz, rompiendo el bloqueo inglés para unirse a la escuadra de Villeneuve, y ambos arrumbaron pasito misí pasito misá a La Martinica, tomándole a los ingleses El Diamante y apresando un convoy de mercantes británicos cargados de ron, azúcar, café y algodón, que fue para partirse de risa, colegas, las cosas como son, todos aquellos capitanes british preguntando guat japening, guat japening, mientras les pegaban cebollazos y les hacían arriar la bandera. Para mearse. Que, como para la histórica ocasión les gritaba desde una porta el carpintero jefe del *Antilla*, Juan Sánchez (alias Garlopa), que es de Chipiona:

—Arguna ve tenía que tocaro a vozotro, hihoslagranputa.

Lo malo es que, a partir de ahí, Villeneuve empezó a jiñarla. Regresó a Europa por una latitud inadecuada que lo enfrentó a vientos contrarios, y en vez de llegar a El Ferrol se encontró con la escuadra inglesa del almirante Calder cerca del cabo Finisterre, el 22 de julio: pumba, pumba. Veinte navíos franceses y españoles contra catorce o quince ingleses, combate en línea a distancia de medio tiro de cañón entre una espesa niebla, con los españoles (las cosas como son) batiéndose mientras Villeneuve permanecía indeciso y la mitad de los buques franceses evitaba el combate, sin socorrer al *Firme* y al *San Rafael*, que con noventa y siete muertos y más de doscientos heridos a bordo, desarbolados y pasados a balazos, las velas caídas inutilizándoles las baterías, fueron empujados por el viento hacia los ingleses, mientras la línea de navíos gabachos que venía detrás de la española desfilaba por su barlovento enterita, sin mover un dedo. De manera que el *Firme* y el *San Rafael* tuvieron que arriar el pabellón, rodeados, tras pelear sin descanso hasta las nueve de la noche.

—Hay que rendirse, Paco. Nos han dado las del pulpo.

—¿Y los nuestros?... ¿No vienen a echar una mano?

—No creo. Por el ruido, bastante tienen con lo suyo.

—¿Y qué pasa con los gabachos?

—De ésos, ni rastro. Por lo visto, el jour-de-gluar lo dejan para otro día.

Eso no se supo hasta la mañana siguiente, cuando ambos buques amanecieron a la vista de la escuadra aliada remolcados por los ingleses que se retiraban, y Villeneuve se negó a atacar y socorrerlos pese a las súplicas e indignación de los marinos españoles, que lo llamaron de todo menos bonito, y el guardiamarina Ginés Falcó (que el día anterior había tenido su bautismo de fuego en el mismo lugar del castillo de proa del *Antilla* desde el que ahora, tres meses después, observa la escuadra británica del almirante Nelson) lloró de indignación y rabia, como muchos de sus camaradas, viendo alejarse, rodeados de ingleses, los dos maltrechos navíos apresados mientras el almirante Villeneuve y los navíos franceses miraban de lejos, rascándose los huevos con mucha parsimonia.

—¿Cómo se dice pocapicha en gabacho?

—Pocapiché.

—¿Seguro?

—Te lo juro por mi madre.

A partir de ahí se terminó la confianza de los españoles en los franchutes, de los franchutes en Villeneuve, y de éste en sí mismo. De manera que, tras arribar a Vigo, en vez de cumplir las detalladas instrucciones de Napoleón subiendo hacia el norte y el canal de la Mancha, el almirante gabachuá puso rumbo sur, encerrándose en Cádiz. Y claro. Al enterarse de que la escuadra que él ya suponía en Brest estaba donde Cristo dio las voces, en la otra punta de Europa, Napoleón se subió por las paredes, pues todo su plan se iba al diablo. Qué hijo de puta, comentaba incrédulo, mirando el mapa mientras alucinaba en colores. Qué hijo de la gran puta. A ver cómo invado yo Inglaterra ahora. Menuda ruina. Para excusarse, porque en eso no era nada irresoluto el fulano, Villeneuve no tuvo el menor reparo en culpar de lo de Finisterre y del resto a los navíos españoles; y fue ahí donde el emperador (nadie se la mete doblada porque tiene de chivato en la escuadra a Lauriston, un oficial de su estado mayor que en cada carta pone a Villeneuve de vuelta y media) les echó al ministro Decrés y al recomendado un chorreo en regla, con el famoso despacho donde Napoleón afirmaba: «*Todo esto me prueba que Villeneuve es un pobre hombre. ¿De qué se queja de parte de los españoles?... Éstos se han batido como leones, con Gravina siendo todo genio y decisión*». Luego, como hombre práctico, decidió que de perdidos al río, o sea, al Mediterráneo. Así que oye, Decrés, dijo. Ya que ese imbécil enchufado tuyo está bloqueado en Cádiz y me ha hecho polvo lo del día D, hora H, dile que salga al mar, o a la mar, o a donde salgáis los puñeteros marinos de mis imperiales cojones, y se vaya al Mediterráneo, y allí, reuniéndose con la escuadra española de Salcedo en Cartagena, le dé un repaso a la costa italiana, que también necesita enseñarle un poquito el pabellón. Y si al salir de Cádiz ese comemierda se encuentra con los ingleses, que supongo que sí, pues que luche, copón. Que se joda y que luche. Y dile también de mi parte a tu niño bonito que como no salga inmediatamente, o sea, ya mismo, le voy a meter las charreteras de almirante por el culo antes de ponerlo a limpiar todas las letrinas de mi Grande Armée desde Brest hasta la frontera rusa. Y luego lo fusilo. A él y a su padre, si es que lo conoce. ¿Está claro, Decrés? Pues espabila. Que todavía no tengo claro si ese recomendado tuyo es un traidor o sólo es gilipollas.

Total. Que ésos son, más o menos (con las limitaciones de edad, grado e información de que dispone), los pensamientos del guardiamarina Ginés Falcó en el castillo de proa del *Antilla*, mientras hacia popa, en el alcázar, el tambor sigue redoblando a zafarrancho de combate, los contramaestres hacen sonar sus pitos de latón, los pajecillos terminan de echar arena en la cubierta, y la escuadra inglesa, que ya se agrupa claramente en dos columnas dirigidas hacia la línea francoespañola, avanza con todas las velas desplegadas, incluidas alas y rastreras, para aprovechar el viento flojo del noroeste.

—Válgame Dios —exclama el segundo comandante Fatás.

Falcó se vuelve hacia él. Fatás, apoyado en el cabillero del trinquete, un poco flexionadas las rodillas para amortiguar la oscilación del catalejo con la marejada, observa la señal que acaba de aparecer en el buque insignia del almirante Villeneuve y es repetida en la arboladura de las fragatas y la balandra que navegan a lo largo de la línea. La número 2. Al cabo, Fatás, que mueve los labios como leyendo para sí mismo sin necesidad del libro de claves, cierra el telescopio con un chasquido, parpadea, mira al guardiamarina y luego hacia popa, al alcázar, donde en ese momento don Carlos de la Rocha debe de tener la misma cara de estupefacción que tiene él. Por fin, todavía el aire incrédulo, mira las grímpolas de los mástiles para calcular la dirección e intensidad del viento, y observa el estado de la mar.

—Virar por redondo a un tiempo toda la línea, orden inverso, rumbo norte —repite al fin, en voz alta.

Ginés Falcó cambia una ojeada inquieta con él y luego observa el ceño fruncido del segundo contramaestre Fierro. Tela marinera. La orden del *Bucentaure* significa que toda la línea francoespañola, que ahora navega hacia el sur, debe dar media vuelta y arrumbar al norte, convirtiéndose la retaguardia en vanguardia. Eso, que parece chupado en los libros y en las pizarras de las academias, y por lo visto también en el coco de Villeneuve, tiene hoy, aquí, una ventaja y un inconveniente: pone Cádiz a sotavento y por la amura, si llega el caso de tener que batirse en retirada; pero también demuestra a todo el mundo, incluido el enemigo, que el almirante de la escuadra francoespañola es un mantequitas blandas que ya considera la posibilidad de retirarse antes de empezar a combatir. Como para darle ánimos al personal. Aunque lo peor no es eso. Cualquier marino con mínima experiencia (incluido el joven Falcó) sabe que virar a la vista del enemigo, con poco viento y a punto de entrar en fuego, es una maniobra arriesgada, que expone a la escuadra a combatir en desorden, sin tiempo para rehacer su línea de batalla. De cualquier manera, quien mejor resume la situación es el segundo contramaestre Fierro, a quien don Jacinto Fatás acaba de ordenar que ponga a los hombres en las brazas, listos para cuando llegue desde popa la orden de virar:

—Ahora —masculla Fierro— sí que estamos jodidos.

4

La carne de cañón

Con tós sus muertos más frescos. El marinero Nicolás Marrajo Sánchez, patillas de boca de hacha y marca de navajazo en la cara, reclutado a la fuerza en Cádiz hace tres días, palpa el cuchillo que lleva en la parte de atrás de la faja y jura que antes de pisar tierra, si es que vuelve a pisarla, lo clavará en la espalda de un oficial. Muá, hace, besándose con disimulo el pulgar y el índice atravesados. Cagüentodo. Por éstas, que son cruces. Pero no en la espalda de un oficial cualquiera (nunca imaginó que hubiera tantos en un barco), sino concretamente en la del teniente de fragata don Ricardo Maqua (en el mundo de Marrajo todos los oficiales llevan el don por delante), a quien hace sólo un momento ha visto bajar camino de su puesto en la primera batería. El hijoputa. En realidad, Marrajo no es marinero. Ni por el forro. No pertenece a la matrícula de mar ni tiene experiencia como pescador ni nada de eso; tal es la razón de que figure anotado como grumete en el rol del *Antilla*, igual que tantísimos otros embarcados contra su voluntad, pese a que hace ocho meses creyó cumplir (no está muy seguro del año en que lo parieron) los treinta y un tacos. Da igual. El caso es que aquí está, con esos años, o los que sean, pese a no haber pisado antes una cubierta de barco de guerra en su vida, y pese a saber del mar lo justo para alguien nacido en Barbate y que se busca la vida en Cádiz con el trapicheo de aguardiente y tabaco de contrabando, la bajunería, los naipes y las mujeres. Todo eso, claro, hasta que un piquete de reclutamiento, con el teniente de fragata Maqua a la cabeza (todo arrogante y flamenco con su sombrero de dos picos galoneado y su casaca azul con charreteras y botones dorados, el muy perro), entró con un oficial de juzgados en la taberna La Gallinita de Cai, donde Marrajo estaba con todas las cajas llenas, o sea, con más vino en la barriga del conveniente, y se lo llevó a empujones con otros cuatro infelices, sin atender a protestas ni milongas. Y lo malo es que en un barco, en mitad de toda esta mar inmensa, que ni la tierra se ve, no hay manera de coger la escollá. De aligerarse, vamos. De largarse.

—¡Silencio todo el mundo!... ¡Carga cangreja! ¡Carga sobremesana y arriba todo!

Atrás, en la toldilla, las voces de los oficiales resuenan imperiosas mientras los contramaestres y guardianes las repiten a grito pelado de popa a proa. Venga ya. Inútiles. Mover el culo antes de que os lo chamusquen los ingleses. Y así, grumetes, marineros, soldados y artilleros corren, los pies descalzos sobre la arena extendida en las tablas de cubierta, a hacerse cargo de las brazas y las escotas que hacen maniobrar las vergas y las velas, hacia donde trepan algunos marineros veteranos empujando a otros que no lo son, sube, capullo, sube de una vez, y que se agarran a los obenques, torpes, cuando la marejada imprime al navío demasiado balanceo. La vela de sobremesana, la del palo situado más a popa, flamea ahora, flap, flap, flap, con las cuerdas (o las escotas, o como se llamen) sueltas mientras la recogen desde arriba, y las órdenes para la vela mayor alcanzan ya a la brigada de marineros a la que pertenece Marrajo, agrupada en el alcázar detrás del enorme palo macho pintado de amarillo. Riiic, raaac, hace el barco, crujiendo que te cagas. Arría escota mayor, larga bolina de mayor y de gavia, dicen los que saben de qué leches hablan. Para Marrajo, como si fuera chino. Onofre, el guardián de la brigada, señala unos cabos y el de Barbate obedece, como todos. Qué remedio, pisha. Mira a los veteranos, intenta comprender qué objeto tiene lo que están haciendo, y reprime una blasfemia (castigadísima en todos los barcos españoles y especialmente en éste) cuando la fricción del cáñamo le quema la piel de las manos. Cagüenlamadrequemeparió. Bracea por barlovento mayor y gavia, gritan desde popa. El guardián repite la orden, Marrajo duda, el guardián lo empuja para hacerse un hueco en la braza y une su esfuerzo al de los otros, tirad, leñe, tirad fuerte, así, así, a ver si conseguimos que este maldito barco vire por redondo de una vez. Ahora. Ahora. Ahora, joder. Ahora. ¿Veis? La orden es que toda la escuadra vire, o sea, navegue rumbo norte. Para eso hay que virar en redondo, por la popa, porque el viento es muy flojo para virar de proa. ¿Comprendéis?... No, ya veo. Ya veo que no comprendéis una mierda. Pero es igual. Tirad. Tirad. Tirad, coño. Tirad. Ya comprenderéis cuando tengamos a los casacones encima. Tirad, me cago en diez por no hacerlo en mi Primo Manolo, el de arriba. Tirad.

—¡Amura mayor!... ¡Vuelta a la mura!... ¡Caza mayor!

Marrajo suda como un gorrino bajo la camisa sucia que se le abre en el pecho, descubriendo una pelambrera ensortijada y negra. Con tós sus muertos, repite entre dientes. Epa ya, epa ya. Asín, colegas. De ese modo tira y tira hasta quedarse sin aliento, sin saber de qué está tirando, ni para qué. Por lo menos, a diferencia de muchos compañeros que llevan dos días vomitando las asaduras (como su compadre Curro Ortega, que faena a su vera y ha echado por la borda la masmarria que les dieron de cena y el bizcocho con un cuartillo de vino del desayuno), él no se ha mareado todavía; aunque ahora, con todo el trajín, siente una molesta basca en el estómago. Glaps. Espera (recordando el cuchillo que lleva en la faja) no terminar echando el jámago con los meneos del barco. Tiene cosas que hacer, y necesita estar despejado para eso. Para corresponderle al teniente de fragata el par de hostias que le pegó, espilfarrándose mucho con él, cuando el de Barbate se resistía a que se lo llevaran y argumentaba que tenía una mujer enferma, una madrecita anciana y siete chinorris en la casa, no veas, que era malaentraña no ablandarse con eso. ¿O no? Que lo de la mujer y la madrecita y los críos fuera mentira no cambiaba nada, porque ese cabrón de oficial no sabía si era mentira o verdad. Joputa. Además, aunque lo fuera, a Marrajo se lo habrían llevado igual, por el morro, como a Curro su compadre y a ese pobre chaval recién casado que se volvió loco anoche y lo mataron como a un chusquel, o a ese otro infeliz, el mendigo que estaba a la puerta de una iglesia (la verdad es que haciéndose el cojo pero sano total, el colega) cuando pasó el piquete de leva y también lo agarraron. La patria te necesita y toda esa mierda. Digo. Menudo cachondeo de patria, si depende de ellos para sostener un órdago como el que se les viene encima: del recién casado, del mendigo (que no ha tenido tiempo ni de quitarse los escapularios), del propio Marrajo. De su compadre Curro, que también cayó en las garras del piquete, y que después de haber vomitado ya cena, desayuno y todo el vino que llevaba en el buche cuando los colocaron en la taberna, está vomitando ahora la primera papilla, y debe de quedarle en el cuerpo menos pringá que a un puchero maricón.

—¿Cómo lo llevas, Curriyo, pisha?

—Fatá, compare… Uaaaag.

Para ahorrarse el espectáculo, aunque lo huele, Nicolás Marrajo alza el rostro, viendo cómo la enorme superficie de lona remendada, que el sol de la mañana dora sobre su cabeza, se agita en el débil viento mientras, muy despacio, el horizonte donde se agolpan las velas inglesas empieza a desplazarse por estribor hacia la popa del *Antilla*. O eso parece. Pese a lo que les ha explicado el guardián Onofre, Marrajo no tiene ni puta idea de lo que están haciendo; pero lo cierto es que la proa del barco se mueve y cambia de posición, de sur al norte. Así que, con una vaga sensación de tranquilidad (al norte queda Cádiz), el barbateño echa un vistazo alrededor y comprueba que toda la flota francoespañola está haciendo más o menos lo mismo que ellos, virando muy despacio con las velas flameando y el viento por la popa, aunque de una forma desordenada, unos barcos más a sotavento que otros, y que la línea que antes ya era curva e imperfecta se ha convertido ahora en un zigzag quebrado de navíos, cada uno en una posición diferente respecto al viento.

—¡Afirma brazas!… ¡Zafa cabos!

Marrajo y sus compañeros se miran, confusos, y poco a poco, imitando a los veteranos, hacen la maniobra exigida. Varios infantes de marina y soldados del ejército de tierra embarcados como tiradores, los menos mareados, acuden a echar una mano, incitados por su sargento. Epa, ya. Epa, ya. Antes de todo esto, cuando veían amanecer ateridos de frío debajo del palo, sin arrancho de ropa de abrigo, mojados por el relente hasta los tuétanos, hechos un grupo como borregos y asustados, el guardián Onofre, un malagueño que lleva años a flote y estuvo, dice, en Tolón, en la última campaña del Caribe y en el combate de Finisterre, les explicó a los recién embarcados en Cádiz, reclutas y soldados, de qué iba la murga aquella, o sea, mucho que ver con barlovento y sotavento, a ver si os acordáis, hombres, de barlovento le viene el viento al barco y por sotavento se va. Estar a sotavento o a barlovento del enemigo no es lo mismo, y las dos cosas tienen ventajas e inconvenientes. Estar a sotavento, por ejemplo, permite disparar con las baterías bajas, zaca, zaca, zaca, pues la escora inclina el barco para la banda opuesta y no entra el agua por las portas; y también hace posible que los barcos propios desarbolados o maltratados se retiren de la acción y se refugien tras la línea, que los barcos enemigos dañados e indefensos sean empujados por el viento hacia tus cañones para que termines de joderlos a gusto, y que toda la escuadra propia, si vienen chungas, aproveche el viento para largarse con la música a otra parte. Suelta paño y adiós, orrevuar, gudbay. La pega, colegas, es que a sotavento los inconvenientes son más que las ventajas; estar del lado de barlovento le permite al enemigo atacar a sus anchas, sin despeinarse, mientras que a ti estar bajo su viento te esparrama vivo: dificulta la aproximación, el abordaje o el doblarle la línea; también aumenta tu riesgo de incendio porque las putas chispas y los putos tacos ardiendo de los cañonazos propios y ajenos pueden venirte encima (ya veréis qué pesadilla, camaradas), además de cegarte el humo del enemigo y el de tus propias baterías. Jodidísimo, os lo juro. Los barcos que atacan por barlovento, sin embargo, tienen facilidad de maniobra, el viento empuja el humo y las chispas hacia el otro bando y permite distinguir mejor las señales propias. Todo limpio como una patena de este lado, y los otros rebozándose en su propio humo mientras reciben estopa. Además, si los barcos que están a barlovento navegan bien de bolina, o sea, son capaces de ceñir el viento navegando casi contra él, con éste cerca de la proa, pueden huir haciendo difícil que se les dé caza; y si lo que quieren es atacar, tener el viento a favor les permite elegir dónde, cómo y cuándo… ¿Comprendéis? Bueno, pues comprendáis o no, pringados, ahora rezad para que, cuando se haga de día, esos cabrones de ingleses no aparezcan por barlovento.

—Ahí vienen los hijoputas. Por barlovento.

El guardián Onofre echa un gargajo por encima de la borda (hacia sotavento) y mira con ojos entornados las velas inglesas que se acercan despacio con el viento a favor, mientras Nicolás Marrajo, junto a su amigo Curro y el resto de la brigada, ayudados por algunos infantes de marina, despejan el alcázar y ayudan a echar la lancha, el bote y el serení al agua, remolcados por la popa, a fin de que los cañonazos inminentes, según acaban también de explicarles, no los conviertan en peligrosas astillas volando por la cubierta.

—Ohú. Esto tiene mala pinta, pisha.

—Y que lo digas, compare. Pero arguien me lo tiene que pagá.

Marrajo pronuncia esas últimas palabras pensando en la espalda cubierta de paño azul del teniente de fragata Maqua. Flechao tengo a ese prójimo, por éstas. Piensa. Ahora, con el guardián Onofre repitiéndoles a voces las órdenes del primer contramaestre Campano, que anda por allí cerca, su brigada se ocupa de que cada uno de los botes que se echan al agua esté provisto de planchas de plomo, tapabalazos, estopa, masilla, cuero, clavos, estoperoles y herramientas para reparar los cascos desde afuera en mitad del combate, si se tercia. Marrajo obedece con desgana, intentando escaquearse, y sólo cuando el contramaestre o el guardián se fijan en él pone cara de agobiado y hace como que se descuerna trabajando. En realidad sigue obsesionado con ajustarle las cuentas al teniente de fragata que lo sacó a rastras de la taberna. A ese chuloputas cabrón, piensa, que me ha hecho la jangá de meterme en esta mierda, le voy a rajar las asaduras. Lo mismo si está en la batería de abajo que en la punta del palo mayor. A la primera ocasión que me lo tope, y aprovechando el barullo. Por la gloria de mis muelas.

—¿Cómo lo llevas, Curriyo?

—Regulá.

—¿Cómo de regulá?

—Regulá, regulá.

Desde su puesto, mientras aduja torpe una guindaleza bajo la mirada crítica del guardián de su brigada, Marrajo echa un vistazo alrededor, hacia el mar y la escuadra combinada que, perezosamente, pese a la falta de viento, ha logrado, más o menos, terminar la virada poniendo proa al norte. Hacia Cádiz, murmuran alrededor los optimistas. Pero Cádiz mis cojones, vislumbra Marrajo, presa de un fúnebre presentimiento. No está lejos ni ná. Tanto como cerca los ingleses. Y a todo esto, la línea francoespañola, comprueba el barbateño, es un desordenado arco que debe de extenderse casi una legua, con unos barcos amontonados y otros dejando grandes claros, forzando la vela unos y acortándola otros para situarse en sus puestos. Un esparrame que te mueres. Hasta Marrajo, que no tiene la menor idea de tácticas navales, ha comprendido lo que, mientras amanecía, también les explicaba a los reclutas el guardián Onofre. Dos escuadras suelen enfrentarse en líneas paralelas, sacudiéndose estopa, y luego el de barlovento intenta cortar la línea enemiga, doblarla o envolverla, concentrando así el fuego de varios barcos en los del enemigo, uno por uno, batiéndolos con ventaja hasta rendirlos; pero otras veces el que ataca lo hace directo al bollo, perpendicular o casi a la línea enemiga, resuelto a cortarla de buenas a primeras (maniobra para la que, por cierto, hace falta decisión, pericia y mucho cuajo, porque mientras llegas y cortas te sacuden de lo lindo). Frente a eso, la defensa común consiste en oponer una línea ordenada y firme, sin claros por donde se cuelen los malos, machacándolos a cañonazos cuando se acercan de proa. Y hoy, hasta para el ojo español menos marinero es evidente que los ingleses, a quienes la virada ha puesto ahora a babor del *Antilla*, intentarán eso mismo: cortar, doblar, envolverles la línea. Por el centro y la retaguardia, además, porque ya pueden apreciarse a simple vista los navíos británicos formando dos líneas de ataque, impávidos y viento en popa, muy a las claras salvo que sea un engaño (dicen que Nelson está al mando, y por lo visto ese fulano es la leche), apuntando arrogantes al cogollo de la formación aliada. Formación por llamarla de alguna manera, claro. Marrajo comprueba que el poco viento que impulsa a los ingleses no basta para que franceses y españoles maniobren rehaciendo su línea con la adecuada rapidez. O sea, piensa, lo tenemos chungo. Cuando los ingleses lleguen a tiro de cañón, la línea francoespañola todavía estará imperfectamente formada, con peligrosos claros por donde los ingleses podrán colarse para doblar a los barcos aliados y cogerlos entre dos fuegos. Aun así, a Marrajo lo tranquiliza un poco el aspecto imponente de la escuadra propia, el bosque de palos y velas iluminado por el sol aún casi horizontal de la mañana, los relucientes cañones oscuros asomando por las portas abiertas, la maraña de lona y jarcia que se tensa al viento flojo y cruje sobre su cabeza, la sólida cubierta empernada al casco de roble que se balancea bajo sus pies. Aquella poderosa máquina de guerra parece indestructible, como sus hermanos que navegan a proa y a popa, aguardando al enemigo.

—Vaya un viahe velas, Curriyo.

—Ohú, pisha. Sin faha en el ombligo me tiene el paisahe.

—Tela, compare. De angurriarte y no eshar gota.

—Uaaaag.

Glaps, glaps. Marrajo aparta la vista de la mascada que su compadre ha vuelto a echar sobre la arena húmeda que cubre la tablazón de cubierta, y observa de nuevo la extensión de la línea aliada. A fin de cuentas, razona, los jefes y oficiales saben su oficio y conocen al enemigo que les viene encima. Años atrás, según dicen, el propio comandante don Carlos de la Rocha, ese caballero de pelo gris, bajito, de aire tímido, muy escañonao como dicen en Barbate, o sea, pulcro, que acaba de arengarlos sin paños calientes desde la toldilla (al que se achante lo fusilo, etcétera), hizo arriar bandera a la *Casandra*, una fragata inglesa de cuarenta cañones, después de batirse con ésta cinco horas frente al cabo Santa María, cuando mandaba la fragata de treinta y ocho *Santa Irene*. El comandante, cuentan los testigos, no es hombre de los que se arriesgan por su cuenta. Más bien lo contrario: religioso, prudente y apegado a las ordenanzas. Pero es buen marino, y si hay que pelear, está. En lo de las fragatas anduvo (andó, rectifica mentalmente Marrajo) huyendo toda una tarde y una noche mientras el inglés le daba caza; y al amanecer, al ver que no podía darle esquinazo, mandó rezar el rosario en cubierta, viró de bordo y peleó con tesón, con la fortuna de que esa vez los tripulantes estuvieron a la altura. También, dicen, estuvo en lo de Gibraltar, en Tolón y en la que llaman del Catorce: San Vicente. Y hace poco, en el combate de Finisterre contra la escuadra casacona del comodoro Calder, en un claro de la niebla, el *Antilla*, cuentan, sostuvo un fuego tan vivo y tozudo contra el *Windsor Castle* que lo hizo salir casi desmantelado de la línea, al malaje, chorreando sangre por los imbornales tal que un Eccehomo en Jueves Santo. Porque a pesar de su experiencia, disciplina y artillería, lo cierto es que frente a barcos bien mandados y con huevos, ni siquiera los ingleses son imbatibles. Aunque no sea lo normal, gabachos y españoles se la han endiñado hasta dentro más de una vez. Y de dos. Lo mismo en el mar que en la tierra. El propio Nelson, según cuentan, con todo su golpe de almirante victorioso del Nilo y demás, se dejó un brazo en Canarias (uan arm cut, traducido al guiri) cuando quiso pasarse de listo y allí le dieron las suyas y las de un bombero, haciéndolo reembarcar con el rabo entre las piernas, cagaíto hasta las trancas. Anda y que te den, míster. Bang, bang. Toma candela yesverigüel fandango, pa ti y pa tu primo. Tipical spanish sangría. Joputa. Yu understán? Con esos pensamientos en la cabeza, Marrajo mira las velas inglesas y piensa, oscilando entre dos rencores, en la espalda forrada de paño azul del teniente de fragata Maqua, allí donde le va a empetar el baldeo en cuanto se tercie. Y en fin, concluye. Aunque a él no se le haya perdido nada en un barco, y lo que de verdad le importe sea abrirle otro ojal a ese perro de oficial en la casaca, lo cierto es que, de paso, no estaría de más tener un poquito de potra con los ingleses, darles bien por saco y bajarles los humos de la peluca a esos cabrones, o sea, a esos complaisants jusbands o como se diga en inglish.

—A ver. Cinco voluntarios. Faltan hombres en la primera batería.

Marrajo levanta la mano sin pensarlo. Yo mismo. La primera batería es palabra mágica, pues allí está el teniente de fragata don Ricardo Maqua. Su ojito derecho. Además, el de Barbate del mar sabe poco, pero lo suficiente como para tener claro que cuando la metralla y las balas empiecen a barrer la cubierta, los gruesos costados de roble del *Antilla*, abajo en la batería, ofrecerán mayor protección que los endebles coys (las hamacas de los marineros enrolladas y dispuestas en las batayolas) y las redes que unos grumetes jóvenes y ágiles como monos, colgados de la jarcia, acaban de extender sobre cubierta para proteger a la gente de vergas, motones, cuadernales, astillas, cadenas, trozos de hierro y bronce, y todo lo demás que va a caer de arriba cuando empiece el desparrame. El guardián Onofre lo mira con suspicacia.

—¿Tú sabes algo de cañones?

—Una jartá jorrorosa.

Los manda para abajo, guiados por el artillero que subió a buscarlos, a él, a Curro Ortega (que pese a las vomiteras ha levantado la mano imitando a su compadre) y a otros tres más. En pos del artillero, Marrajo pasa bajo la enorme lona henchida de la vela mayor y baja por la escala del foso del combés, a la sombra de la segunda batería del navío: treinta cañones de 18 libras, dispuestos quince a cada banda, despejado el entrepuente a todo lo largo para que no haya obstáculos en la acción, salvo los palos machos que atraviesan las cubiertas, los cabestrantes del combés y popa, y al fondo, hacia proa, la cocina y los fogones con los fuegos apagados (como todo el barco excepto las mechas de los artilleros y los faroles de combate) en prevención de incendios, las chilleras llenas de balas y palanquetas, las mechas humeando en sus tinas de arena, las brigadas de artilleros, ayudantes y servidores que se agrupan en torno a las piezas, mientras el condestable y sus ayudantes bajan a encerrarse en el pañol de la pólvora, a fin de encartucharla y pasarla a los pajes que la distribuirán por las baterías: pilletes vivos, ágiles y rápidos, alguno de los cuales no ha cumplido aún los doce años.

—Menudo tiberio, pisha. Acohona.

El espectáculo en la batería es menos tranquilizador de lo que Marrajo pensaba: los oficiales y cabos de cañón dan órdenes a gritos, los artilleros veteranos o los que conocen su oficio se desnudan el torso, se atan pañuelos en torno a la cabeza, destrincan los cañones aprovechando los balances del barco para arrimarlos a las portas que se levantan con crujidos siniestros, y en la sucesión de rectángulos de luz que surge en los costados del navío, rebulle, como en un sudoroso y vociferante hormiguero, la densa humanidad de los doscientos hombres hacinados en esta segunda batería, que parece (en realidad lo es) un féretro de paredes de pino y roble, de casi doscientos pies de largo por cincuenta de ancho. Eslora y manga, como dicen los que saben. Aunque es evidente que la mayor parte de quienes están aquí abajo no saben. Ni tiempo que les va a dar. Camino de la escala que lleva a la primera batería, Marrajo tropieza con hombres torpes de ojos enloquecidos que se tambalean, sofocados por el calor y el hedor que se filtra desde la sentina donde chapotean las ratas, gente de tierra como él, infelices

asustados, mareados, confusos, a quienes los artilleros de
mar, los infantes de marina y los marineros que conocen
su oficio (uno de cada dos o tres, como mucho) intentan
explicar su cometido. Su deber, como ha dicho hace un
momento en cubierta el comandante. Tiene huevos. Un
deber que muchos de ellos apenas llegarán a comprender antes de que empiece la batalla, y mueran.

—Me parese que estábamos mehó arriba, compare
—murmura Curro Ortega, preocupado.

Marrajo empieza a opinar lo mismo. Acaban de llegar a la primera batería, que es la más baja y oscura. Allí
la única claridad es la que entra por las veintiocho portas
abiertas, catorce a cada costado, y en cada cuadrado se
recorta, a contraluz, la enorme silueta negra de un cañón
de 36 libras. El hedor es aún más sofocante que en la batería superior. Sobreponiéndose a los crujidos del barco
y al chapaleo del agua en los costados, las ruedas de las
cureñas chirrían mientras las brigadas de artilleros aflo-
jan las trincas para cargar las piezas y luego empujan de
nuevo los cañones hasta hacerlos asomar por la portería
de cada banda. Entre los casi trescientos hombres que se
encuentran aquí aparecen ya los primeros lesionados:
ay, cloc, cagüentodo, madre mía, reclutas maltrechos
que se quejan o a quienes llevan abajo, a la enfermería,
por no apartar a tiempo los pies descalzos bajo una rueda, manos dislocadas, huesos descoyuntados. Y en mitad
del caos, quienes conocen su oficio, los cabos, los artilleros ordinarios de mar y tierra, los marineros veteranos

asignados a las piezas, es decir, quienes son capaces de mantener la cabeza tranquila, eligen de las chilleras las balas más redondas y con menos óxido para las primeras andanadas, comprueban las llaves de pedernal, las agujas y las mechas, instruyen a los reclutas, les asignan puestos en las brigadas, y los infantes de marina explican a los soldados de tierra (una veintena del regimiento de Córdoba, mezclados con los fusileros de marina y todos bajo el mando de un sargento bigotudo y tripón) cómo deben asomarse por las portas mientras se cargan los cañones después de cada tiro, para disparar sus mosquetes sobre los artilleros enemigos cuando los navíos se batan unos cerca de otros.

—Tú y tú, a aquella pieza. Pero ya.

Marrajo y Curro Ortega obedecen y rodean el tambor del cabrestante mayor, abriéndose paso entre la gente hasta la cuarta porta de babor, contada desde la popa. Diez hombres se afanan allí en torno al enorme cilindro de hierro, encajado por gruesos muñones sobre una cureña de madera trincada con aparejos para evitar que la mueva el balanceo del barco. Un cabo artillero de pelo cano, a quien le faltan dos dedos en la mano derecha, los recibe con una breve inclinación de cabeza. Lleva el pelo a la antigua, en coleta, un ancla cosida al gorro de artillero de mar, el torso desnudo y tatuajes con cruces, cristos y vírgenes en los hombros, la espalda y los brazos. Parece una capilla ambulante, piensa Marrajo.

—Me llamo Pernas.

Un acento gallego de la hostia. O de por ahí. Artillero de preferencia Octavio Pernas, repite el fulano. Luego les pregunta si tienen experiencia de mar, les mira la cara, y sin esperar respuesta, señalando a cada uno de los otros hombres (tres con pinta de marineros de toda la vida, un soldado con la casaca azul de los artilleros de tierra, un paje de pólvora de diez u once años y cuatro paisanos con pinta de campesinos asustados) explica lo de cada cual: yo apunto y disparo, este otro, que se llama Palau y también es artillero de mar, tiene la mecha; ese flaco mete los cartuchos de pólvora, el rubio mete la bala, el soldado ataca y prepara, el rapaciño va y viene de la santabárbara con las cargas de pólvora, estos cuatro catetos llevan aquí tres días y ya saben cómo limpiar y refrescar el ánima. Y en cuanto a vosotros, pringaos, en cada momento hacéis lo que se os mande, y sobre todo tiráis con toda vuestra alma de esos cabos, que aquí se llaman palanquines, ayudándonos a llevar el cañón para detrás y para adelante, ya sabéis, cargar y disparar, cargar y disparar, bum, bum, bum, hasta que todo se vaya al carajo. ¿Está claro? Otra cosa: cuando empiecen a darnos cera, no os inquietéis mucho al principio, ¿vale? Estas cuadernas dobles y tablones de roble encajan la de Dios; aquí abajo las tracas del forro son gruesas, y para que el barco se hunda tiene que recibir una cantidad enorme de cañonazos. En cuanto a lo de reventar el cañón, cosa que pasa a veces, y que a los novatos os acojona un huevo y la yema del otro, aquí no debéis preocuparos (ahora el artillero palmea con afecto el metal) porque éstos son de hierro gris fundido en La Cavada, fijaos, cañones muy nobles que en vez de irse a mamarla de pronto y matar a todo el que está cerca, te avisan poco a poco, agrietándose o escupiendo cachos... Y otra cosa: tendríamos que ser quince o así para servir la pieza, pero nos apañamos con lo que hay. Por cierto. Si alguno de nosotros palma, o mejor dicho, cuando alguno de nosotros palme, os aseguráis de que está muerto, lo tiráis al mar por la porta para que el escabeche no estorbe, cogéis sus chismes y hacéis lo mismo que él haya estado haciendo. O lo procuráis. Así que fijaos bien en todo. ¿Oído barra? Y recordad que al primero que intente escaquearse le arranco el hígado y me lo como.

—El suyo —remacha— y el de la puta que lo parió.

Marrajo asiente distraído, sin impresionarse en absoluto (a diferencia de su compadre, que ha puesto ojos como platos) y mira sobre el cañón a través de la porta, hacia las velas inglesas que siguen acercándose empujadas por la brisa. Luego se vuelve a observar la batería, atento a lo suyo. Aunque todas las portas de estribor están abiertas, cada una con su pieza lista y trincada en batería, los hombres se agolpan en la banda de babor, que es por la que se acercan los ingleses. Agrupados con los sirvientes de cada pieza, cabos y artilleros cualificados repiten instrucciones semejantes a las que acaba de dar Pernas. El de Barbate observa que, desde el palo mayor a popa, la batería se encuentra bajo el mando del segundo jefe de ésta, un joven teniente de artillería de tierra que se pasea de pieza en pieza, revisándolo todo, y cada vez, antes de irse, dedica una sonrisa tímida a los sirvientes. Está muy pálido y crispa demasiado los dedos en torno a la empuñadura de su sable. Mala papeleta, piensa Marrajo. Se llama Sandino, comenta alguien. O algo así. Lo embarcaron con sesenta y dos artilleros de tierra hace dos semanas, para completar la dotación. Tiene veintidós años, el zagal. Dicen.

—Lo que fartaba, compare —murmura Curro Ortega—. Una criatura.

Marrajo encoge los hombros y no responde. Tiene su atención puesta más allá, hacia proa. Entre el bajunerío que se mueve en los rectángulos de luz de las portas, más allá de la base del palo mayor y los manubrios de las bombas de achique, distingue una silueta alta y flaca, vestida con casaca de paño azul oscuro con vueltas encarnadas y una charretera en cada hombro. Que se me caiga el cipote ahora mismo, se dice, si no es el teniente de fragata de mis entrañas, o sea, don Ricardo Maqua en persona. Jefe de la primera batería, o sea, ésta, de cabo a rabo. Y cuánto malegro. Entonces sonríe para sus adentros, feroz, mientras se palpa el cuchillo que lleva en la faja. Yo, piensa, tengo mi propia guerra.

5

La insignia azul

Cielo entre añil y gris, un poco aturbonado en el horizonte. Empujada por el viento oeste-noroeste, que es asquerosamente flojo y llega por la aleta de babor, la *Incertain* navega con mayor, foque y trinqueta, entre el enemigo que se acerca y la desordenada línea francoespañola. A popa, apoyado en la batayola entre el segundo oficial De Montety, el piloto Kieffer y el ayudante del piloto Manolo Correjuevos (Manoló Coguegüevós), el teniente de navío Louis Quelennec comprueba que todos los barcos aliados han logrado virar proa al norte. Aun así, en la formación hay grandes claros, y mientras unos navegan muy juntos, otros hacen desesperados esfuerzos de vela para ocupar sus puestos. La división de cabeza parece la más ordenada, con el *Neptuno* y el *Antilla*, españoles (una franja amarilla a la altura de cada puente el primero, una sola franja ancha sobre el casco negro el segundo), ciñendo el viento por babor con gavias y juanetes, convertidos de retaguardia en vanguardia y abriendo ahora la marcha tras la virada hacia el norte de toda la línea, que intenta obedecer la señal de orzar para seguir sus aguas. El *Rayo* y el *San Francisco de Asís*, también españoles, navegan algo a barlovento, arribando para ocupar su lugar entre los franceses *Scipion*, *Formidable*,

Intrépide, Mont-Blanc y *Duguay-Trouin*; mientras el español *San Agustín*, que no tendría que estar allí sino más atrás, y que ha caído mucho a sotavento, marea las velas en facha para retrasarse y ocupar su puesto en el cuerpo fuerte de la escuadra.

Durante toda la mañana, la ágil balandra se ha estado moviendo como un galgo flaco y rápido entre las escuadras inglesa y la aliada, reconociendo aquélla y transmitiendo por señales de banderas las informaciones adecuadas al grueso de la fuerza propia. Ahora, ya con la vanguardia inglesa echándole el aliento en el pescuezo, Quelennec maniobra para atravesar la línea propia y situarse al otro lado, a sotavento, tras la protección de los grandes navíos de línea, antes de que una andanada enemiga lo haga pedazos; allí donde ya se han situado las seis fragatas francesas que hacen de observadores y repiten en sus palos las señales que transmiten las órdenes de punta a punta de la escuadra.

—Vamos a abrigarnos un poco, mes petits.

—Ya era hora —murmura el piloto Kieffer.

El ayudante español no murmura nada porque no entiende una palabra de gabacho, pero su única ceja se relaja con aparente alivio cuando comprende los gestos del comandante Quelennec, que señala el punto de la línea francoespañola (un hueco bastante amplio entre dos navíos) por donde piensa pasar al otro lado. Antes de dar la orden de arribar, Quelennec echa un último vistazo a los buques de cabeza ingleses, inquietantemente próximos. La cosa está a punto de escabeche, piensa. Son poco más de las once de la mañana, se encuentran nueve leguas al sursudoeste de Cádiz, y a estas alturas la táctica de Nelson está clara: sus navíos han formado dos líneas paralelas que avanzan, viento en popa y cubiertos de lona hasta la perilla de los palos, bonetas incluidas, dispuestos a cortar perpendicularmente, por el centro y la retaguardia, la línea francoespañola. El primer navío de la columna inglesa situada más al norte, al que hace media hora la *Incertain* se acercó todo lo posible antes de dar media vuelta y poner velas en polvorosa, es un navío de tres puentes (una franja amarilla pintada a la altura de cada batería) y cien cañones, que se dice pronto, con insignia blanca en el trinquete. O sea, como escupe el contramaestre Tête-de-Mort, blanco y embotellado es leche, patrón, la cosa está más claire que la lune, mon ami Pierrot: el vicealmirante Nelson al aparato. Y el navío no es otro, salvo que el ojo experto del contramaestre se la juegue chunga (cosa difícil, porque Tête-de-Mort tiene un ojo marinero incruayable), que el *Victory*, seguido por otros tres impresionantes tres puentes ingleses; uno de los cuales es, seguro, el *Temeraire*, que el contramaestre conoce de sobra porque hace unos años, cuando era primer timonel a bordo del *Foudroyant*, tuvo ocasión de vérselas con él frente a Ouessant. Y escupe fuego, cuenta, por un tubo.

—Que se me tombe par terre la chorra, mon capitain, si no son el *Victory* y el *Temeraire* encabezando la línea enemiga.

—¿Seguro?

—Nos ha jodido. O sea, uí.

Y además, observa atento Quelennec, los british de la gran putain van derechitos a lo que van. Es decir, a cortar la línea exactamente por el centro, donde navegan dos de los buques más importantes de la escuadra aliada. En plan chuleta. La columna que se supone encabezada por Nelson in Person se dirige hacia el *Santísima Trinidad* (cuatro puentes, ciento treinta y seis cañones para dar estopa, ojito derecho de la Marina española) o hacia el *Bucentaure* (ochenta cañones, buque insignia del almirante Villeneuve), que navega a popa del español. La segunda columna inglesa avanza cosa de media milla al sur de la otra y más o menos paralela a ésta, con dos navíos de tres puentes en cabeza e insignia azul en el trinquete del que abre la marcha (Quelennec estima que podría tratarse del almirante Collingwood, favorito de Nelson) apuntando hacia la escuadra de observación, antes en cabeza y ahora convertida en retaguardia tras la virada en redondo: cinco navíos españoles y seis franceses, cuyo buque insignia es el *Príncipe de Asturias*, de tres puentes y ciento dieciocho cañones, donde enarbola su gallardete el almirante español don Federico Gravina y Nápoli y Nosequemás. Que hay que ver, por cierto, cómo le gustan a los españoles los nombres largos y aristocráticos. Tampoco tienen cuento macabeo, ni nada. Los colegas.

—Les choses como son —comenta el segundo de la *Incertain*, De Montety—. Esos cabrones de ingleses le echan muchos couilles.

—¿Cuá?

—Huevos, mi comandante.

Quelennec está de acuerdo. Huevos con bacon, es lo que le echan los jodíos. La maniobra, si sale bien, permitirá a los británicos cortar y envolver la línea aliada; pero supone, hasta que eso ocurra y desde el momento en que los atacantes lleguen a tiro, sufrir el fuego concentrado de la escuadra francoespañola, bang, raaaca, bang, raaaca, sin poder contestar, de momento. Los navíos tienen la artillería situada en los costados, babor y estribor, y carecen de capacidad de fuego por proa y popa (dos piezas como mucho: las miras situadas a uno y otro lado del bauprés y del timón). De modo que, mientras se acercan en perpendicular buscando el cuerpo a cuerpo, los ingleses apenas podrán usar su artillería. O sea, que van a recibir una estiba guapa.

—Lo mismo ganamos —dice De Montety, que pese a ser de origen aristócrata (dos abuelos y un tío carnal guillotinados en su currículum) es un optimista.

El comandante de la *Incertain* se rasca el mentón sin afeitar y mira de reojo a su segundo. Lo duda mucho, aunque no dice ni pío. Nelson es un fantasma y un tocapelotas, vale; pero también, manco, tuerto y todo, un marino de pata negra, como dicen los aliados hispanos (que, las cosas como son, tienen un jamón de putísima madre). Jabugo de los mares, o sea. Horacio Nelson. Nada más lejos de un irresponsable o un suicida. Quelennec conoce de sobra la extraordinaria capacidad marinera de los ingleses, su superioridad en el manejo de la artillería, su excelente motivación para romperle los cuernos al enemigo. Batiéndose individualmente, la Marina francesa no tiene nada que envidiar a ellos ni a nadie: para cojones, los suyos. Como, verbigracia, demostró hace poco la corbeta de treinta y dos cañones *Bayonnaise* cuando abordó y capturó a la fragata inglesa de cuarenta *Ambuscade*; o cuando el capitán Robert Surcouf, al mando del corsario de dieciocho cañones *La Confiance*, con una tripulación de sólo ciento ochenta y cinco hombres (trescientos setenta huevos en total), tomó al abordaje y por la cara la fragata *Kent*, que artillaba cuarenta piezas y llevaba a bordo la bonita cifra de cuatrocientos treinta hijos de la Gran Bretaña. Por ejemplo. Pero otra cosa es la Frans en lo referente a grandes evoluciones navales y a la capacidad de sus emperifollados (la moda imperial hace estragos) capitostes, porque en ese registro los almirantes imperiales, hasta hace poco consulares y un poquito antes republicanos fervientes (la politique, etcetegá, mon petichú), siguen pegados como lapas al *Traité des évolutions navales* de 1696: dos líneas, orden de batalla, etcétera, pese a lo que ha llovido desde entonces. Y claro, a estas alturas, el genio y la disciplina ingleses suelen imponerse. Rule Britannia hasta echar la pota. Además, todo cristo, hasta el enemigo (a lo mejor por eso Nelson se la juega de aquella manera), conoce las limitaciones del almirante Villeneuve: muy enchufado del ministro Decrés y muy bravo para levantar l'étendard sanglant en los abordajes y el sus y a ellos, o-la-lá y todo lo que se quiera, vale; pero como jefe de la escuadra aliada, a decir de sus oficiales de estado mayor (en Cádiz todos salían de sus reuniones tácticas blancos como el papel, los franceses corriendo a la taberna más próxima y los españoles persignándose), cuando medita maniobras de alta katanga, como hoy mismo (hay que joderse), el comandante general señor almirante Villeneuve sólo se diferencia de una vaca en la mirada inteligente de la vaca.

—Señal del navío almirantuá.

Galopin, el guardiamarina, deja el catalejo junto a la bitácora y busca, diligente, en el libro de señales comunes a la escuadra francoespañola. Quelennec observa que al chico le tiemblan las manos. Y más que le van a temblar, piensa. De aquí a nada.

—*Que toda la escuadra arribe para restablecer la línea.*

El comandante de la *Incertain* observa las banderas que repiten la señal en las lejanas fragatas y en los penoles de las vergas de los navíos. La orden es oportuna, se dice, pues el viento sigue flojo del oeste, y eso hace que quienes lo ciñen vayan a paso de tortuga, y quienes lo llevan largo se apelotonen. O sea, que si los ingleses llegan hasta ellos antes de que la línea esté restablecida, el desastre puede ser de padre y muy mesié muá. Así que no hay otra que arribar todos a un tiempo, tomando el viento algo más por la popa. Y aun así, la cosa se ve un poquito peliaguda. O un muchito.

—Otra señal, mon commandant. La númego… A ver. Uí… *Que cada buque empiece el combate cuando pueda.*

—Anota la hora, monanfant.

11.30, anota el guardiamarina en el libro de bitácora, mientras Quelennec y su segundo cambian una mirada silenciosa. Así también doy órdenes yo, se dicen sin palabras. No te jode. En ese momento, con el viento por la aleta de babor y la enorme vela mayor muy abierta hacia la banda de estribor, la *Incertain* corta la línea francoespañola de oeste a este, por el amplio hueco (al menos dos cables de distancia) que hay entre la popa del navío francés *Héros* y la imponente proa del *Santísima Trinidad*. Que a pesar de los treinta y cinco años de mili que lleva metidos entre baos y cuadernas, acojona. Cuando pasan junto al cuatro puentes español, Quelennec no puede menos que admirar el extraordinario aspecto del buque de guerra más potente del mundo, con las ciento treinta y seis bocas negras de sus cañones asomando por las portas abiertas en ambos costados del altísimo casco rojo y negro con ribetes blancos. Coronado de un bosque de palos y jarcias cubierto de velas, el español parece una isla fortificada e indestructible, cuya apariencia debería bastar para infundir confianza a quien lo tenga de su parte. Debería.

—Mantenlo rumbo nordeste, Berjouan. Listos para virar por avantuá.

Los marineros corren por la cubierta mientras la balandra se desliza, grácil, pasando al otro lado de la línea. Quelennec, aprovechando la relativa libertad de movimientos que le da su carácter de explorador y chico de los recados, tiene intención de dirigirse hacia el sur de la línea y echar un vistazo por aquella parte. El cambio de bordo lo hará muy cerca del español y también del *Bucentaure*, el buque insignia del almirante Villeneuve, que es su matalote de popa; así que le interesa conseguir una maniobra bonita, marinera. Tirarse el pegote, vamos, porque esas cosas se miran mucho, y siempre hay queridos colegas esperando que uno meta la gamba para guiñarse un ojo mientras se dan con el codo. De un vistazo observa la grímpola que en el tope del palo indica la dirección del viento, que sigue flojo del oeste-noroeste. Chachi piruli. Casi a huevo.

—Arriba un poco, Berjouan. Así... Vale. Caña a la vía.

La *Incertain* ha subido hasta ponerse a estribor del *Héros*, a un par de cables de distancia por su través, cuando Quelennec da las órdenes oportunas, lo de siempre, escotas de foque y trinqueta en banda, caza botavara, orza a la banda, etcétera. Entonces el timonel mete la caña a sotavento, la balandra cruje, cabecea en la marejada sin perder apenas velocidad, y las dos velas triangulares de proa flamean lo justo mientras el viento pasa limpiamente de la banda de babor a la de estribor. Chupado. Y elegante de morirse.

—Caza foque y trinqueta. Zafa cabos.

Los marineros amarran las escotas, las velas se tensan con el viento a un descuartelar, y la *Incertain*, tras su impecable maniobra, navega ahora hacia el sur por sotavento del centro de la división principal de la escuadra. Cuyo aspecto, por cierto, no es muy airoso: a popa del *Trinidad*, sólo el *Bucentaure* y el francés *Redoutable*, que sigue sus aguas algo retrasado pero con mucha gallardía marinera (ese pequeño y eficaz capitán Lucas, piensa Quelennec con una sonrisa de admiración), mantienen la formación idónea. El *San Justo*, español (que no tendría que estar allí sino más atrás, pues pertenece a la división siguiente), y también el *Neptune* francés y el *San Leandro*, español, se hallan sotaventeados y las pasan moradas intentando ocupar sus puestos, con poco viento y además de proa. Sobre todo el *San Justo*, que ha abatido hasta irse al quinto coño, el pobre, y ahora bracea torpemente las vergas intentando coger algo de viento para moverse. Su comandante tiene que estar pasando una vergüenza espantosa.

Al pasar a tiro de pistola del *Bucentaure*, Quelennec se arregla maquinalmente el corbatín y el cuello de la casaca y luego se descubre con mucho protocolo y mucho cuento (el dichoso y flamante imperio, suspira para sus adentros), mirando hacia la toldilla del buque insignia, desde donde un grupo de oficiales franceses observa su maniobra. Entre ellos distingue el sombrero bordado y las charreteras y condecoraciones del almirante Villeneuve (tampoco le gusta ni nada lucir medallas, al tío). Un oficial se adelanta a la batayola, con una reluciente bocina de latón en las manos, y ordena a la *Incertain* esto y aquello, en resumen, que confirme a la voz al almirante Gravina, cuyos barcos se ven desordenados, la instrucción de mantenerse en su puesto, siguiendo las aguas de la línea. Quelennec y su segundo, De Montety, se miran otra vez en silencio. Gravina. Hace un rato, el almirante español, que manda la escuadra de observación ahora situada a retaguardia, solicitó por banderas permiso para operar independiente de la línea y atacar con sus navíos la columna inglesa más próxima, hostigándola, cortándola o intentando doblarla. La idea tiene sentido común de aquí a Terranova, Gravina es un marino hábil y valiente, y a Quelennec le pareció una solución estupenda. Pero Villeneuve opina de otro modo: donde hay almirante francés no manda español. A joderse tocan. Así que Quelennec da el enterado, saluda otra vez y sigue a rumbo sur, obediente. Aún están cerca del *Bucentaure* cuando por la jarcia de éste asciende una nueva señal. *Orzar para recibir al enemigo*, traduce el guardiamarina Galopin.

—Recibir, la que vamos a recibir nosotros —murmura el piloto Kieffer por lo bajini.

En el mismo tono quedo, el comandante le sugiere que cierre la boca o se la cierra él. A lo largo de la línea, luchando con la marejada y las velas flojas, remolcando por la popa botes y lanchas echados al agua para desembarazar las cubiertas, los navíos españoles y franceses empiezan a maniobrar para acercar más sus proas al viento y presentar las baterías de babor a los ingleses que, observa Quelennec, ya están ahí mismo, forzando velas cuanto pueden y casi a tiro de cañón: la columna con gallardete blanco enfilando directa hacia el centro de la línea (a Quelennec no le disgusta en absoluto tener órdenes que lo manden con la música a otra parte) y la columna con gallardete azul, la de más al sur, cambiando ligeramente el rumbo: si antes se dirigía hacia la retaguardia, con intención aparente de envolverla, ahora apunta también casi al centro de la línea, cuatro o cinco buques aliados más abajo del punto de corte de sus compañeros. Algunos de los veteranos de la *Incertain*, que observan encaramados en las mesas de guarnición, creen haber reconocido al *Royal Sovereign* en el navío de la insignia azul que, encabezando la línea inglesa, se dirige derecho hacia el *Santa Ana*, el tres puentes donde enarbola su insignia el teniente general Álava, cuya división está compuesta por cinco navíos franceses y tres españoles.

—Por ahí van a cortar esos cabrones.

Desolado, Quelennec comprueba que tampoco esa división, el cuerpo fuerte de la escuadra, navega como para tirar cohetes de alegría. Ni de loin. Los franceses *Fougueux* y *Pluton* siguen las aguas del tres puentes *Santa Ana*; pero el francés *Indomptable* y el español *Monarca* han caído mucho a sotavento, dejando unos claros de juzgado de guardia en la línea, de la que además faltan otros dos buques: el reumático *San Justo*, que sigue zascandileando por arriba, y el *Intrépide*, francés, que entre unas cosas y otras, maniobras y contramaniobras, amaneció despistado con la división de Dumanoir que navega a la cabeza de la línea, en vanguardia.

Por lo menos, se consuela Quelennec mientras la *Incertain* sigue recorriendo la escuadra de norte a sur, la retaguardia, ahora formada por la fuerza de observación del almirante Gravina, que estaba apelotonada intentando situarse en posición de combate, empieza a ordenarse de modo razonable. Así, los tripulantes de la balandra ven desfilar por su través de estribor al *Algesiras*, que pese a su nombre es un setenta y cuatro cañones francés que enarbola la insignia del contralmirante Magon, y luego al español *Bahama*, a los franceses *Aigle*, *Swift-Sure* y *Argonaute*, al español *San Ildefonso* (uno de los mejores y más modernos navíos españoles) y al francés *Achille*: todos de setenta y cuatro menos el *Argonaute*, que artilla ochenta. Sotaventeados, pero esforzándose como buenos chicos por ganar su puesto, navegan también los españoles *Montañés* y *Argonauta*. Y tras un claro de un par de cables, cerrando la inmensa línea que ahora se extiende como un arco abombado hacia el este a lo largo de unas cuatro millas, el *Príncipe de Asturias* (tres puentes y ciento catorce cañones, con la insignia del almirante Gravina y con su ayudante el mayor general Escaño a bordo), el francés *Berwick*, y otro setenta y cuatro español que cierra la fila: el *San Juan Nepomuceno*, mandado por el brigadier Churruca: un comandante taciturno, flaco y pálido, a quien sus estudios de hidrografía y astronomía, amén de su valor en combate, lo hacen respetado hasta por los ingleses (que en esos chulos arrogantes ya es mucho respetar). Quelennec lo conoce personalmente, pues hace tiempo, en Brest, tuvo ocasión de desempeñar tareas a su lado. No es simpático, pero impone. Cuentan que tras una larga vida en el mar acaba de casarse con un yogurcito joven, de buena familia. L'amour, y todo eso. También cuentan que, como al resto de los comandantes españoles, la Real Armada le debe varias pagas atrasadas, y que en Cádiz ha subsistido dando clases particulares de matemáticas. O sea. L'Espagne. Siempre cuidando al personal que te rilas.

—Nueva señal del almirantuá.

Quelennec mira hacia la *Themis*, la fragata más cercana, por cuya jarcia, repitiendo las señales que desde lejos hace la *Argus*, trepan las banderas que el joven Galopin empieza ya a descifrar en el libro de señales.

—*Que el combate sea con el mayor empeño.*

—Pues vale, pues me alegro. Ye suis trecontant. Apunta la hora, anda.

—Es midí, mi comandante.

—Dame la posición, Kieffer.

El piloto, que está guardando el sextante en su caja, consulta las notas, le señala con la mano extendida una demora a su ayudante Manoló Coguegüevós, y éste asiente con la cabeza.

—Treinta y seis grados ocho minutos norte, mon comandant... Con el cabo Trafalgar demorándonos cuatro leguas al este-sudeste.

—¿Seguro?

—Lo que yo le diga.

Las últimas palabras del piloto se ven punteadas por el estruendo lejano de un cañonazo. Puum-ba, hace. Sobresaltado, Quelennec mira hacia el norte y ve una nube de humo blanco enroscándose empujada por la brisa a la altura del *Fougueux*, un poco más abajo del centro de la escuadra aliada, allí donde la columna inglesa del gallardete azul, la que navega más al sur, está a punto de cortar la línea entre éste y el *Santa Ana*. Entonces, con una sucesión interminable de estampidos, de los costados de los navíos empiezan a surgir fogonazos y humaredas, y el fuego se corre, ensordecedor, del centro hacia abajo, a lo largo de la línea.

Pumba, pumba, pumba. La ira de Dios. La batalla. Sesenta navíos, cinco mil novecientos cuarenta cañones, cuarenta mil hombres arrimándose candela. Desde la *Incertain*, Quelennec y sus gabachos ven, impotentes y fascinados, cómo se desencadena la tormenta. Las balas perdidas levantan piques de espuma en el agua como si lloviera granizo del cielo. Toda la mitad inferior de la línea aliada es ahora un ensordecedor retumbar de artillería, de humo blanco y gris punteado por fogonazos, mientras franceses y españoles terminan de izar sus banderas de popa y escupen andanadas contra la cabeza de la línea inglesa, cuyos primeros navíos empiezan también a devolver el fuego. Bum-raaca. Bum-raaca. Sobre la humareda de las baterías, las velas inglesas se acercan más y más a las de la escuadra combinada, mientras por las jarcias de unos y otros trepan a las vergas minúsculas figurillas de marineros apresurados que recogen las velas bajas. Y ahí van los ingleses, comprueba admirado a su pesar el comandante Quelennec. Imperturbables, los cuatro primeros navíos que siguen al del gallardete azul intentan meter la proa en los huecos de la formación aliada, y el *Santa Ana* sacude una andanada con todas sus baterías de babor. Sus velas parecen flotar sobre el humo que oculta los cascos, donde empieza a crepitar ahora, nutridísimo, un siniestro crac, crac, crac: el fuego de mosquetería de cientos de fusiles disparados desde las cubiertas y las cofas.

—Van a pasar, nomdedieu. Esos cochons van a pasar.

El *Indomptable*, francés, está demasiado a sotavento para cerrar el hueco entre el *Santa Ana* y el *Fougueux*, y aunque este último fuerza velas (Quelennec imagina al capitán Badouin ronco de gritar órdenes en el alcázar) mareando la gavia de la mayor, la sobremesana y largando el juanete mayor para arrimar su proa a la popa del español y cerrar el paso al tres puentes inglés de gallardete azul, éste, sufriendo un fuego espantoso, sigue adelante. Y las cosas como son: con un par. Otros barcos ingleses se separan de su línea de ataque para elegir puntos de corte en la formación aliada, y dos de ellos convergen hacia el hueco que el español *Monarca*, sotaventeado también, deja entre el *Pluton* y el *Algesiras*. Pumba, pumba, pumba. El incesante cañoneo vuelve el humo tan espeso que termina cubriendo la acción: ahora, desde sotavento de la línea, donde se halla la *Incertain*, sólo se ven fogonazos y remolinos de pólvora que ascienden en espiral entre el inmenso bosque de palos y velas desplegadas que se van llenando de agujeros a medida que el cañoneo se prolonga. Craaaac. Un barco, Quelennec ignora si aliado o inglés, pierde el mastelero de sobremesana hasta la cofa, y luego el palo entero cae entre la humareda, llevándose con él desamparadas figurillas que se agarran de la jarcia y caen al mar.

—¡Están pasanduá, mon comandant!

Quelennec siente que se le desploma el alma. Trueno de Brest. Entre el humo asoma ahora, a este lado de la línea, el negro costado de estribor del *Santa Ana*, que arriba un poco con la popa destrozada, mientras junto a ella aparece la proa del tres puentes inglés con insignia azul en el trinquete. Es evidente que el *Royal Sovereign*, si es él, ha logrado cruzar entre el *Fougueux* y el *Santa Ana*, y tras largarle a este último una terrible andanada de enfilada por la popa, el lugar más vulnerable (las balas y la metralla devastan la cubierta a lo largo, destrozando cuanto encuentran a su paso), y haberle hecho, seguro, una carnicería de cien o doscientos hombres a bordo, orza situándose a su costado, por sotavento. A su vez, el inglés recibe del *Santa Ana* una andanada que lo hace escorar un par de tracas, y luego sufre el fuego concentrado del *Fougueux*, del *Indomptable* y del *Monarca*: cae primero su palo mayor y luego el de mesana. Pero ya asoman entre la humareda dos nuevos navíos ingleses en socorro del gallardete azul. Otros tres parecen rodear al maltrecho *Santa Ana*, mientras, aún al otro lado de la línea, las velas de al menos diez británicos se dirigen contra los siguientes barcos españoles y franceses. Desde el lugar de observación de Quelennec, que mira y remira angustiado, la táctica inglesa resulta evidente: envolver a cada barco enemigo con la superioridad de varios navíos propios, e ir bajando hacia el final de la línea, batiéndolos uno por uno. Una melé de artillería, mosquetazos y abordajes. El toque Nelson. En vez de las clásicas batallas navales cañoneándose de lejos, aquélla se ha convertido, desde el primer momento, en una serie de sangrientos combates individuales a tocapaños. Dicho en lenguaje de tierra: a quemarropa.

6

La insignia blanca

Apoyado en el coronamiento en forma de herradura, bajo el gran farol que remata los adornos pintados de rojo y amarillo de la balconada de popa del *Antilla*, el capitán de navío don Carlos de la Rocha mira hacia el sur, desde donde llega el lejano estruendo de la batalla. El setenta y cuatro cañones español navega el segundo en cabeza de la línea, ciñendo el viento con gavias y juanetes a seis cuartas por babor tras las aguas de otro español, el *Neptuno*, y con el francés *Scipion* como matalote de popa. Aquí arriba, en la vanguardia, a excepción de una solitaria vela inglesa que se acerca de vuelta encontrada desde el norte (tal vez un explorador que no ha podido unirse al grueso de su escuadra y fuerza velas para llegar a tiempo) todo permanece tranquilo. Aunque están demasiado lejos para apreciar los detalles del combate empeñado casi al otro extremo de la escuadra, la línea de arco (en forma de cruasán, o sea, más franchute imposible) de cuatro a cinco millas de longitud que forman ahora los navíos aliados permite a los de cabeza distinguir más o menos lo que pasa en la retaguardia, sin que el humo, que la brisa del oeste empuja a sotavento, dificulte demasiado la visión. Y lo que pasa allí abajo no pinta nada bien. En cuanto a la columna inglesa que sigue al tres puentes con insignia blanca (sin duda el buque insignia del vicealmirante Nelson, que algunos oficiales del *Antilla* creen identificar como el navío de primera clase *Victory*), sus capitanes parecen tener prisa por comerse el cruasán, los jodíos, pues, aunque sin rebasar a su jefe, todos fuerzan trapo, adelantándose los más veleros hasta las aletas derecha e izquierda de éste, y tras recibir un par de andanadas de los navíos situados al sur de la vanguardia, caen ahora a estribor y apuntan las proas exactamente hacia el centro de la escuadra combinada, allí donde están el *Santísima Trinidad* y el *Bucentaure*, buque insignia del almirante Villeneuve. Que ya se encuentran a menos de medio tiro de cañón y hacen, como el resto de los buques de su división, un fuego vivísimo sobre el de la insignia blanca.

—Al inglés lo están poniendo bonito —comenta el teniente de navío Oroquieta, pasándole el catalejo a su comandante.

Es cierto. Bonito de primera comunión. A simple vista se aprecia el enorme castigo que sufre el tres puentes británico, que con sus baterías silenciosas sigue impávido su aproximación a la línea. Carlos de la Rocha abre el catalejo, se lo lleva a la cara, y ajustando el movimiento de su cuerpo al balanceo de la cubierta para mantener al navío inglés en el círculo de la lente, observa los daños que causa la artillería francoespañola. El tres puentes, que navegaba resuelto hacia el *Trinidad*, dirigiéndose a rumbo de corte entre su popa y la proa del *Bucentaure*, parece haber encontrado el hueco demasiado estrecho después de que el español, previendo la maniobra, haya puesto la gavia y la sobremesana en facha para aminorar la marcha, acortando distancia con el *Bucentaure* y haciendo al mismo tiempo un fuego intenso con sus cuatro baterías de babor. Así, el inglés de la insignia blanca, maltratado, acaba de caer un poco más a estribor y navega ahora hacia la popa del *Bucentaure*, aproximándosele con rapidez. De un vistazo, el comandante Rocha comprende la intención: allí el puesto de matalote de popa corresponde al *Neptune* francés, pero éste ha caído mucho a sotavento y deja un hueco tentador entre el buque insignia aliado y el *Redoutable*, que navega detrás. A punto de caramelo, vamos, hasta el extremo de que sólo falta un cartel con una flecha que diga: corten por aquí, please. De camino, el inglés (con Nelson en el alcázar, sin duda) está recibiendo, desde luego, lo suyo. Que no es poco. Sus velas se van llenando de agujeros, y en ese preciso instante, por efecto de un cañonazo alto y afortunado, la verga del velacho salta hecha pedazos. Y lástima, piensa Rocha, que no se haya llevado el palo trinquete entero. A diferencia de los artilleros ingleses, que acostumbran a apuntar al casco, los franceses suelen disparar a desarbolar, o sea, a los palos, para dejar al enemigo sin maniobra (en cuanto a los españoles, éstos apuntan a donde pueden, los pobres). Rocha mueve la cabeza, dubitativo. La francesa le parece hoy una táctica absurda: los entrenadísimos británicos son capaces de disparar tres cañonazos por cada uno de franceses y españoles, de manera que mientras éstos intentan desarbolarlos, los otros arrasan las cubiertas enemigas y dejan los cañones desmontados y a los sirvientes hechos filetes alrededor, casquería fina entre astillas y metralla. Pero en fin. Cada cual es cada cual.

—Más señales del buque insignia, señor comandante.

Rocha lleva el catalejo hacia las vergas del *Bucentaure*. Las banderas ascienden con las drizas entre el humo de los cañonazos, repetidas por las fragatas que navegan por sotavento a lo largo de la línea. Diligente, el guardiamarina Ortiz busca en el libro de señales:

—*Los más proporcionados sostengan a los que están con desventaja en la acción.*

—¿Se refiere a la vanguardia, al centro o a la retaguardia?

—A nadie en particular, señor comandante.

El comandante del *Antilla* contiene la maldición que le sube a la boca. Estúpido Villeneuve. Esa señal induce a la confusión. Puede referirse a los navíos ya empeñados en combate, recomendando a cada comandante actuar con su navío como crea oportuno, sosteniendo a los compañeros más acosados (a fin de cuentas eso va de oficio, y es lo que se espera de un hombre de honor y de un marino decente); pero, interpretada en sentido general, también puede significar que el almirante en jefe renuncia a mandar la línea de forma organizada y deja a cada navío la facultad de actuar por su cuenta. Y eso, decirlo así, con señales, a gritos, cuando la batalla acaba de empezar, es reconocer de antemano que todo se está yendo al carajo. Que el jefe supremo de la escuadra aliada considera la melé inevitable y que, de aquí a un rato, cada perro se estará lamiendo su cipote.

—Ese francés no conoce su oficio y nos ha perdido a todos.

Oroquieta y el joven Ortiz lo observan sorprendidos, pues el comandante tiene fama de frío y no es hombre dado a censurar en público a los jefes. Pero a Carlos de la Rocha, consciente de sus miradas, le da lo mismo. Está furioso, como deben de estarlo la mayor parte de los capitanes españoles y franceses que de tan estúpida forma son encaminados al matadero. Ahora, fúnebre, Rocha recuerda el relato que hizo el mayor general de la escuadra, Antonio Escaño, del consejo de guerra mantenido en Cádiz antes de la salida a la mar. La reunión tuvo lugar días atrás, en la cámara del *Bucentaure*, con asistencia de los oficiales generales y los capitanes de navío más antiguos. Según Escaño, desde que Villeneuve abrió la boca estaba claro que buscaba un pretexto para quedarse en Cádiz a resguardo de los ingleses. El punto era que, bajo el camelo de consultar, pretendía endilgarles el asunto de no salir a sus oficiales y sobre todo a los españoles, más conscientes que nadie de la debilidad de sus tripulaciones y el mal estado de muchos navíos. Saltaba a la vista que la intención del gabacho era decir en su informe a París que se plegaba al consejo español de quedarse en casita. Estos españoles ya se sabe, Sire, etcétera. Todo el día oliendo a ajo, con sus barcos sin tripulantes y sus oficiales rezando el rosario. Qué le voy a contar, majestad imperial, lo que sufro teniéndolos bajo mi mando. Snif.

De cualquier modo, salir en busca de los ingleses era poco aconsejable, según se planteó de común acuerdo al final del consejo: se avecinaba mal tiempo y era mejor seguir allí, de momento, obligando a los ingleses a un largo bloqueo que desgastaría sus fuerzas pese a tener cerca la importante base de Gibraltar. Al cabo ése fue el informe enviado por Villeneuve a París. Pero en el consejo las cosas no transcurrieron tan plácidamente como el informe hacía creer. Los franceses (pese a que ellos mismos tenían graves deficiencias en sus barcos y tripulaciones, diezmadas por la reciente revolución y por el desastre de Abukir) empezaron la charla muy sobrados, o-la-lá, confundiendo la prudencia realista de los españoles con pura y simple caguetilla. Gravina, el almirante español, estuvo callado al principio, dejando al mayor general Escaño poner las cosas en su sitio: barcos escasos de tripulación, dijo, insuficiente armamento, el *Santa Ana*, el *San Justo* y el *Rayo* (el abuelo de la escuadra, construido en La Habana, con cincuenta y seis tacos de servicio en las cuadernas) recién salidos del arsenal y faltos de todo, la marinería inexperta en la maniobra y el manejo de los cañones, y algunas dotaciones que hace ocho años que no navegan. Hasta ustedes, les dijo a los gabachos, han tenido que completar tripulaciones con soldados de infantería que apenas tienen ropa, están enfermos y no han pisado un barco en su vida. Mientras que los ingleses, fogueadísimos, llevan ininterrumpidamente en el mar desde el año 93, que se dice pronto. Además el barómetro baja, añadió Escaño, y se avecina mal tiempo. En ese punto, el almirante franchute Magon (un chulo de aquí te espero) dijo:

—Aquí lo que baja es el valor.

Y puso cara de fumarse un puro. Entonces Dionisio Alcalá Galiano, comandante del *Bahama*, hombre por lo general finísimo y mesurado (con una biografía impresionante: cartógrafo, científico, explorador y excelente marino), dio un puñetazo en la mesa y lo invitó a salir afuera para repetir eso mismo con una espada en la mano, a ver si lo que bajaba era el valor de los españoles o el nivel de ingresos en el barrio chino de Marsella de la madre del señor almirante Magon.

—¿Ha usted comprí o no ha usted comprí?

—¡Nomdedieu!... ¿Quesquildit cetespagnol?

—Digo que a su señora madre se la tiran pagando.

—¡Mais vuayons!... ¡C'est inaudit ni jamais escrit!

—Perdona, chaval, pero no hablo catalán. ¿Du yu spikin spanish?

Al fin se puso paz a duras penas, pero luego fue Villeneuve quien volvió a la carga, el cielo abierto, diciendo que bueno, que si los españoles no querían salir, no se salía. Pas de probleme, mes amis. O sea. Dacord. Y ahí fue el educadísimo y diplomatiquísimo almirante Gravina, que también empezaba a mosquearse, quien se vio obligado a precisar que los españoles estaban dispuestos a salir si se les mandaba que salieran. ¿Comprí, mesanfants? Nus sortons silfó y si no fó también sortons (como era tan finolis, Gravina sí que hablaba un francés de puta madre). Y recordó al señor almirante Villeneuve que, en vez de marear tanto la perdiz (mareer la perdrix), más le valía tener en cuenta que siempre que se operó con escuadras combinadas (combinés), los navíos españoles fueron los primeros en entrar en fuego y bailar con la más fea (danser avec la plus espantose); como en Finisterre, y no es por señalar (pur signaler), donde los navíos franceses de ustedes, tan intrépidos, desampararon al *Firme* y al *San Rafael* y se quedaron rascándose los huevos (se touchant les oeufs) mientras, después de batirse los nuestros como leones (su propio emperador lo dijo), se los llevaban apresados los ingleses por el morro. ¿Nespá?... Dicho lo cual, como los franchutes aún se miraran unos a otros con ojitos de guasa, como diciendo a nosotros nos la van a dar con fromage estos pringadillos, Gravina se olvidó de la diplomacia, de las recomendaciones de Godoy y de sus bailes con la reina, se puso en pie y dijo: pues vale, colegas. Hasta aquí hemos llegado. Jusqua icí exacteman ojurduí. Para cojones los míos.

—A la mar ahora mismo, todos. Y maricón el último.

Y los otros españoles se levantaron con él, diciendo eso, qué hostias, a la mar todo cristo y que salga el sol por Antequera. Cagüentodo ya. Tras lo cual Villeneuve recogió velas y dijo pardón, mesiés, tampoco es para ponerse así, jamais de la vie, no es cosa de salir de cualquier manera, veamos. Voyons, mes camarades. Serenité, egalité y fraternité. Votemos. Y votaron, claro. Magon votó por levar anclas. El resto, los españoles, Villeneuve y también sus tigres gabachos de los siete mares que se comían a los ingleses sin pelar, votaron por no salir, de momento. Y ahí quedó la cosa. Lo que pasa es que, a los pocos días, Villeneuve se enteró de que Napoleón, que estaba de él hasta la punta del nabo, mandaba al almirante Rosily para relevarlo y con la orden de que volviera a París, donde los periódicos lo estaban poniendo también a caer de un burro. O sea: que se quite de en medio ese subnormal y se presente aquí cagando leches, que uno de estos días tengo que irme a machacar un poco a los austriacos, ganar la batalla de Austerlitz o alguna de ésas y entrar en Viena y toda la parafernalia, pero antes le voy a arreglar el pelo. Joder. Entonces a Villeneuve le entró el pánico, claro, porque el Petit Cabrón, a las malas, era peor que Nelson un rato largo. Y decidió que, en fin, mejor salir a jugársela, aunque fuera sin esperanza de comerse un colín, a verse en el paredón o con la cabeza metida en el invento del doctor Guillotin. Y bueno. Llamó a Gravina; y éste, que después de lo dicho ya no podía volverse atrás, y además tenía encima de la chepa al hijo de puta de Godoy diciéndole por correo, a diario, que tragara cuanto hubiera que tragar y que cumpliera las órdenes del franchute a rajatabla, no se fuera a cabrear el Napo de los huevos, no tuvo otra que encogerse de hombros y decir vale. Okey, Mackey. Levemos anclas y que sea lo que Dios quiera. Como apuntó el mayor general Escaño cuando los capitanes españoles se despedían unos de otros: que no quede nada por hacer, hijos míos. Así al menos, salvaremos el honor. Y allí estaban todos ahora, salvando el honor a falta de otra cosa, cerca del cabo Trafalgar, metidos en la mierda hasta las cejas, arrastrando consigo, en tan inmensa gilipollez, a miles de desgraciados a los que el honor, el valor, el pundonor y toda aquella murga terminada en *or* se la traía, la verdad, bastante floja.

—Ya se ha liado ahí también, mi comandante —indica Oroquieta.

Carlos de la Rocha apunta otra vez el catalejo hacia el centro de la escuadra, donde los cebollazos retumban ahora por todas partes. El tres puentes de la insignia blanca, que a estas alturas parece claro se trata del *Victory* y lleva dentro a Nelson, ha intentado, en efecto, cortar la línea aliada por el hueco de la popa del *Bucentaure*; pero el navío más próximo en la línea, el francés *Redoutable* (ese valiente y pequeño capitán Lucas, popular en toda la escuadra), acudiendo en socorro de su almirante, ha forzado vela hasta casi meter su bauprés en la toldilla del buque insignia de Villeneuve, y le impide al otro el paso. El impulso del inglés, que venía rápido, lo ha hecho abordarse con el *Redoutable*, y ahora ambos navíos están sacudiéndose estopa de modo salvaje. El inglés ha perdido el palo de mesana, y en ese momento se le desploma el mastelero de velacho, mientras por los flechastes de su adversario se ve trepar hombres a las cofas para maniobrar las velas y para castigar la cubierta del británico con mosquetería, frascos de fuego y granadas. El crac, crac, crac de los fusiles y las pistolas no deja un instante de silencio entre el fragor de los cañonazos. Agarrados uno al otro por garfios de abordaje, los dos navíos derivan con la brisa saliéndose de la línea, arrancándose nubes de astillas, bajo los remolinos de humo.

—Ese Lucas los tiene en su sitio.

El comandante Rocha está de acuerdo. Aferrado al enorme tres puentes, cuya cubierta superior es el doble de alta, el *Redoutable* se bate con una bravura increíble, setenta y cuatro cañones contra cien. Y no sólo eso: en su cubierta pueden apreciarse masas de hombres que saltan al abordaje del *Victory* trepando como pueden por la jarcia y vela caída, por la verga del propio palo mayor, por el ancla del inglés, y son rechazados una y otra vez. El mastelero de juanete mayor enemigo se desploma entre una maraña de jarcia y velas destrozadas. Nelson está recibiendo lo que no está escrito. Y por lo menos, gane quien gane, no se irá de rositas. Como no se fue en el 97, cuando tuvo que batirse en retirada ante las cañoneras españolas en La Caleta, ante Cádiz; ni cuando a los pocos días, además de doscientos veintiséis muertos y ciento veintitrés heridos, perdió el brazo derecho intentando tomar Tenerife. O sea, que genio del mar, sin duda. A menudo vencedor, quizás. Imbatible, ni de coña.

—Eso no puede durar.

Y no dura. Otro tres puentes inglés acaba de colarse por el hueco de la línea y acude en socorro de su almirante, dobla al *Victory* y al *Redoutable*, que siguen derivando juntos, y se pone a estribor del francés, penol a penol, cogiéndolo entre dos fuegos y arrasando su cubierta. Y un tercer inglés, un setenta y cuatro que cruza también la línea, se le sitúa ahora por la popa, uniéndose al castigo. Cae el palo mayor del *Redoutable* sobre el tres puentes que tiene a estribor, y los masteleros de juanete de éste se desploman a su vez sobre la cubierta del francés. Aferrados en su abrazo mortal, enredados entre palos, velas y jarcias caídas, el *Victory*, el *Redoutable* y el tres puentes derivan despacio a sotavento entre fogonazos y llamaradas, sin dejar de batirse.

Rocha observa que los navíos ingleses siguen entrando por el hueco, que es cada vez más amplio, envolviendo a los buques del centro aliado. Lo mismo debe de ocurrir en la retaguardia, pues desde el centro hasta la cola toda la línea es una sucesión de palos que caen, humareda y estruendo de combate. Pumba, pumba, pumba. Está claro que allí franceses y españoles pelean con denuedo y que la batalla se ha convertido en un carajal de combates individuales y abordajes. Rocha supone que el *Príncipe de Asturias*, con Gravina y Escaño a bordo, se estará batiendo bien, como siempre, fiel al estilo del almirante y de su mayor general, y que el bravo Alcalá Galiano, con su *Bahama*, estará a la altura. A ésos no los achantan ni los ingleses ni nadie. Al fondo, un buque aliado o inglés arde como una antorcha, el humo negro de su cubierta en llamas elevándose sobre el velo blanco de los cañonazos. Sentenciado. Ojalá no se trate del *San Juan Nepomuceno*, piensa Rocha, imaginando a su amigo Cosme Churruca, tozudo, inteligente y valeroso como él solo, siempre pálido, desaliñado y con la peluca mal empolvada, peleando en la cubierta hecha astillas de su navío. A pesar de la imagen dramática, Rocha no puede menos que sonreír para sus adentros. Churruca es de los que no se rinden nunca y venden caro su pellejo, con un concepto del honor tan estrecho que es capaz de perjudicarse por no quebrantarlo. Tiene, eso sí, un corazón de oro (cuando se le amotinaron cuarenta infantes de marina consiguió que el rey les perdonase la vida, aunque estaban juzgados y condenados a muerte), pero en cuestiones del servicio es preciso como un sextante inglés. Como el propio Rocha, ni juega, ni fuma, ni bebe. Los dos marinos se conocen desde el gran asedio de Gibraltar (cada uno mandó un bote de la *Santa Bárbara* durante el desastre de las baterías flotantes), y su relación se afianzó durante la segunda expedición científica al estrecho de Magallanes con la *Santa Casilda* y la *Santa Eulalia*, donde el ahora comandante del *San Juan* se encargó de la astronomía y la oceanografía. Vasco de Motrico, autor de valiosos tratados navales y científicos, respetado por los sabios franceses e ingleses, destacado en París con Mazarredo durante la estancia de la escuadra española en Brest (el Petit Cabrón, todavía Primer Cónsul, le regaló un sable de honor, por cierto, una chorrada llena de floripondios), Churruca estuvo a punto de caer en desgracia cuando se opuso a entregar seis navíos españoles a los franceses, entre ellos el *Conquistador*, que era su ojito derecho. Ni harto de vino me trago esa vergüenza, dijo. Y lo devolvieron a España, y a punto estuvieron de confiscarle el sable gabacho. Pero Godoy, que siempre lo apreció mucho, le entregó el mando del *San Juan* a petición propia. En palabras del propio Churruca al hacerse a la mar desde Cádiz, al menos le permitieron cortarse a gusto la mortaja.

—Pienso clavar la bandera, o así —le dijo a Rocha al despedirse, mirándolo con sus ojos azules y tristes—. Y si te dicen que mi navío ha sido apresado, ten la certeza de que estaré mirando a Triana. O sea, fiambre.

Rocha sigue observando el panorama de la batalla. A veces los claros entre la humareda permiten distinguir al *Santa Ana*, un poco más cerca, medio desarbolado pero haciendo fuego con todas sus baterías. Y las cosas como son: para tratarse de un barco que acaba de salir del arsenal (la Iteuve hecha de mala manera y una tripulación execrable), el tres puentes español está haciendo prodigios de bravura tras encajar con mucho cuajo el impacto de la vanguardia inglesa. Más arriba, hacia el centro, los dos buques principales, el *Santísima Trinidad* y el insignia de Villeneuve, el *Bucentaure*, están rodeados por cuatro navíos ingleses que los baten muy de cerca, pero de momento parecen sostenerse bien. El enorme *Trinidad*, comprueba Rocha con orgullo, tiene todavía sus palos en pie, excepto la verga de velacho, y se bate muy honrosamente, oponiendo la poderosa gallardía de sus cuatro puentes a dos enemigos que se le han situado a tiro de pistola. Sin embargo, cuatro navíos de la línea aliada (el *San Justo*, el *Neptune* francés, el *San Agustín* y el *San Leandro*) han caído muy a sotavento, apenas participan en el combate, y por sus huecos se está metiendo, tenaz, el grueso de la fuerza británica. Y el navío francés que marchaba en cabeza del centro, el *Héros*, que debía hallarse en defensa del *Trinidad* y el *Bucentaure*, prosigue tranquilamente su marcha hacia el norte, en pos de la vanguardia, alejándose cada vez más de los barcos de su división empeñados a su popa.

Porque ésa es otra, y al comandante Rocha le toca el asunto muy de cerca. La vanguardia, de la que el *Antilla* navega en segunda posición de cabeza, no combate.

—Señal del navío almirante *Bucentaure*, señor comandante... Bandera única. La número 5... *A los que por su actual posición no combaten, tomar una que los lleve rápidamente al fuego.*

Carlos de la Rocha asiente, con íntimo alivio profesional. Que nada tiene que ver con sus deseos, por cierto. Entrar en combate con esa tripulación y con ese barco no le apetece nada; pero reconoce que ya era hora. La vanguardia aliada lleva demasiado tiempo haciéndose el longuis, como si el combate de allí abajo no fuese con ella. Y por lo visto, poco satisfecho con la actitud de la división que manda su compatriota el contralmirante Dumanoir, Villeneuve ha decidido poner las cosas claras. La señal es general, y cada cual debe batirse lo mejor que pueda y donde pueda, sin aguardar nuevas instrucciones.

—Listos para virar, Oroquieta.

—A sus órdenes. Pero con esta ventolina lo tenemos un poquito crudo.

Rocha observa el mar y las fláccidas grímpolas y hace sus cálculos. Aunque dificultada por el poco viento, la virada por avante permitiría a los navíos de vanguardia acudir al combate en socorro del centro, a costa de perder muy poco barlovento. En cambio, si arribasen virando viento en popa, quedarían tan sotaventeados y lejos de la acción que les sería difícil entrar en fuego. Así que imagina que la orden para la virada será por avante.

—Esperemos la confirmación del *Formidable*.

Rocha mira hacia popa, al navío insignia, tres puestos más atrás, donde está el almirante Dumanoir; pero éste mantiene el rumbo, impasible, sin que a sus vergas ascienda la señal de enterado ni orden ninguna. Inquieto, el comandante del *Antilla* se pregunta qué espera el franchute para cumplir la orden de su almirante en jefe, dar media vuelta y acudir en socorro de los navíos empeñados. Indecisión o cobardía. No puede haber más. Aquí no hay enemigos con los que luchar, excepto el solitario setenta y cuatro inglés que navega de vuelta encontrada, forzando velas para unirse al ataque de sus compañeros, y que se encuentra ahora a tiro de cañón por el través del *Neptuno*.

—¿Qué hacemos, mi comandante? —pregunta Oroquieta.

—Ya lo he dicho. Esperar órdenes.

Quien manda, manda, se dice Rocha. Él es un marino puntual y ordenancista, muy respetuoso con el orden jerárquico. Faltaría más. Así es como se asciende en la Marina española: por escalafón y diciendo a la orden. En realidad está convencido de que su obligación, como la del resto de la vanguardia, es cambiar de bordo e ir directo contra el enemigo; pero el almirante Dumanoir tiene el mando y mantiene el rumbo norte; y por otra parte, Cayetano Valdés, que es brigadier y más antiguo que Rocha, también sigue abriendo obediente la cabeza de la marcha con el *Neptuno*, sin decir ni pío. Rocha se siente cubierto por ese lado; y en la milicia, tener un jefe que asuma la responsabilidad significa las tres cuartas partes del negocio. O más. Así que al *Antilla* no le queda otra que hacer lo que le manden. Sin disciplina todo se iría al carajo. Incluso con disciplina a menudo se va.

—¿No vamos a virar, señor comandante?

Con cara de pocos amigos, Rocha se vuelve hacia el guardiamarina Ortiz, que con el libro de señales en las manos, lo contempla con los ojos muy abiertos.

—Cállese.

El joven enrojece hasta la raíz del pelo, abre la boca y la cierra de nuevo. Y otra cosa, añade Rocha en tono seco. Cuando esto termine, considérese usted arrestado. Si es que sigue vivo, naturalmente. ¿Entendido?

—En… Glups. Entendido, señor comandante.

Evitando la mirada del segundo oficial Oroquieta, que lo observa con fijeza, Rocha echa un vistazo al resto de la gente que se encuentra en la toldilla: el patrón de su bote, el primer piloto Linares, un guardián, los diez artilleros de las carronadas, el teniente de infantería de marina que manda los veinte granaderos que aguardan agrupados al pie de la escala, en el alcázar. Sus rostros traslucen sentimientos diferentes: alivio en los menos, indiferencia en otros, inquietud en los más. Está claro que, les guste o no entrar en combate, la mayoría piensa que el *Antilla* y el resto de la vanguardia están donde no deben, y miran a su comandante intentando comprender por qué siguen alejándose del pifostio. Nueve navíos que no combaten, y que tal vez podrían cambiar las tornas allá abajo: *Neptuno*, *Antilla*, *Scipion*, *Intrépide*, *Formidable*, *Duguay-Trouin*, *Mont-Blanc*, *San Francisco de Asís* y *Rayo*, este último bastante sotaventeado de la línea. Diez, en total, si se cuenta al *Héros*, el de la división del centro que los sigue como un perrillo faldero. Tiene bemoles el asunto. Rocha no puede olvidar la instrucción general que impartió el almirante Villeneuve antes de salir de Cádiz: *el navío que no se halle en fuego no estará en su puesto.* Y para más inri, desde los consejos de guerra que siguieron al desdichado combate naval de San Vicente en el año 97 (quince navíos ingleses apresaron a cuatro españoles de una escuadra de veinticuatro, mandada por el almirante Córdova, porque sólo siete de ésta se batieron mientras los otros seguían navegando en línea sin entrar en fuego), todo cristo sabe que la señal número 5 de una sola bandera, izada en un palo del almirante en jefe, no admite discusión ni interpretación alguna. Cada uno debe pelear en el acto. Además, la Ordenanza Naval vigente (redactada para evitar un bis del desastre de San Vicente) anima a los buques de la línea cortada a virar y acudir al corte para doblar a su vez a los atacantes, así como a ayudarse unos a otros sin necesidad de señales. Resumiendo: iniciativa, apoyo mutuo y extremada resistencia. Resumiendo más: intrepidez y cojones. Justo lo contrario de lo que ellos hacen hoy.

—Responde el *Formidable*.

Rocha se vuelve a mirar a popa. En ese momento, como consecuencia de la señal de interrogación que Ortiz acaba de izar por la driza hasta el penol de la verga seca de mesana, a los palos del navío del almirante Dumanoir, que navega tres puestos más atrás en la línea, ascienden las banderas con el número del *Antilla* y la respuesta: *Manténgase en las aguas del navío de cabeza.*

—Joder —exclama Oroquieta.

—Lo mismo no ha visto la señal del *Bucentaure* —sugiere el joven Ortiz, desconcertado.

—Cómo no la va a ver.

El comandante del *Antilla* traga saliva. De pronto la casaca le da un calor insoportable, y teme que se le note. A barlovento, el solitario inglés sigue su marcha hacia el sur. Ya se encuentra casi por el través del *Antilla*, y cuando Oroquieta pregunta si le disparan una andanada, como hizo el *Neptuno*, Rocha niega con la cabeza. Está al límite del alcance y no merece la pena.

—Anote todas las incidencias, Ortiz. Las señales recibidas y las horas exactas de cada una.

El teniente de navío Oroquieta observa a su comandante, aprobador. No dice nada, pero Rocha sabe lo que el segundo oficial está pensando: más vale, sí, cubrirse las espaldas ante eventuales consejos de guerra. Porque seguro que, cuando todo termine, habrá unos cuantos.

—Ahí va ese inglés.

Observando al navío enemigo pasar ante la vanguardia aliada con todas las velas arriba, acudiendo solitario a la pelea, el comandante experimenta un sentimiento de admiración. O de envidia. Imagina al capitán, a quien el amanecer encontró lejos de su escuadra, haciendo todo lo posible por unirse a sus compañeros, angustiado por el deshonor de llegar tarde a la batalla. Y qué mala suerte, se dice amargamente Rocha, no poder algunas veces ser inglés. Cada uno de esos cabrones entra en combate pensando ante todo en reventar al enemigo, mientras que el español y el francés lo hacen angustiados por no faltar al reglamento y porque no se vaya a mosquear el almirante, imaginando ya lo que alegarán en su descargo ante el tribunal naval que los empapele. Pero bueno. A fin de cuentas, aunque las Ordenanzas estipulan lo de acudir al combate, etcétera, también niegan a cada comandante el hacerlo por su cuenta, y dejan esa decisión al jefe de cada división de tres o cuatro barcos. O sea, a Dumanoir. Así que, por una parte, Rocha se tranquiliza: él cumple. Por la otra, cuando piensa en los amigos que se están batiendo allá atrás, se encrespa: maldita sea mi sangre. Perra y caótica España. Luego aleja esos pensamientos (que no llevan a nada bueno cuando se manda un navío de setenta y cuatro cañones), camina acercándose al antepecho sobre el alcázar, y a través de la maraña de jarcia y la arboladura del barco, sobre la cubierta llena de hombres expectantes que lo miran desde abajo como si miraran a Dios (si ellos supieran, piensa estremeciéndose) apunta el catalejo hacia la doble balconada de popa del *Neptuno*, que navega remolcando sus lanchas y botes a unas cien brazas delante del bauprés del *Antilla*. Allí alcanza a distinguir la delgada figura de Cayetano Valdés en el coronamiento de la toldilla, rodeado de sus oficiales. Valdés también tiene un catalejo pegado a la cara y mira hacia atrás, hacia el *Antilla*, hacia el *Formidable* o hacia el combate. También a él, como más antiguo y de mayor graduación entre los capitanes españoles integrados en la vanguardia, le recomendó el almirante Gravina que fuese obediente y escrupuloso cumpliendo las órdenes de los franceses, Cayetano, por favor, extrema delicadeza y no te digo más. ¿Capisci?... Así que Rocha, incómodo entre sus sentimientos y el sentido de la disciplina, aunque aliviado en el fondo, se tranquiliza un poco: su responsabilidad está a cubierto. Sota, caballo y rey. Valdés decide. Con señal número 5 o sin ella, mientras el *Neptuno* siga ahí, él irá detrás. Una orden es una bendita orden.

7

La señal número 5

Bum, bum, bum. Pese a la candela que le están arrimando por todas partes, que es horrorosa, el almirante Villeneuve sigue locuaz hasta por los codos. Desde el castillo de proa del *Antilla*, a través del catalejo, el guardiamarina Ginés Falcó ve ascender nuevas señales a los palos de trinquete y mesana del *Bucentaure*, que ha perdido el palo mayor y se bate en el centro de la línea junto al *Santísima Trinidad* y el *Redoutable*, rodeados de humo y de navíos enemigos que los triplican en número. El *San Agustín*, que estaba sotaventeado, ha logrado acercarse y lleva un buen rato luchando con mucha decencia contra un tres puentes inglés que a su vez dispara sobre el *Santísima Trinidad*. No es el caso del español *San Leandro* y el *Neptune* francés, que han abatido demasiado y hacen fuego de lejos, arriesgando poco. El que no arriesga nada es el *San Justo*, que navega muy a sotavento, intactas la arboladura y el casco negro con dos finas líneas amarillas, sin intervenir apenas en el combate.

—La señal va dirigida a nosotros, señor segundo. A la vanguardia.

También esta vez la señal del buque insignia resulta fácil de comprender. La componen dos banderas, y es tan clara que el segundo comandante, el capitán de fragata Fatás, con otro catalejo pegado a la cara, también la interpreta sin necesidad de libro de códigos.

—*Virar por avante, por contramarcha*.

La señal, observa el joven guardiamarina, refuerza la número 5, que el buque insignia mantiene en alto de modo constante pese a que los cañonazos enemigos empiezan a llevársele jarcias y vergas de los dos palos que le quedan en pie: *A los que por su actual posición no combaten, tomar una que los lleve rápidamente al fuego*.

—Más claro, agua de Jaca —murmura don Jacinto Fatás.

En realidad casi lo escupe. Ginés Falcó observa el rostro curtido del segundo comandante, que encoge los hombros, cierra su catalejo con un chasquido y esboza una sonrisa amarga, del tipo hay que joderse.

—Nos están llamando cobardes, mozo.

Al guardiamarina (dieciséis tacos de almanaque) se le atragantan las palabras.

—¿Perdón, señor segundo?

—Pues eso. Cobardes. Acojonaícos vivos. A ti, a mí y a toda la peña.

Por encima del hombro, Falcó observa de reojo al oficial de infantería que manda la tropa de fusileros destinada al castillo: un teniente chusquero de voluntarios de Cataluña que se pasó la noche echando los hígados por la boca y ahora se agarra a los obenques, con la cara más blanca que el uniforme.

—Eso no puede ser, señor segundo —farfulla Falcó en voz baja, para que el teniente no los oiga.

—Lo que yo te diga.

Confuso, el joven se vuelve hacia la toldilla, a popa, donde está el comandante Rocha, sin comprender por qué éste no da la orden por su cuenta, hasta aquí hemos llegado, señores, cagüenmismuelas, y el *Antilla* vira de una vez y acude en socorro de sus compañeros. Esa misma pregunta, piensa, se la debe de estar haciendo en ese momento toda la gente que desde cubierta y las cofas observa silenciosa el combate, impresionada por el estrépito del cañoneo, los fogonazos y la humareda que dejan atrás. A trechos, el joven alcanza comentarios de los más próximos, marineros, artilleros y soldados que se agolpan junto a los cañones de 8 libras.

—La que está cayendo, compañero.

—Más vale allí que aquí.

—Eso sí, la verdad.

—Una estiba que te deshidratas.

Pero si muchos de ellos deben de sentirse aliviados viendo los toros desde la barrera, ése no es el caso de Ginés Falcó, ni de refilón. El tiempo que lleva navegando no le ha quitado todavía el sentido de la disciplina, de los deberes de un futuro oficial de mar y guerra, el amor a la patria, a la gloria y toda esa murga. Así que el joven se debate entre el desconcierto y la vergüenza. Normal. Además, está seguro de no ser el único. Cierto es que el teniente chusquero, con el cuello de la casaca desabrochado, el pelo revuelto y los ojos vidriosos, parece lejos de comprender nada; pero la cara del veterano segundo contramaestre Fierro, su forma de manosear el pito de latón que le cuelga de un ojal de la casaca parda, sus miradas respetuosas pero significativas repartidas entre el lugar del combate y don Jacinto Fatás, cantan *La Traviata* (cosa singular, por otra parte, ya que a estas alturas *La Traviata* todavía no la ha compuesto nadie). El caso, resumiendo, es que el contramaestre sí sabe de qué va el asunto, y no se le escapa el casposo papelón que está haciendo la vanguardia, o sea, ellos. El *Antilla* y los colegas. Y cuando Falcó se vuelve hacia proa y echa un vistazo más allá del bauprés, al coronamiento de la toldilla del *Neptuno*, que navega delante, a un cable, ciñendo muy tranquilo el viento con gavias y juanetes, comprueba que los oficiales del otro navío español se agolpan en torno al brigadier don Cayetano Valdés mirando también hacia atrás, con pinta de estar murmurando lo suyo. Y no es para menos. Cuando el segundo comandante Fatás hace un ademán de impotencia con las manos en dirección a éstos, uno de ellos responde del mismo modo. A mí que me registren, compi. Donde hay patrón, etcétera. Yo soy un mandado.

—Señales en el *Formidable*, don Jacinto.

El segundo contramaestre Fierro señala las banderas que ascienden por la jarcia del buque del almirante Dumanoir y se despliegan en la brisa. El capitán de fragata Fatás se vuelve con rapidez y da unos pasos hasta la cureña del tercer cañón de babor del *Antilla*, encaramándose a ella para ver mejor, con el catalejo incrustado bajo la ceja derecha. Los sirvientes de la pieza se hacen a un lado para dejarle sitio, respetuosos, y el guardiamarina Falcó le va detrás.

—Está repitiendo las señales del *Bucentaure*, me parece.

—Sí —confirma el joven—. *A toda la vanguardia.*
Virar por avante.

—Joder. Ya era hora.

Ginés Falcó siente que se le eriza la piel de la nuca.
Ahora sí, piensa. Por fin. De popa llegan órdenes por la
bocina, y la cubierta del navío se llena de hombres que
acuden avivados por los gritos, los pitos y los rebencazos
de contramaestres y guardianes. El teniente de voluntarios de Cataluña parece despertar de un sueño, se cierra el
cuello de la casaca y ordena a la veintena de soldados bajo
su mando que se pongan a las órdenes del contramaestre
para tirar de las brazas o lo que se les mande. Ya mismo,
ar. Ep, aro, ep, aro. Hay hombres trepando a la verga de
trinquete y a la de velacho, los veteranos empujando a los
de tierra adentro, arriba, coño, arriba, cuyos pies descalzos vacilan, torpes, en la jarcia alquitranada. Un hombre
con trazas de campesino blasfema de Dios y de la madre
que lo parió al atraparse la mano en un cabillero, y antes
de que el guardiamarina Falcó lo amoneste y le pida el
nombre para ser castigado según las ordenanzas (de doce
o veinte palos hasta azotes sobre un cañón, a gusto del comandante), el segundo contramaestre Fierro, amigo de
simplificar las cosas cuando se está en zafarrancho, le cruza al fulano la boca con el rebenque, zas, zas, zas, tres golpes que dejan al infeliz sangrando, las manos en la cara y la
sangre escurriéndosele entre los dedos.

—Poco viento —comenta don Jacinto Fatás, mirando el grimpolón—. Tenemos la virada por avante un
poquico jodida.

En efecto. Vela que toca el palo, malo, dicen los que
saben. Por mucho que se braceen las vergas, la brisa del

oeste-noroeste no parece suficiente para que tres mil toneladas de madera y hierro pasen la proa por el ojo del viento. Que es mucho pasar, y más teniendo en cuenta que el *Antilla*, aunque es un navío moderno y maniobrero (el *San Ildefonso*, su gemelo, también navega en la escuadra aliada), lleva en su batería baja cañones de 36 libras en vez de los de 24 recomendados en los planos originales. Entorpecido además por la marejada, el buque no debe de navegar ahora a más de dos nudos. Y Ginés Falcó conoce de sobra el problema: si en vez de orzar y virar por avante el barco arriba, pasando el viento por la popa, el círculo descrito será tan amplio que lo alejará mucho del lugar del combate. Para llegar al carajal por barlovento, eligiendo sitio para pelear, tal vez haya que ayudarse en la virada con los botes que están en el agua; así que Fatás ordena al guardiamarina que vaya a popa y se ofrezca al comandante para ayudar en la faena. A sus órdenes, señor segundo, dice el chico. Y mientras se abre paso entre los marineros y soldados que atestan el pasamanos de babor, comprueba que algunos navíos de la vanguardia ya han iniciado trabajosamente la virada, balanceándose en la mar agitada y con las velas atrapando muy poco viento. El de cabeza, el *Neptuno*, orza muy despacio, flameando gavias y velacho, y algún navío francés, como el *Scipion*, se ayuda con los botes, los marineros remando, allez, allez, allez, para remolcar la proa hacia la brisa.

—A sus órdenes, señor comandante... Don Jacinto me pone a su disposición por si hay que usar los botes.

—No creo. Pero quédese aquí, por acaso.

Falcó echa un vistazo a la gente de la toldilla. El comandante, que ha ordenado largar todo el trapo posible

y arribar una cuarta para ganar algún nudo extra de velocidad, está apoyado en el antepecho sobre el alcázar, observando la maniobra acompañado por el segundo oficial,
teniente de navío don Javier Oroquieta, y por el teniente
don Antonio Galera, que manda la tropa embarcada de
infantería de marina, de la que hay veinte granaderos selectos formados al pie de la escala. En vez del uniforme
marrón de faena, Galera ha ordenado que, para la ocasión, esos veinte lleven, como él, la ropa de tierra: sombrero con escarapela, casacas cortas azules de vueltas encarnadas y ancla de latón en el cuello, calzón blanco y
polainas negras. Su aspecto es impecable, y se encuentran
listos para subir a la toldilla en cuanto empiece el combate. El guardiamarina Cosme Ortiz se encuentra en su
puesto, junto a los cajones de banderas. Roque Alguazas,
el patrón del bote del comandante, las manos metidas en
los bolsillos de su casacón de botones dorados, se mantiene un poco aparte, junto al primer piloto, un veterano alférez de fragata llamado Bartolomé Linares, que transmi-
te por la bocina las instrucciones a su ayudante y a los
timoneles que están en la cubierta de abajo, junto al timón
y la bitácora, protegidos bajo la toldilla. Y los diez artilleros de las carronadas, que han cargado y cebado las dos de
babor, se ocupan ahora de alistar las de estribor. Las balas
y los saquetes de metralla están dispuestos junto a las piezas, cada llave de pedernal tiene puesta su driza del tirador, y la mecha de reserva humea en su barril de arena.

—Hacemos menos de tres nudos, mi comandante
—informa Oroquieta—. Dicho en lenguaje terrícola,
una mierda.

—Pues nos tiene que valer.

El guardiamarina Falcó observa con intensa atención a don Carlos de la Rocha. Aquí es donde se revela la verdadera condición de un marino. Fallar la virada por avante significa caer a sotavento y perder el puesto en la formación, e incluso verse sin posibilidad de acudir al combate. Así que el comandante, junto a la escala de estribor que baja de la toldilla al alcázar, dirige él mismo la maniobra: silencio todo el mundo, acuartela cangreja, timón a la orza, escotas en banda, etcétera. Azuzada por los contramaestres, los gavieros arriba y todo el mundo en sus puestos de proa a popa, la gente trabaja en las brazas de barlovento, brandales y burdas de sotavento, bolinas, amuras y escotas. Y la compleja máquina empieza a actuar. A medida que el *Antilla* salta bolinas y acerca su proa al viento, el velacho del trinquete flamea y luego, braceado por sotavento, se pone en facha.

—Todo delante en facha, mi comandante.

—Levanta amuras mayores.

—Sobremesana en facha, mi comandante.

—Pues allá va con Dios.

Algunos marineros se persignan. Falcó mira a don Carlos de la Rocha, que no aparta las manos de los costados pero mueve los labios como si rezara. Qué curioso, piensa el guardiamarina. Los españoles, los italianos y los portugueses somos los únicos que invocamos a Dios en las viradas por avante, como los pescadores al largar las redes. Es como descargar en él parte de la responsabilidad. O toda.

—Orza a la banda.

Con ayuda de Dios o sin ella, lo cierto es que la proa se mueve muy despacio. Aunque el comandante ha ordenado abroquelar el velacho y acuartelar foques para facilitar la maniobra, la orzada del navío es desesperantemente lenta.

—Parece que este cabrón no quiere virar.

—Lo estoy viendo, Oroquieta. Cierre el pico.

—A la orden.

La proa del *Antilla* vacila en el viento, cabecea de forma interminable, pierde velocidad, parece a punto de volver atrás. Pero, poco a poco, el bauprés empieza a moverse hacia babor, a barlovento, con la gavia de mayor flameando. En la cofa de mesana y abajo, al pie del palo, en la toldilla, media docena de marineros, algunos sirvientes de las carronadas, un guardián y el primer contramaestre se mantienen listos para cargar la gran vela cangreja si la virada por avante se va a tomar por saco y el comandante ordena virar en redondo. La voz de Oroquieta suena más animada.

—Viento a fil de roda… Viento a una cuarta por estribor, mi comandante.

—Cambia al medio.

Ginés Falcó mira, como todos, hacia arriba. La gavia de la mayor aún flamea indecisa, pero empieza a abolsar viento. El *Antilla*, buen chaval, está logrando virar.

—Viento abierto a tres cuartas, mi comandante.

—Arría escotas de foques.

El guardiamarina mira alrededor, hacia los otros navíos. Pese a la orden de virar por avante a un tiempo, toda la vanguardia no ejecuta la maniobra de modo homogéneo. Igual que está haciendo el *Antilla* viran por la proa el *Formidable* del almirante Dumanoir, los franceses *Mont-Blanc*, *Scipion*, *Duguay-Trouin* y el español *Neptuno*;

el gabacho *Intrépide*, que falla la virada por avante, lo hace al fin por redondo, ciñendo luego el viento cuanto puede para mantener la proa en dirección al combate; pero el *San Francisco de Asís*, el decrépito tres puentes *Rayo* (lastrado además por el peso excesivo de sus cien cañones) y el francés *Héros*, ya sea porque fallan la virada, porque sus comandantes consideran más oportuno hacerlo popa al viento, o porque el médico les ha prohibido terminantemente recibir ninguna clase de balazos (que son fatales para la salud), viran en redondo y se dirigen a sotavento, tan panchos.

—¿Pero dónde cojones van ésos?

—Atienda a lo suyo, Oroquieta.

—Sí, mi comandante... Pero es que MacDonnell y Flórez se largan.

—Ése no es asunto nuestro. Vigile la maniobra, maldita sea.

—A la orden. Tenemos el viento a la cuadra.

—Caza foques y trinquete. Timón a la vía.

Mientras el *Antilla* completa la maniobra (doce minutos exactos, el doble de lo que emplea una tripulación entrenada), Ginés Falcó comprueba que la orden de virar acaba de dividir la vanguardia en dos: los siete navíos que más o menos apuntan al lado oeste de la línea, al barlovento que les permitirá dirigirse hacia el lugar donde se combate, y los tres que aproan hacia el lado este, el más seguro de la línea, lejos del verdadero centro de la batalla y con Cádiz a mano para largarse soltando membrillo si hace falta. Prudencia marinera, o sea. Como al segundo oficial Oroquieta, a Falcó le sorprende que el capitán de navío Flórez, y sobre todo el brigadier MacDonnell, los comandantes del *Asís* y el *Rayo*, tomen un rumbo que los aleja de la lucha, como también ese francés, el *Héros* (pese al nombre, algunos tienen de heroico lo justo). Por si fuera poco, y para complicar las cosas entre los que sí están en situación de combatir, los gabachos *Intrépide* y *Mont-Blanc* acaban de abordarse en plena maniobra, enredándose las jarcias y rifándose la vela cangreja del primero. El segundo oficial Oroquieta los observa moviendo la cabeza, reprobador.

—Nosotros hemos virado como unos señores, mi comandante.

—Sí. De milagro.

—De eso nada, don Carlos. Pericia marinera… No como los franchutes, que han tenido que ayudarse con los botes. Es usted un fenómeno marítimo.

—No me dé coba, Oroquieta.

El guardiamarina Ginés Falcó mira alrededor. El *Formidable*, haciendo señal de que el resto de la vanguardia siga sus aguas, navega para ponerse en cabeza de ésta, con un rumbo sudoeste que los podría acercar después al combate del centro (donde el fuego sigue sostenido y vivísimo, prolongándose hasta el extremo de la línea) y a la columna inglesa de la insignia blanca, cuyos últimos barcos aún arriban sin haber abierto fuego todavía. Pero el rumbo que marca el contralmirante Dumanoir parece demasiado divergente. Va ciñendo a rabiar, a seis cuartas: cuanto permite el viento que sigue soplando flojo del oeste-noroeste. Un poco mosqueado, el segundo oficial se lo hace notar al comandante.

—Yo diría que mi primo también se larga.

—No fastidie.

—Se lo juro por los niños que no tengo. Fíjese.

Oyendo a sus jefes, el guardiamarina Falcó considera la situación. Es cierto que, con el rumbo que marca el *Formidable*, la vanguardia puede doblar por atrás a los últimos navíos ingleses que aún se dirigen hacia la melé; pero hasta para un guardiamarina resulta evidente que la maniobra que ahora se impone es arribar con la proa directa al centro, a sostener al buque insignia y a los navíos empeñados, que aunque se baten como gatos panza arriba están siendo hechos polvo por la superioridad numérica y artillera inglesa. Dicho de otro modo: pese a que la última orden del *Bucentaure* (al que en este momento, crac, se le parte el palo de mesana) era que todos los navíos que no combatían entrasen inmediatamente en fuego, el rumbo marcado por el jefe de la vanguardia a los siete navíos que le quedan los *aleja* del fuego. O los alejará de aquí a nada, tras un breve cañoneo, al pasar, con la cola de la columna inglesa.

—¿Qué hacemos, mi comandante?

Esta vez don Carlos de la Rocha no responde. Asombrado, Ginés Falcó lo ve mirar, indeciso, hacia la línea de combate, que desde el nuevo bordo se aprecia ahora casi a lo largo, envuelta en humo y fogonazos, con el retumbar artillero estremeciendo el aire: barcos inmóviles entre el humo blanco de los cañonazos y el negro de los incendios, velas que arden o se desgarran, palos que caen, buques aferrados por garfios de abordaje. Pumba, pumba, pumba, y el crac-crac de la fusilería y el crujido de palos y vergas al romperse. En el centro, pabellón en alto, aún poderosos pese a que el insignia francés está casi desarbolado, el *Bucentaure* y el *Santísima*

Trinidad escupen fuego por babor y estribor, causando un daño terrible a la jauría de navíos ingleses que los acosa.

—¡El *Intrépide* no obedece!

Olé sus huevos, piensa Ginés Falcó, asomándose como todos a mirar, apretados los dedos en la batayola. El setenta y cuatro cañones francés (capitán de navío Infernet), con todo el paño arriba menos la mayor y el trinquete, flameando al viento los jirones de la cangreja rota en el abordaje con el *Mont-Blanc*, que ni se molesta en recoger, pasa entre los barcos de la vanguardia que aproa al sudoeste, con un decidido rumbo sur. O sea: que abandona la formación, ignorando las frenéticas señales que le hacen desde el *Formidable*. El bauprés del *Intrépide* casi toca el farol de popa del *Antilla* al maniobrar para cortarle la estela. Y luego, Falcó, con el orgullo instintivo de quien contempla a un hermano de bandera dirigirse al combate, lo ve desfilar a todo lo largo, el casco con dos franjas de color rojo vivo pintadas a la altura de las baterías, el trapo henchido en las vergas, los cañones asomando por las portas abiertas de estribor, los marineros y fusileros en cubierta, aprestando armas, los tiradores apostándose en las cofas. Y sobre la toldilla ve una figura con casaca azul y calzón blanco, impasible, abiertas las piernas para compensar el balanceo del buque, que no se quita el sombrero galoneado para responder al saludo que desde el *Antilla* le hace el comandante Rocha, y que al alcance de la voz, haciendo bocina con las manos, grita algo así como «lu capo su lu *Bucentaure*», que no se entiende muy bien, la verdad, porque a ese Infernet, que habla con un acento provenzal del copón, a veces no lo descifran ni sus compatriotas. Pero en realidad lo que dice está clarísimo: yo pongo proa al centro del combate, a socorrer a mi buque insignia. Y a vosotros, que os vayan dando por la retambufa. A todos.

—¿Qué hace el *Neptuno*?

A Ginés Falcó le cuesta reconocer a don Carlos de la Rocha, a quien siempre vio tranquilo, en el rostro crispado que ahora tiene delante. Nunca, en el tiempo que lleva navegando bajo sus órdenes, lo había visto así. Ni siquiera en Finisterre, lloviendo leña por un tubo. Otras veces resignado y frío, casi indiferente, la pugna que el comandante del *Antilla* debe de estar librando en sus adentros parece tan intensa que ni el segundo oficial Oroquieta se atreve a hacer comentarios ni mirarlo a la cara. Deber. Disciplina. Órdenes del inmediato superior. Órdenes generales. Sentido común. A fin de cuentas, el propio almirante Gravina ha estado diciéndoles todo el tiempo claro que sí, uí mesié, rien faltaría plus, a los gabachos. Don Federico Gravina y Nápoli. Entre otras cosas, por eso están allí: porque don Fede, tan correcto y pulquérrimo siempre con su peluca empolvada a la antigua y sus charreteras (a saber cómo lo estarán poniendo ahora de bonito en la cola de la línea, donde se oye granear un fuego horroroso), puso el culo como lo pone Godoy, como lo pone Su Católica Majestad Carlos IV, rey por la gracia de Dios de Castilla, de León, de Aragón, de las Dos Sicilias, etcétera, y como lo pone todo cristo; no sea que Napoleón se cabree y nos invada. Nos invada un poquito más. Y ahora el comandante tiene que tomar una decisión particular nada cómoda. Tragar él también y cumplir las órdenes que le da su jefe inmediato, el contralmirante franchute Dumanoir, o desobedecerlas a su riesgo y expensas. Eso, factores de conciencia aparte, pues don Carlos está al mando de un buque tripulado por setecientos y pico desgraciados de los que las tres cuartas partes son artilleros sin preparación, marineros ineptos, carne de cañón empaquetada a la fuerza, de la que él, y no Dumanoir, ni Gravina, ni Napoleón, es directo responsable. Llevar a todos esos infelices a combatir es llevarlos derechos al mostrador de la carnicería. Y además de ordenar babor, estribor y fuego así o fuego asá, mandar un barco significa también asumir todo eso: pensar en las futuras viudas, huérfanos y padres ancianos, en una España donde, cuando un marinero palma, hay funcionarios, contadores y hasta capitanes que no lo borran del rol para quedarse con su sueldo. Donde un mutilado de guerra se ve obligado a pedir limosna por las calles, porque para cobrar la pensión que le corresponde debe esperar, por lo menos, a que al cabo Tres Forcas lo asciendan a sargento.

—¡El *Neptuno* viene por el través!… ¡Tampoco obedece!

Por suerte para él mismo, el guardiamarina Ginés Falcó aún está lejos de ejercer un mando y comerse el tarro con toda esa murga. Lo suyo está claramente definido en el título 8, apartado 32, de la Real Ordenanza: «*Ciega y universal es la obligación que impongo al guardiamarina de prestar toda obediencia y sumisión a sus respectivos superiores*». En días como hoy, eso alivia. Así que, aplazando los escrúpulos filantrópicos para cuando tenga en el cofre la patente de capitán de mar y guerra, el joven corre hacia la banda de estribor, se encarama en una chillera y observa al otro navío español de la vanguardia. El *Neptuno*, que navegaba en cabeza de toda la línea aliada, acaba de virar de bordo; y aunque parecía dispuesto a ocupar un puesto en la formación tras el *Formidable* del contralmirante Dumanoir, su comandante parece pensarlo mejor. Después de un par de maniobras indecisas, que podrían hacer pensar que tiene vida propia (no los hombres que lo tripulan, sino el barco mismo) y se debate a impulsos de su conciencia, el setenta y cuatro cañones español arriba un poco más, proa al sur, braceando vergas para coger viento. La división aún no está formada, y los barcos, algo apelotonados, intentan no abordarse unos a otros. El *Antilla* se encuentra ahora a tiro de pistola por la aleta de babor del *Formidable*, y desde ahí sus tripulantes ven venir al *Neptuno* por estribor, dispuesto a cortar la estela de ambos navíos para navegar rumbo sur como antes hizo el *Intrépide*. Y cuando en la toldilla del *Antilla* todos, comandante incluido, acuden al coronamiento de popa a verlo pasar, observan que, en el *Formidable*, Dumanoir y su plana mayor gabacha hacen lo mismo, y que el contralmirante en persona se lleva una bocina de latón a la boca e interroga al brigadier don Cayetano Valdés, que lo mira impasible desde la toldilla de su navío. Uesquevús allez, pregunta el gabacho, a grito pelado. Purcuá nobeisez pas. O sea, resumiendo, dónde vas, colega. Y en ésas Valdés, flaco, despectivo, tranquilo, sin molestarse en usar la bocina que le alarga un guardiamarina, se vuelve a medias para gritar su respuesta, seco:

—¡Al fuego!

Después, el costado de su navío pasa casi rozando la popa del *Antilla*, y Ginés Falcó escucha el fúnebre ran-rataplán-plan-plan del tambor que redobla en el alcázar mientras observa (casi le parece que puede tocarlos, de lo cerca que pasan) a los marineros y soldados que abarrotan la cubierta y las cofas y las baterías del buque que se dirige a la batalla: los rostros silenciosos enmarcados en las treinta y siete portas abiertas en el costado de estribor, por cada una de la cuales asoma la boca negra de un cañón y el humeo de las mechas encendidas. Unos pocos del *Neptuno* saludan al pasar, levantando una mano o moviendo la cabeza; pero la mayor parte están quietos, como si pasaran ante extraños. Un par de hombres (pinta de marineros veteranos) escupen con poco disimulo en dirección al *Antilla*. Nadie grita, nadie vocea. Nadie dice ni pío. Sólo se oye el chapaleo del agua entre los dos cascos y el crujir de la jarcia y la arboladura. Ni siquiera el comandante Valdés, erguido en su toldilla y mirando ahora a su compañero el comandante Rocha, abre la boca. Hasta que, ya alejándose por la aleta, parece dar una orden y tres gritos de *Viva el rey* y uno de *Viva España* recorren el *Neptuno* de proa a popa, como un desafío. O como un insulto para quienes quedan atrás.

—Eso va con segundas —murmura Oroquieta—. Por nosotros.

—Cállese.

—Con todo respeto, mi comandante…

—He dicho que se calle.

Ginés Falcó se vuelve a mirar a don Carlos de la Rocha. También este caso, piensa, está previsto para un guardiamarina en las Ordenanzas de marras: «*Celando no prenda en sus corazones la semilla de la opinión*». Eso, en principio, lo deja libre de calentarse la cabeza. Pero salta a la vista que tal no es el caso del comandante. Éste da unos pasos con aire ausente, rodea el palo de mesana y observa la cubierta de su navío, atestada de hombres expectantes que a estas alturas ya no saben a qué atenerse, y en cuyas caras (en las de muchos) se pinta el alivio de empezar a creerse a salvo. Luego echa un vistazo hacia la banda de estribor, por donde el *Duguay-Trouin*, el *Mont-Blanc* y el *Scipion* empiezan a alinearse en fila tras el *Formidable*, que ya se aleja con rumbo sudoeste luciendo en la verga seca una escueta señal con el número del navío español.

—Orden del *Formidable*, señor comandante —anuncia el guardiamarina Ortiz desde el cofre de banderas—. *Sitúese a mi popa.*

Ginés Falcó se da cuenta de que don Carlos de la Rocha no responde. Está con las manos cruzadas a la espalda y mira absorto al sur, hacia las velas del *Neptuno* y del *Intrépide*. Navegando a un par de cables uno del otro, el español y el francés se dirigen al centro de la pelea, allí donde, entre los claros que de vez en cuando se abren en la humareda, se distingue al *Redoutable*, que al fin se ha separado del *Victory* pero deriva aferrado a otro tres puentes enemigo, con un tercer navío inglés disparándole a él por una banda y al *Bucentaure* por la otra. El *Bucentaure* acaba de perder su último palo, el de trinquete; su cubierta destrozada está rasa como un pontón, y ya no tiene dónde mantener izada (hasta que cayó el último pedazo de madera la mantuvo allí) la inútil señal número 5. Ahora es el *Santísima Trinidad*, batiéndose ferozmente con cuatro navíos ingleses, el que iza en la verga del trinquete la señal ordenando a cuantos navíos no combaten acudan al fuego. El comandante Rocha lo observa un instante más, inmóvil, el aire ausente, mientras, estupefacto, Falcó le oye canturrear muy flojito, por lo bajini:

Vinieron los sarracenos
y nos molieron a palos;
que Dios ayuda a los malos
cuando son más que los buenos.

El comandante se quita el sombrero, dándole un par de vueltas entre las manos (Falcó observa que en el interior, junto a la badana, hay cosida una estampa de la Virgen del Rosario). Después se lo cala de nuevo, encoge los hombros y suspira. Oroquicta, dice. Y cuando el segundo oficial acude, don Carlos le pregunta en tono discreto, como hablando de tomar una copita:

—¿Tiene usted alguna preferencia?

—¿Perdón, mi comandante?

—Digo que dónde prefiere que nos escabechen.

Al tiempo hace un amplio ademán con la mano, abarcando todo el campo de batalla. El tono es tan suave y resignado que a Falcó, que escucha sin atreverse a intervenir, le parece irreal. No habla de nosotros, se dice. Está de guasa. Pero luego ve cómo el segundo oficial sonríe forzadamente mientras se rasca las patillas. Me da lo mismo, don Carlos, responde después de meditarlo. Tampoco, susurra mirando a uno y otro lado, me voy a poner exquisito a estas alturas del desmadre. ¿No le parece? Entonces el comandante asiente despacio, como pensando en otra cosa, y luego encoge los hombros por segunda vez, alza el rostro para comprobar la dirección del viento en la grímpola, se vuelve hacia Linares, el primer piloto, que está preparado junto a la bocina de los timoneles, y con una voz tan firme y tranquila como si estuviesen fondeados en Mahón, le ordena poner rumbo sudeste cuarta al sur. Derechos al *Trinidad*, añade. Y que Dios reconozca a los suyos.

8

La primera batería

Asomado a la porta del undécimo cañón de babor de la primera batería del *Antilla*, Nicolás Marrajo observa el combate cercano. En su puta vida, piensa espantado, imaginó algo como aquello. Aunque aún se encuentran a cierta distancia, el estruendo del cañoneo próximo, la onda expansiva de los sañudos cebollazos que se atizan españoles, franceses e ingleses, hace vibrar la gruesa tablazón del navío. A veces la brisa refresca un poco, y en la humareda que envuelve a los buques trabados unos con otros se abren claros que permiten ver velas llenas de agujeros, palos tronchados, marañas de jarcia y lona caída sobre cubiertas destrozadas donde balas, palanquetas y metralla arrancan trozos enormes y hacen volar nubes de astillas. Más hecho al secano que a la mar, hombre de tierra que de navegar conoce lo justo en cualquiera que frecuenta los puertos, trapichea y se busca la vida como puede, Marrajo está impresionado. Le habían contado sobre batallas navales, pero nunca imaginó que los relatos oídos en tabernas y muelles tuvieran algo que ver con el ruidoso desparrame hacia el que, lenta, inexorablemente, parece dirigirse el navío en el que se encuentra confinado contra su voluntad.

—Vaya mantecá, pisha.

A su lado, los ojos desorbitados por la jindama, su compadre Curro Ortega (la torrija del mareo se le ha pasado de golpe, a la vista del espectáculo) mira en la misma dirección, igual que todos los hombres (ojos desmesuradamente abiertos, bocas mudas y caras de color ceniza) que se agolpan en la penumbra alrededor de los catorce cañones de 36 libras que se ven siniestros, recortados en los cuadrados de luz de las portas abiertas, negros, enormes sobre sus grandes cureñas de madera sujetas con trincas. Listos para disparar. Y para que les disparen.

—No me entra la saliva por el gañote.

A Marrajo tampoco, pero no lo dice. Pernas, el artillero de preferencia encargado de la pieza número 11 de babor y de su gemela de estribor (si se combate por ambas bandas a la vez, los sirvientes deberán repartirse entre los dos cañones, mitad y mitad), les ha explicado con detalle el cometido de cada cual, y el uso básico de los instrumentos que sirven para cargar, disparar y recargar. Más o menos, ha dicho, la cosiña consiste en la rapidez con la que nos coordinemos todos. ¿Vale? Esos perros casacones tiran más rápido, así que tenemos que hacer lo posible por compensar la cosa. Fijaos. Esto redondo obviamente son balas, que sirven para joderles el casco a los malos, y esto otro en forma de barra con bolas o medios conos en los lados son palanquetas, y sirven para romperles a esos hijoputas las jarcias, los palos y las vergas. Aquellos saquitos de lona llevan cargas de metralla, o sea, dieciséis balas de a dos libras cada una, que al disparar se abren y se reparten y hacen filetes a quien pillan en medio. ¿Está claro? Lo que pasa es que al ser nosotros la batería más baja del barco, metralla vamos a usar poca, y palanquetas las justas. A desarbolar, supongo, al pie de las arraigadas, al bauprés y todo eso, tiraremos de lejos. Pero cuando estemos paño a paño con un casacón, lo nuestro será endiñarle zurriagazos con balas del treinta y seis en el casco, en las portas para desmontarle los cañones, en los guardatimones para dejarlo sin gobierno, o en la lumbre del agua, que es la línea de flotación. Normalmente disparamos con el balance a barlovento, que es cuando la puntería resulta rasa y más estable; pero el mejor momento para darles por saco a esos perros es cuando los pillemos por popa: ahí no hay protección, y una andanada como Dios manda (de enfilada, llamamos a eso) recorre los entrepuentes enemigos todo a lo largo, haciéndoles una escabechina que te cagas. O que se cagan.

—¿Y eso no nos lo pueden hacer también a nosotros?

Pues claro que pueden, concedió el artillero rascándose la entrepierna. Pero el *Antilla*, añadió, es un buen barco, hecho en Cartagena con una madera cojonuda (las tracas de roble de esta batería tienen diez pulgadas de grueso), y aunque llevamos mucha chusma a bordo, y eso de chusma os incluye a vosotros, los oficiales conocen su oficio. Sobre todo nuestro comandante, que es callado y seco, vale, pero un marino de la quilla a la perilla. Así que tenemos que confiar en que mueva bien el barco y nadie nos corte la popa y nos dé, literalmente, por el culo, como ha sugerido aquí, el listo. ¿Captáis?

—Captamos, pisha.

Después, Pernas repitió lo básico. Fácil. Primero se mete el cartucho de pólvora, luego la bala, después un taco para que no se salga ésta con los balances del barco, se empuja con el atacador y la pieza está lista. Entonces tiramos entre todos de los aparejos para empujarlo hasta que asome por la porta como se nos mande, o sea, en caza, en retirada o al través, usando para eso estos pies de cabra. Luego lo trincamos ahí para que no se mueva con el balanceo y el retroceso del disparo (el cañón son siete mil libras de hierro, cureña aparte), yo perforo el cartucho, cebo, apunto, damos el sartenazo, aflojamos braguero y palanquines para llevarlo atrás, volvemos a cargar, y otra vez a repetir toda la operación. Bum, bum, bum. Esto que tengo en la mano se llama rascador, y sirve para limpiar el fondo del ánima; pero lo más importante es esto otro, que se llama lanada. Quien usa la lanada, fijaos bien, este palo con mocho de piel de borrego que se moja en aquel balde con agua, tiene que refrescar a fondo el ánima entre tiro y tiro. Primero, para enfriarla; pero sobre todo porque si del disparo anterior queda dentro alguna brasa encendida, al meter la nueva carga de pólvora puede reventarnos a todos en la cara. ¿Visto? Pues atentos a otro detalle. Yo clavo esta aguja por el orificio que tiene el cañón atrás, y perforo el cartucho de lienzo o de papel encerado que hay dentro con la pólvora. Luego hacemos fuego tirando de esta rabiza, o tirador, que dispara esa llave de pistola con pedernal que inflama la pólvora: clic, clac, fluuus, fuaaaas, bum. Más o menos. Lo que pasa es que la parte del clic-clac, o sea, la llave, es una puta mierda, y se rompe al quinto o sexto tiro. De manera que tendré que usar el botafuego, o sea, la mecha de toda la vida, esa que está en el balde con arena. Por lo que si algún subnormal tropieza con el balde y apaga la mecha, me voy a acordar de todos sus muertos y de la madre que lo parió. Por cierto. Un consejo: abrid mucho la boca cuando disparemos, para que no os revienten los tímpanos. Otro consejo: quitaos las camisas, para que los astillazos no os metan en la carne trozos de tela y se os infecte y palméis por una gilipollez. Además, con lo que vamos a sudar aquí abajo, algunos tardaréis una semana en volver a mear, por lo menos.

—¿Estamos en la cosa? Pues al tajo, carallo.

Apoyado en la enorme boca del cañón, con todo eso dándole vueltas en la cabeza (a su compadre y a él les han asignado por ahora pasar los cartuchos de pólvora), Nicolás Marrajo observa los navíos que combaten más próximos al *Antilla*, que sigue acercándose lentamente al fuego. La visión desde la porta es muy limitada: sólo un cuadrado de mar azul picado por la marejada que balancea el casco del buque, la humareda y sobre ésta algunas velas desgarradas, palos con las vergas caídas y fogonazos. A una distancia de unos trescientos pasos (ojalá se pudieran dar pasos de verdad sobre el agua, piensa, para salir corriendo) un navío con bandera española combate encarnizadamente por su banda de estribor con un tres puentes inglés. Algunos veteranos aseguran que se trata del *San Agustín*: un setenta y cuatro cañones que navegaba a popa de la vanguardia, y que ha arribado para sostener con sus fuegos al enorme *Santísima Trinidad* (al que sólo le queda el palo delantero en pie), que lucha, apoyándose mutuamente con el *Bucentaure*, contra varios ingleses que los cañonean muy de cerca. En un claro,

Marrajo comprueba que al *Bucentaure*, que es donde va el almirante en jefe, el gabacho ese, Villenef o como se llame el hijoputa, no le queda derecho palo ninguno: raso, mondo y lirondo, una rota bandera azul, blanca y roja parece tremolar todavía en un muñón de la desaparecida arboladura. Según le contaron a Marrajo y a otros nuevos reclutas cuando esperaban el alba agrupados y tiritando de frío en cubierta, mientras un buque mantenga desplegada su bandera, no se considera rendido. Arriarla supone entregarse al enemigo y pedirle que suspenda el fuego; de manera que, con arreglo a la ordenanza naval, ningún comandante puede hacer eso sin librar antes un combate honorable. Y la honorabilidad, atentos al dato, se calcula según el número de marineros propios muertos y heridos, y los destrozos en el buque al terminar la mandanga.

—Pues podría calcularse por el número de enemigos muertos.

—Ya. Pero no es costumbre.

De todas formas, según el guardián Onofre, que fue quien soltó el espich, en España los consejos de guerra por rendir buques a los ingleses suelen ser de pastel, o sea, un pitorreo guapín. En los últimos años no se daría abasto. Mientras que, por ejemplo, a un marinero que levanta la mano contra un oficial se la cortan, sin más, o por otros delitos te azotan sobre un cañón, te dan baqueta si eres soldado o te pasan por la quilla (preferible que os ahorquen, colegas), con los que mandan siempre hay manga ancha. El que más y el que menos tiene enchufes y padrinos. Además, como en esta Real Armada todos los capitanes son señoritos y compadres, se conchaban y se cubren unos a otros. O casi. A diferencia de los ingleses, que en eso no se casan con nadie, lo llevan muy a rajatabla, y al oficial que rinde un barco o pierde una batalla por la cara, lo fusilan y tan campantes. Nos ha jodido. Ellos el mar se lo toman en serio. Una vez hasta le dieron matarile a un almirante que metió la gamba en Menorca, o por ahí. Un tal Bing, o Bong. Fusilado después de un consejo de guerra, cuentan. En su propio barco.

—¿De verdá vamo a meterno ahí dentro, quillo? —murmura Curro Ortega, con un hilo de voz, señalando el zipizape de humo y cañonazos que se ve a través de la porta.

Marrajo mira a su amigo, forzando una sonrisa chulesca.

—No me digas que se te arruga el magué, compare.

— Ohú si se me arruga. Como a ti.

—¿A mí?... Una miahita magoya te veo, Curriyo.

—Lo que tú digas, pisha. Pero no va a llové, ni ná.

Marrajo se aleja de la porta, dejando sitio a otros que quieren mirar lo que pasa afuera, y se mueve en la penumbra de la batería, donde resuenan como en una caverna las voces excitadas de los hombres que comentan las incidencias del combate y las órdenes de los jefes de pieza que terminan de alistar sus cañones o instruyen a los sirvientes más torpes. Al pasar junto al segundo jefe de la batería (Sandino, el teniente joven de artillería de tierra), Marrajo lo saluda con una leve inclinación de cabeza. Más vale estar a buenas, se dice. Después rodea la escotilla grande, va hasta la fogonadura por donde baja la enorme mecha del palo mayor (que atraviesa las cubiertas, el sollado y la cala hasta apoyarse en la quilla) y desde allí mira hacia la sección de proa, a la parte de la batería donde se encuentra el teniente de fragata don Ricardo Maqua, que en ese momento, secándose el sudor de la frente con un pañuelo, el bicornio bajo el brazo y la mano en el pomo del sable, supervisa con el sargento gordo de infantería de marina la distribución de centinelas en las escotillas: soldados con mosquete y bayoneta calada para impedir que la gente se escaquee del puesto, se refugie en el sollado o acceda a la santabárbara. Que por lo visto, según el artillero de preferencia Pernas, suelen intentarlo mucho. O soléis. Entonces Marrajo sonríe torcido, como uno de esos escualos que llevan su apellido. La bofetada en la Gallinita de Cai aún le pica en la cara, poniéndolo con las negras. Sin contar el tomate en que se ve, y en lo que, maldita sea su sangre perra, va a verse de aquí a nada. Así que muy mal se tiene que dar para que, en mitad del pifostio hacia el que se encaminan todos, no tenga ocasión de ajustar cuentas. Digo.

—¡Todo el mundo a la otra banda!… ¡Listos para batirse por estribor!

A Marrajo se le eriza la piel mientras corre como los demás. Nunca hasta ahora, por mucha caguetilla que haya tenido en otros momentos de su vida, había experimentado esta sensación de hormigueo en el estómago, como si el violento correteo de pies y rechinar de aparejos y cureñas que llega desde la cubierta superior, el redoble del tambor junto al palo mayor, se le metiese dentro. Igual que el alférez de navío Maqua, el teniente Sandino ha sacado el sable, y algo vacilante (el hábito de pisar tierra sigue pintado en su cara imberbe) señala con él sus puestos a las dotaciones, como si no estuviese seguro de hacerse obedecer por aquella masa de hombres de los que sólo uno o dos de cada tres saben lo que tienen que hacer. El resto, aturdido, tropezando, fijándose en lo que ejecutan los compañeros, azuzado por las órdenes y los insultos de los cabos de cañón que comprueban las llaves y las mechas que humean en las tinas, empuña atacadores, lanadas, coge cartuchos, elige balas en las chilleras, rodea las piezas ya cargadas, se agacha a mirar por las portas.

—¡Silencio en la batería!... ¡Fuego a mi orden!

Don Ricardo Maqua se pasea a lo largo de la batería con la hoja del sable desnuda apoyada en la charretera, dos pistolas en el cinto y una espantosa cara de mala leche bajo el sombrero metido hasta las cejas. La verdad es que impone, el jodío, y Curro Ortega, que conoce los planes de su compadre Marrajo, le dirige a éste una mirada de preocupación. Maqua es un marino desgarbado y alto, hasta el punto de que cuando se acerca a las portas tiene que agacharse para no dar con la cabeza en los baos. Marrajo, que no le quita la vista de encima, observa su desgastada casaca azul con los codos brillantes, el remiendo en la rodilla del calzón blanco, los roces en la pechera roja galoneada de oro verdoso por el salitre. Por su actitud parece claro que aquel a quien vea chaqueteando o sin cumplir no va a necesitar consejo de guerra para que lo dejen listo de papeles. Y el propio Marrajo, con el golpe que recibió en carne propia al negarse a la recluta, sabe que el oficial no es de los que se andan por las ramas. Nati mistrati. Por lo visto, en combate (se le atribuyen varios, incluido el cabo Finisterre) Maqua no se fía ni de la cochina que lo trajo. Pero, según cuentan los veteranos, tiene motivos. Nueve años atrás, alférez de navío en la fragata *Mahonesa*, se vio capturado frente al cabo de Gata por la inglesa *Terpsichore*, con veintiún muertos y veintiséis heridos a bordo (los ingleses sólo tuvieron cuatro heridos), después de que la gente, casi toda leva forzosa, campesinos, vagos y maleantes, abandonase sus puestos de combate y, a pesar de los esfuerzos de los oficiales, corriera a refugiarse en la otra banda desde las primeras descargas. Un cuadro. Desde entonces, el sable desnudo y las dos pistolas que Maqua lleva al cinto cada vez que hay zafarrancho demuestran que no está dispuesto a que le toquen dos veces la misma música. Es obvio que conoce el material. A Marrajo le han señalado hace un rato el sitio exacto de la batería en el que, durante el combate de Finisterre, el teniente de fragata le levantó la tapa de los sesos, bang, sin parpadear ni despeinarse, a un marinero que pretendía esconderse en el sollado.

—Tranquilos… Asomarán enseguida… Manteneos tranquilos.

Concentradísimo, agachado sobre el cascabel del cañón número 11, el torso desnudo mostrando la piel llena de tatuajes que parece una capilla azul, trocado el gorro de artillero por un pañuelo en torno a la frente, la coleta bien atada en la nuca y los ojos entornados para que no lo deslumbre la claridad de afuera, el cabo Pernas sostiene en alto el tirador de la llave de disparo. A su lado, con un grueso cartucho de pólvora en una mano, dispuesto a pasarlo en cuanto se le reclame, y comiéndose las uñas de la otra, Nicolás Marrajo intenta no pensar en nada. En torno a la cureña que sostiene el pesado tubo de hierro negro, los otros diez servidores aguardan como él, intentando ver algo a través de la porta levantada, por la que sólo se distingue el mar a un lado y al otro las velas de cuatro navíos franceses que se alejan hacia el sudoeste, en alguna maniobra cuya comprensión escapa a los hombres confinados en la batería principal del *Antilla*. La misma escena se repite en cada uno de los otros trece cañones de la banda de estribor, entre el humo de las mechas que arden despacio en sus tinas. El silencio de los hombres es absoluto, y sólo lo turban el cañoneo lejano que se oye afuera, el ruido del agua al pie mismo de la portería y los crujidos del navío al moverse despacio en la marejada. Callan todos: los dos oficiales de la batería, el tambor con las baquetas apoyadas en el parche esperando la orden de redoblar a combate, los infantes de marina de guardia en las escotillas o dispuestos en grupos para tirar por las portas, los pajes y grumetes encargados de la cartuchería junto a la escotilla del pañol de la pólvora. En mi perra vida, piensa Marrajo, hubiera creído que trescientos tíos pudieran estar callados de esta manera. Y la verdad es que acojona.

—Ahí asoman… Atentos a la orden… Atentos.

Marrajo, como sus compañeros, no sabe qué diablos va a asomar, ni por dónde. Salvo que están a punto de intervenir en una batalla enorme, ignora todo lo que está ocurriendo afuera. Si ganan. Si pierden. Si empatan. Ni siquiera el veterano Pernas, con todo su golpe de coleta y sus tatuajes de vírgenes y cristos, tiene pajolera idea de lo que ocurre, aunque tenga más posibilidades de imaginarlo. Hasta puede que el propio don Ricardo Maqua y el joven teniente de artillería no sepan mucho más. Tampoco es que haga mucha falta, piensa el gaditano con amargura, mirando de reojo la frente arrugada y la boca muy abierta de su compadre Curro Ortega. Lo que se espera de ellos, como del resto de los hombres de la primera batería, es que cuando empiece la acción carguen y disparen, carguen y disparen sin descanso, hasta que sean heridos, mueran, se rindan o venzan. Y no hay más.

Curro Ortega sigue con la boca abierta. Casi un palmo.

—Cierra eso, quillo —le susurra Marrajo al oído—. Que te va a entrá argo.

—Diheron que la tuviésemos abierta, pisha.

—Eso luego... Cuando nos endiñen.

Pernas les hace con la mano libre señal de que se callen. Luego señala hacia el exterior.

—Ahí están —susurra.

Volviéndose a mirar, Marrajo ve asomar por el lado izquierdo de la porta, poco a poco, inquietantemente cerca, primero la popa y luego la banda de babor pintada a franjas amarillas y negras, los palos con todas las velas desplegadas, de un navío inglés de dos puentes que navega en rumbo convergente con el *Antilla*. Y don Ricardo Maqua también lo ha visto.

—¡A desarbolar!... ¡En el balance a estribor!...
¡A mi orden!

Marrajo mira, fascinado, las portas abiertas en los costados del navío inglés, por cada una de las cuales asoma la boca de un cañón. Le parecen muchas y mortales. Aún tiene esas dos palabras en la cabeza (muchas, mortales) cuando se da cuenta de que de las portas bajas del inglés, y luego de las altas, acaba de brotar una cadena de fogonazos y humo blanco, como en el estallido de una sarta de triquitraques de feria. Tacatacatá.

—¡No os mováis!... ¡Atentos!

Marrajo nunca había imaginado que las balas se vieran venir en el aire. Porque por sus muertos que las ve. Un instante después de los fogonazos y la humareda, columnas de piques de agua se levantan ante la batería, algunas balas pasan altas, raaaca, como si el aire se hubiera vuelto sólido y lo rasgaran, y otras se convierten en una sucesión de impactos, de golpes encadenados que hacen estremecerse el costado del *Antilla* de proa a popa. Algo grande y sólido cruje arriba, sobre la cubierta de la segunda batería, y unos cuantos hombres de los cañones respingan sobresaltados, mirándose unos a otros con cara de espanto. Ojalá y la Virgen del Carmen, exclama uno. Echando llamas con la mirada, el teniente de fragata Maqua levanta el sable, y el teniente joven se santigua y lo imita.

—¡Ahora!... ¡En el balance!... ¡Fuego!... ¡Fuego!

El artillero Pernas cierra un ojo, apunta, da un tirón a la llave, se aparta a la izquierda para evitar la cureña en el retroceso, y el enorme cañón se encabrita haciendo rechinar las trincas, soltando un estampido ensordecedor, pumba, hace, que resuena enorme en las entrañas mismas de Nicolás Marrajo. De pronto el estampido parece doblarse y triplicarse y hacerse interminable, corriendo a uno y otro lado, a lo largo de toda la batería, mientras la brisa trae para adentro chispas de pólvora, pavesas de tacos ardiendo y humo blanco y áspero que ciega y hace toser como si el infierno se diera un garbeo por tus pulmones. El puto sotavento (recuerda Marrajo que predijo Pernas) nos traerá toda la mierda a la cara. Y vaya si la trae.

Toc, toc. Alguien le golpea fuerte el hombro, y cuando se vuelve a mirar ve la cara desencajada del cabo que grita palabras que no puede oír, porque el zurriagazo le ha dejado los tímpanos hechos una piltrafa, más o menos como el parche flojo de un tambor; pero comprende, por las señas, que el otro le está diciendo que lleve el cartucho a los que están en la boca del cañón, joder, muévete, hijo de puta, el cartucho, el cartucho. Así que, tras tropezar con la espalda encorvada de uno de los hombres que acaban de destrincar la cureña y la empujan para atrás, alejando la boca de la porta, Marrajo va hasta allí, donde dos de los reclutas con pinta de campesinos (ha olvidado sus nombres) meten el rascador y la lanada en la boca humeante, se apartan, alguien arrebata de las manos de Marrajo el cartucho, lo mete dentro, otro mete una bala, el soldado de artillería embute un taco y aprieta a fondo con el atacador. Otro empujón a Marrajo, que se aparta, confuso. Algo hace raaaaca, raaaca, raaaca, más crujidos arriba, en cubierta, amortiguados en los maltrechos tímpanos de Marrajo. También fogonazos enfrente, y luego unos pumba, pumba, pumba, pumba, que más que oír los siente retumbar adentro, en el corazón y el estómago. La tablazón se estremece de nuevo. Chof, plash. Un cañonazo pega justo debajo de la porta, arrojándoles por ella un chorro de agua fría.

El cañón está a punto de caramelo. Aprovechando los balances de la cubierta, Pernas y los otros tiran de los palanquines para ponerlo de nuevo en batería, y Marrajo los ayuda a empujar como puede, despellejándose los dedos sin saber cómo. Un chiquillo con la cara tiznada como si saliera de donde Pepa la del Carbón, el paje de la pólvora de apenas once o doce años, aparece a su lado, ágil como un monito, y le pasa dos cartuchos que Marrajo, tras mirarlo unos instantes, desconcertado por ver de pronto a un niño en mitad de aquella locura, sujeta uno bajo cada brazo, y está a punto de dejarlos caer cuando lo empujan de nuevo, haciéndolo apartarse justo a tiempo para que la rueda de la cureña no le aplaste los pies. Criiic. Y ahora oye, por fin. Primero ese chirrido de la cureña, después un rumor extraño que al final resulta ser el batir del tambor que redobla junto a la mecha del palo mayor, ran, rataplán, tan, tan, y luego la voz del teniente chinorri, el tal Sandino, que grita como si hubiera perdido los papeles, fuego, fuego a discreción, fuego como si lo estuvieseis jiñando, maldita sea. Jesús con la criatura. Y al mirar otra vez por la porta, Marrajo ve la banda pintada a franjas amarillas y negras del navío inglés a medio tiro de cañón, tan cerca que le parece poder tocarla con la mano. Tan ahí mismo que acojona. Y en ésas, el artillero Pernas se agacha de nuevo tras el cascabel, y todos se apartan, incluido Marrajo, que está cada vez más al loro, y el cañón pega otro salto que parece a punto de partir las trincas, y puuumba, allá va, y esa vez sí se ve perfectamente cómo el cebollazo pega en la banda del inglés, clataclás, llevándose un pedazo del pasamanos, y todos los de la pieza aúllan de entusiasmo porque al fin les han dado algo para entretenerse a esos hijos de la gran puta, su propia medicina, joder, casacón, tú que sabes de la mar, ¿eso es pulpo o calamar? En ese momento otras piezas de la batería encadenan sus disparos, pumba, pumba, pumba, corriéndose el fuego hacia proa y hacia popa, pumba, pumba, y la humareda oculta al enemigo y a los amigos, y cuando ésta se disipa los hombres ya están limpiando, cargando, empujando de nuevo el cañón hacia la porta, más coordinados y seguros que antes, porque a la fuerza ahorcan, y hasta a una pajarraca como aquélla terminas cogiéndole el tranquillo. Chupao parece ahora. Y Marrajo, que empieza a notar un singular sentimiento, algo parecido al afecto, o así, por los hombres que pelean a su lado, respirando la misma pólvora, ciscándose entre dientes en el mismo Dios, o rezándole (a fin de cuentas es lo mismo), tiene el torso tan cubierto de sudor que parece lloviera de los mamparos, y grita de júbilo como todos, aúpa, tíos, leña al mono hasta que hable chino, cuando tras el humo ve que en la banda del perro inglés hay ahora media docena de agujeros e innumerables astillazos, y que una de sus vergas grandes cuelga atravesada, con la vela suelta y medio caída sobre cubierta.

—¡Vivaspaña! —aúlla enronquecido don Ricardo Maqua—. ¡Ya son nuestros!... ¡Fuego!... ¡Vivaspaña!

Vivaspaña, se oye gritar a sí mismo Nicolás Marrajo, estupefacto de oírse, mientras pasa un nuevo cartucho a sus compañeros. Cágate, lorito. Yo gritando eso, coreando a este cabrón. Y lo mismo que él, Curro Ortega (que además de gritar vivaspaña grita de vez en cuando viva Cai) y todos aquellos infelices, los soldados que acuden a disparar por las portas, los reclutas de leva, los campesinos sacados de sus casas, los mendigos, la chusma arrancada de tabernas, hospicios y penales que ahora se afana en torno a los cañones, asomados a la boca misma del infierno, corean con rugidos que sí, que vivaspaña, cagüensanpedro y cagüentodo, joder, Santa María, madre de Dios, ruega por nosotros, pecadores. Y lo gritan, y lo dicen, y lo murmuran borrachos de pólvora, espantados tanto del enemigo como de sí mismos, mientras empujan los cañones, meten las balas y disparan una y otra vez, ciegos, ensordecidos, desesperados ahora y en la hora de nuestra muerte, amén, con la certeza súbita de que sólo el más salvaje, el más cruel, el que cargue y dispare y blasfeme y rece con mayor rapidez y eficacia, podrá sobrevivir a la jornada. Resumiendo: gritan vivaspaña, pero pelean por su pellejo. O a lo mejor es que, en ese momento, España es precisamente eso: su pellejo, el de los compañeros que están allí tiznados de pólvora como ellos. El tambor que redobla junto a la mecha del palo mayor. La madera movediza que pisan y defienden. Y allá, lejos, la casa, el barquito de pesca, la taberna, la plaza, el sembrado al que anhelan volver. La familia, quien la tiene. El odio que sienten hacia ese arrogante navío enemigo que se interpone entre ellos y quienes, en tierra, los esperan.

—¡Hay otro casacón ahí!

Marrajo mira por la porta. El navío con el que combaten se encuentra ya por el través de estribor, a poco más de un tiro de fusil. Una segunda popa y nuevas velas surgen por su proa, sobre otro casco pintado a franjas negras y amarillas. Recristo, piensa el gaditano. Nos estamos metiendo (alguien nos está metiendo) en mitad de la línea enemiga. Todavía contempla asombrado la nueva aparición, cuando un doble reguero de fogonazos recorre a todo lo largo el costado del primer inglés. Creo en Dios padre todopoderoso, murmura alguien a su lado. Creador del cielo y de la tierra. Entonces llega la andanada. Viene baja. La gruesa tablazón del navío español se estremece, encajándola con ensordecedor crujido. Una nube de astillas, pernos y fragmentos de metal revienta dentro de la batería. Una de las balas entra limpiamente por la porta, mata a Curro Ortega y decapita al cabo Pernas.

9

La toldilla

Pumba, pumba, pumba. Apoyado en la batayola de
la toldilla, sintiendo estremecerse bajo sus pies el barco
al recibir los impactos de las balas inglesas (cada balazo
duele como si te lo sacudieran en los huevos), don Carlos de la Rocha echa un vistazo por el catalejo, lo cierra y
lo aparta, desolado. Ante la proa del *Antilla*, que ahora
navega rumbo sudeste amurado a estribor con gavias y
juanetes, el campo de batalla es una inmensa neblina
blanca y gris, punteada de fogonazos y con espirales de
humo que se enroscan en torno a un bosque de palos
desmochados y velas cribadas de agujeros. Pumba. La
mayor parte de la escuadra aliada está inmóvil, batiéndose paño a paño con los navíos ingleses que siguen arribando sobre ella como si tal cosa. Españoles y franceses,
sin distinción de bandera, procuran apoyarse mutuamente con sus fuegos; pero hacia barlovento, rebasada
la retaguardia británica, los cuatro buques franceses de
la división Dumanoir siguen alejándose del combate,
ciñendo el viento cuanto pueden tras cambiar un breve
cañoneo con el enemigo. Aurrevoire, o como se despi-
diera Voltaire echando el chapeau al aire. Quien huye
hoy puede pelear mañana, dicen. O nunca. En cuanto a
los que arribaron sobre la línea de batalla, el *Intrépide* del

comandante Infernet lucha con dureza intentando socorrer a su buque insignia, el *Bucentaure*, y el español *Neptuno* del brigadier Valdés se bate desesperadamente con dos navíos ingleses que le cortaron el paso cuando se dirigía en ayuda del *Santísima Trinidad*. Pumba, pumba. Requetepumba. En un momento, bajo el intenso fuego enemigo, el *Neptuno* pierde el mastelero de velacho y media cofa del trinquete, con un montón de obenques yéndose a tomar por saco. Esta vez, piensa Rocha con amargura, Cayetano Valdés no va a poder repetir su hazaña del cabo San Vicente, cuando con el *Pelayo* salvó al *Trinidad* de caer en manos inglesas. Ni harto de sopas. Ya será para darse con un canto en los dientes si, tal como está el patio, consigue salvarse él.

—Con su permiso, mi comandante. Debería usted bajar al alcázar.

Por lo menos, piensa Rocha, el teniente de navío Oroquieta no pierde las maneras. Ha dicho debería usted bajar, mi comandante, con su permiso, en vez de vámonos de la toldilla antes de que nos hagan fosfatina. Porque lo cierto, concluye, es que la elevada popa del navío se ha vuelto un lugar peligroso de narices. A excepción de Oroquieta, el primer piloto Linares, el teniente Galera, los dos guardiamarinas y el patrón de bote Roque Alguazas, todo el mundo se encuentra de rodillas o tumbado en el suelo, cumpliendo órdenes del comandante: los artilleros de las carronadas (inútil arriesgarlos aún, a esta distancia del enemigo) y los veinte granaderos selectos de infantería de marina que el teniente Galera hizo subir hace rato, ahora agazapados alrededor del palo de mesana con sus correajes blancos, sus mosquetes y su impasible, ellos sí, disciplina profesional. Raaca, clac, clac. A medida que se acercan a la línea de ataque inglesa, las balas y las astillas vuelan por todas partes. El *Antilla*, que más o menos seguía las aguas del *Neptuno*, ha visto cómo la línea enemiga se cerraba ante su proa. Por eso Rocha acaba de ordenar ceñir el viento un poco más, apuntando a un claro que hay entre los dos últimos barcos de la retaguardia de Nelson. Cortar a los cortadores. De esa forma aliviará la presión que soporta el navío de Valdés y podrá intentar, si consigue verse al otro lado, arribar luego para caer sobre los enemigos que acosan al *Trinidad*. Tales son los cálculos mentales de líneas, ángulos y rumbos que en ese momento ocupan su cabeza más que los avatares inmediatos de la acción, y que deben permitirle, en función del viento y las velas (o lo que de éstas quede dentro de un rato), lograr que las tres mil toneladas de madera y hierro que tiene bajo los pies se muevan con eficacia a través del combate. A fin de cuentas, a estas alturas de los tiempos, un buque de guerra es una máquina compleja, un taller flotante hecho para luchar, sujeto a reglamentos y a ordenanzas, donde los hombres trabajan y mueren como autómatas sin otra responsabilidad que la lealtad y la competencia.

—¡Ahí viene otra, mi comandante!

Oroquieta aún está diciéndolo (Rocha se ha vuelto a mirar, fascinado, el reguero de fogonazos en el costado de babor del inglés más próximo) cuando la nueva andanada sacude al *Antilla* de arriba abajo. Con el corazón encogido y las mandíbulas crispadas, el comandante alza el rostro y comprueba que, aparte algunas drizas cortadas y muchas astillas en la arboladura, por lo alto aguanta todo. Gracias a Dios, murmura para sí. Y eso es lo que importa de momento; porque, desarbolado, el navío se convertiría en una boya a la deriva, incapaz de maniobrar y a merced de las baterías enemigas. Sentenciado. Exactamente lo que le está sucediendo a la mayor parte de los navíos franceses y españoles que combaten a la vista.

—Linares.

—A la orden de usía, señor comandante.

Rocha le señala al primer piloto (alférez de fragata Bartolomé Linares) el hueco entre la proa y la popa de los dos navíos ingleses más próximos, que cierran la fila de ataque enemiga.

—Tríncame alguna cuarta más. Quiero que nos metamos por ahí.

—Lo intentaré, señor comandante.

—No lo intente, coño. Hágalo.

Mientras el piloto corre a la bocina que lo comunica con el timonel que gobierna bajo la toldilla, un rosario de fogonazos con sus correspondientes estampidos recorre el costado del navío, haciendo carracapumba, pumba, pumba. Eso para Jorge III y para su puñetera madre. Ahora es el *Antilla* el que responde al fuego inglés, y cuando la brisa aleja por la otra banda el humo de los cañonazos, Rocha comprueba satisfecho que la gente se porta bien. Las dotaciones hormiguean en torno a los 8 libras del alcázar y el castillo, refrescando y cargando de nuevo, empujando las piezas para afirmarlas de nuevo en las portas, mientras los fusileros, igual que los granaderos de la toldilla, permanecen tumbados sobre cubierta (bajo las redes extendidas para proteger de las maderas, motones, cadenas y cabos que caigan de arriba), resguardándose detrás de los coyes enrollados y mochilas apiladas en la batayola, hasta que lleguen a tiro de fusil y puedan intercambiar su fuego de mosquetería con los ingleses. Se mantiene el orden. Los pocos marineros y reclutas que se socairean con cada descarga enemiga son devueltos a sus puestos a rebencazos, y algún infante de marina de guardia en las escotillas debe amenazar con la bayoneta a quienes se acercan buscando la ocasión de escaparse abajo; pero la gente se muestra razonablemente disciplinada. Hay pocos heridos y muertos, y la mayor parte son retirados en el acto y desaparecen por las escotillas o las escalas del combés diciendo ay, ay, madre, los que pueden decirlo, camino de la bodega (Estévez, el primer cirujano, ya debe de estar cortando y cauterizando allí abajo con sus ayudantes, con el padre Poteras soltándoles latines por encima de su chepa a los pacientes), mientras aquí arriba los cadáveres son arrojados al agua para no embarazar la cubierta y para que no desmoralicen a los compañeros. Adiós, Paco. Chof. Adiós, Manolo. Chof. Tampoco los destrozos son muchos. A Rocha acaban de informarle de que en la primera y segunda baterías hay un par de cañones desmontados y algunas bajas, pero que los oficiales mantienen a la gente en sus puestos. En cuanto a la cubierta superior, los palos tienen algún balazo poco serio, una de las mesas de guarnición del trinquete ha sufrido daños, y la tercera pieza de estribor, que se encuentra encima, está desmontada de su cureña; pero casi todos los obenques que sostienen el palo aguantan firmes. Más hacia popa, a la altura del portalón, un buen trozo del pasamanos ha desaparecido dejando un rastro de astillas, maderas rotas y regueros de sangre.

—La gente se está portando de dulce, mi comandante.

—Ya lo veo.

Pues claro, piensa Rocha. Cómo si no. Al final, a regañadientes, blasfemando en arameo, en esta pobre España (tu regere imperio fluctus, tócame el cimbel) es lo único que nos salva de la vergüenza absoluta: la gente. A ver de qué otra manera se explica que, pese a la superioridad que tienen los ingleses desde hace siglo y medio, hayamos mantenido la cara durante todo este tiempo: la puntual conexión naval con América, la defensa de Cartagena de Indias contra Vernon, la victoria de Navarro en Tolón, la defensa que hizo Velasco del Morro de La Habana, las expediciones científicas, los escritos de Jorge Juan, la cartografía de Tofiño, la expedición de Argel o la de Santa Catalina, los jabeques de Barceló, el acoso de las costas inglesas, la presión sobre Jamaica, la toma de San Antíoco y San Pedro, la defensa de Tolón, de Rosas, de El Ferrol, de Cádiz. O puesto a que te rompan los cuernos como a un señor, el combate de Juan de Lángara entre los cabos San Vicente y Santa María, cuando con el navío *Fénix* quiso cubrir la retirada de su escuadra y estuvo ocho horas batiéndose contra varios navíos ingleses a la vez, hasta que al fin arrió bandera, herido el comandante, el buque desarbolado y casi toda la tripulación muerta o herida. Con un par. Y todo eso, piensa amargo Carlos de la Rocha, y lo anterior, y lo de siempre, a pesar de los malos gobiernos, el desorden y la desidia, lo ha hecho la gente. Esta misma pobre gente. Hombres mal pagados, mal tratados, como los que hoy luchan en el *Antilla*. Infelices buenos vasallos que nunca tuvieron buenos señores. Porque por encima de los Barceló y los Lezo y los Velasco hubo siempre canallas como los ministros y funcionarios de marina que, para remediar la falta de tripulantes durante la anterior guerra con Inglaterra, anunciaron indultos para prófugos y desertores prometiendo tres onzas de oro a los voluntarios, pagar a todos los hombres de mar sus sueldos y asignaciones, y no alistarlos en buques de guerra más que bajo determinadas condiciones. Pero cuando esos desgraciados se presentaron, no se les pagó lo prometido, obligándolos a combatir en condiciones que equivalían a esclavitud perpetua. Dejando además sin marineros a barcos de pesca, mercantes y corsarios. Y claro. Al estallar la nueva guerra, los matriculados, resabiados, dijeron: anda y que se presente el cabrón de tu padre.

—¡Nostramo!

El primer contramaestre (el nostramo) Campano, un hombre disciplinado y muy capaz, sube a la carrera la escala de la toldilla, sin agacharse pese a que en ese momento una bala inglesa abre un nuevo boquete en la vela cangreja, sobre sus cabezas. A la orden de usía, don Carlos, dice tocándose el gorro. Dígame cómo está la maniobra, pide el comandante. Campano se pasa una mano por la cara mal afeitada y llena de arrugas y responde: bueno, bien, don Carlos. Podría ir peor, ya sabe. En la verga mayor tenemos cortado un bastardo, la falsa boza y un par de burdas. En el trinquete, dos obenques del mastelero de velacho, uno del juanete, una ostaga y tres brandales. Tengo a mi gente trabajando en eso.

—¿Y cómo andamos de vela?

—Mucha marca, como puede ver usía… Así, por lo gordo, cuatro balazos grandes en la gavia, dos en la sobremesana, cuatro en el velacho y tres en la cangreja.

Raaaaca. Una bala inglesa (Rocha casi la ha visto venir, negra y aumentando de tamaño, la hijaputa) pasa entre el sombrero del comandante y el palo de mesana, parte unas drizas, deja suelto un motón peligrosamente cerca de la cabeza del guardiamarina Ortiz y se pierde al otro lado, chaaf, sin más consecuencias. Oroquieta se muerde los labios preocupado, sin atreverse a insistir. Pero está claro. En esa fase del combate, que un capitán de navío y toda su plana mayor se expongan en la toldilla es innecesario. Además, la experiencia demuestra que cuando casca el comandante la gente se viene abajo. Raaaca. Otra bala inglesa pasa con sonido de tela desgarrándose. Y vienen más. Raaaca. Raaaca. Esta última llega más baja, rozando la batayola. Clas, hace. Un crujido. Un artillero de la segunda carronada pega un grito cuando se le clavan las astillas en un brazo. Sangra como un cerdo. Oroquieta le ordena que baje a curarse y vuelva enseguida, si puede, y el artillero, un cabo de cañón veterano, baja por la escala agachado, caminando por su propio pie. Rocha espera el tiempo adecuado para que una cosa no parezca consecuencia de la otra.

—Vámonos al alcázar. Usted también, Oroquieta. Y el piloto. Todos menos los que tienen aquí su puesto de combate.

—A la orden.

Antes de bajar seguido por el segundo oficial, el piloto, el patrón de su bote y el guardiamarina Falcó, el comandante se acerca a estrechar la mano al teniente Galera, el oficial de infantería de marina que va a quedarse en la toldilla con sus granaderos y los sirvientes de las carronadas, que miran con cara de malas pulgas a los que se van. Rocha casi puede escuchar sus pensamientos: ahí van ésos, colega, hay que joderse. Ellos abajo, que llueve, y nosotros arriba, con lo que va a llover. Igual al cabo palmamos todos, pero al principio siempre palmamos los mismos. No falla. Etcétera. Antonio Galera, pálido y tranquilo, sonríe algo forzado y luego se lleva la mano al pico del sombrero. Su mano está fría, comprueba Rocha. Tan fría como si ya estuviera muerto. Luego el comandante se vuelve hacia el guardiamarina Ortiz, a quien corresponde custodiar la driza de la bandera. Frío, formal (le daría un abrazo al chico, pero no puede hacer eso), Rocha se la encomienda.

—Hágase cuenta de que esa bandera la tenemos clavada... ¿Entendido?

—Está entendido, señor comandante.

La voz del joven tiembla un poco. Desenvaina el sable. Está tan pálido como el teniente Galera, pero se mantiene entero. Mira el sable como si lo viese por primera vez. Dieciocho o diecinueve años, piensa Rocha con desaliento. Y toda esa responsabilidad. Tiene delito. Me cago en Napoleón, en Godoy, en Villeneuve y en la madre que los parió. Y también en la que parió a Gravina, que con todo su golpe de delicadeza, pundonor y demás murga, ha dejado que nos metan de cabeza en esta mierda.

—Ortiz.

—A sus órdenes, señor comandante.

Rocha señala la bandera roja y amarilla que ondea débilmente en el pico de la cangreja, sobre sus cabezas.

—Mate a cualquiera que se acerque con intención de arriarla.

El alcázar. El puesto de combate del comandante de un navío. El lugar donde luchas, vences o mueres, en esa cubierta atestada de cañones y de hombres, bajo la sombra de la lona que se tensa y destensa con los caprichos de la brisa, haciendo crujir la arboladura y la jarcia firme. El palo de mesana y la elevada toldilla se alzan a la espalda, sobre la rueda del timón y la bitácora. Delante están el palo mayor, el enorme foso del combés, los pasamanos y el castillo de proa bajo el palo trinquete, con el bauprés donde el foque y el contrafoque (las velas triangulares de proa) intentan capturar algo de viento que ayude en la maniobra. En cada palo, gavias y juanetes desplegados (cada vez con más agujeros, por cierto), y la vela mayor cargada, recogida y bien aferrada para que no se incendie con los fogonazos de los disparos de cubierta, las vergas aseguradas con cadenas para que a los cañonazos enemigos les cueste más arrancarlas. Abajo, en la banda de estribor, las baterías soltando cebollazos con regularidad y eficacia razonables. Y de vez en cuando (dos o tres veces por cada una que dispara el navío español) las andanadas enemigas que estremecen el casco de proa a popa, levantan astillas, cortan jarcia, matan hombres.

Más no se puede pedir. Todo a son de mar y guerra, como estipulan las ordenanzas de la Real Armada. De modo que ahora sí, piensa lúgubre Carlos de la Rocha. Ahora todo está en regla, y nadie podrá decir que el *Antilla* y su comandante no hacen lo que deben. *El que no se halle en el fuego no estará en su puesto*, decían las instrucciones para el combate del imbécil Villeneuve. Pues bueno, pues vale, piensa Rocha. Pues ya estoy en mi puesto. El navío y los setecientos sesenta y dos hombres de su tripulación (que ya seremos menos, concluye mirando los regueros de sangre que se pierden camino de los imbornales y las escotillas) están en pleno picadillo, sin vuelta atrás. Se gane o se pierda el combate, en lo que al *Antilla* se refiere, la patria (manda huevos) puede dormir tranquila. Con esa certeza, el comandante se pasea por el alcázar, el sable en la vaina y las manos cruzadas a la espalda, mostrando una calma que no es fingida, pues de veras la siente. No por heroicidad ni nada por el estilo, sino porque durante toda su vida, desde que embarcó como guardiamarina con catorce años, se ha estado preparando para momentos como éste. Su calma proviene de la resignación del marino profesional que acepta el hecho simple de que ya está muerto; y si por azar después del combate resucita (en su caso, hombre religioso como es, lo atribuirá sin duda a la providencia divina), será éste un beneficio inesperado, por añadidura. Un don de Dios en su infinita misericordia. Poco más o menos. Pero ahora, a tiro de fusil de los navíos ingleses, el comandante Rocha se sabe tan fiambre como la mano fría del teniente Galera que estrechó arriba, en la toldilla. Y reza, Dios te salve María, llena eres de gracia, el señor es contigo, pasando mentalmente las cuentas del rosario que lleva en el bolsillo izquierdo de la casaca, procurando no mover los labios para que nadie lo note y piense lo que no es.

—El *Bucentaure* está hecho una boya, mi comandante —informa Oroquieta.

Así es. El buque insignia del almirante Villeneuve está raso como un pontón, sin gobierno, desarbolado de todos sus palos y rodeado de navíos enemigos, aunque aún se bate. Maldito e infeliz cabrón, piensa Rocha mientras le echa un vistazo por el catalejo. Almirante de mis huevos. Menuda ruina nos has buscado a todos, y a ti el primero. Sin admitir nunca consejos ajenos, nulo en la decisión, incapaz de adaptarte a lo inesperado. Inferior a ti mismo y al mando que te regaló un ministro ciego. Así ardas en el infierno.

—El *Trinidad* se defiende como un tigre —añade Oroquieta.

Rocha desplaza un poco el catalejo. Entre el humo y los fogonazos se distinguen al menos cuatro navíos ingleses batiendo muy próximos, a tiro de pistola, al *Santísima Trinidad*, que se encuentra cerca del *Bucentaure* y un poco más adelantado. El cuatro puentes español aún tiene en pie sus palos, excepto el mastelero y la verga de velacho, y hace un fuego terrible por ambas bandas, manteniendo la señal número 5 (que todos los navíos que no combaten acudan al fuego, etcétera) obstinadamente izada en el trinquete. No lejos de él pelea otro español que parece el *San Agustín*, con dos ingleses tan pegados a él que se diría luchan al abordaje. Más allá, hacia el sur, a lo largo del caos en que se ha convertido la línea aliada, sólo puede verse humo, fogonazos, llamaradas, la humareda negra de algún navío que arde, y a barlovento cinco o seis buques ingleses, los últimos de cada columna, que fuerzan velas para unirse a la pelea. Y ahí van los tíos, piensa amargo el comandante del *Antilla*. Profesionales y resueltos. Sabiendo que sus jefes los respaldarán si triunfan; o que, al menos, nunca se afeará la conducta de quien se abarloe a un enemigo y luche. Allí a los hombres de mérito se les premia. Guar is bisnes, o como se diga en guiri. Para ellos, la guerra es negocio. Y ahí están, los malditos. Piratas codiciosos del oro, por supuesto, pero poniendo al hombre por encima de todo. Rigurosos, disciplinados e implacables como máquinas, aunque atentos también a la carne y sangre que mueve sus barcos. Mientras que nosotros, insensatos, estúpidos, derramando el oro a manos llenas en los bolsillos más indignos, se lo regateamos todo a quien trabaja y sufre, y damos al olvido decoro, humanidad y conveniencia, obstinados en hacerlo todo a costa de sudores y de sangre que nunca se pagan. A ver. Señoras y caballeros, niñas y niños, militares sin graduación. Que alguien me diga cuál de los dos sistemas es más eficaz y más barato.

—A rumbo, señor comandante —anuncia el piloto—. Mediodía cuarta a jaloque… No da más de sí.

—Me vale, Linares.

El que no se halle en el fuego, etcétera. La instrucción para el combate sigue en la cabeza de Rocha, martilleante. El viento refresca un poco, lo justo para que las lonas se hinchen y el *Antilla* ciña algo más, justo la cuarta y pico a estribor que le pidió hace un momento al piloto, en rumbo (sur cuarta al sudeste) convergente y algo adelantado con el último navío de la línea inglesa: un setenta y cuatro que arriba a tiro de fusil, amurado a babor y forzando vela para aprovechar la racha de viento fresquito.

—Sin fuego hasta mi orden —ordena Rocha.

Oroquieta y el alférez de fragata Miguel Cebrián (que manda la batería del alcázar) vocean la instrucción, que se corre a lo largo de la cubierta y a las baterías bajas. Retened, retened, retened el fuego, joder. Retenedlo de una vez. Por la escala del combés asoma la cara churretosa de Juanito Vidal, el guardiamarina más joven, a quien el alférez de navío Grandall, jefe de la segunda batería, manda a ver qué pasa. La orden de suspender el fuego no afecta a los fusileros, que ya se asoman por las portas o por encima de los coyes y mochilas apilados en la red de la batayola para mosquetear al inglés, o tiran desde las cofas donde están apostados junto a los gavieros encargados de la maniobra. Crac, crac, crac, hacen. Crac, crac. A lo largo de toda la banda de estribor de la cubierta, hasta el castillo, los artilleros de mar y de tierra, algunos con el torso desnudo, despechugados otros, ya bien tiznados de pólvora tras los primeros sartenazos, refrescan, cargan, tiran de los palanquines y empujan las cureñas chirriantes hasta poner las piezas de 8 libras en batería, y luego se vuelven a mirar expectantes hacia popa, los cabos con la rabiza o el botafuego en la mano (ya han comenzado a romperse las malditas llaves de pedernal) en espera de la orden de disparar de nuevo. Pero esta vez Rocha no tiene prisa. Quiere una andanada completa de las tres baterías y soltársela de golpe al inglés al pasarle por la proa si es que llega, en pleno beque, enfilándolo a lo largo cuanto pueda. Y luego, también (si es posible), al inglés de delante. Lo mismo, pero por la popa. Setenta y cuatro hermosos cañones de hierro fundido a orillas del Miera. Ultima ratio regis, o sea. Endiñársela a los dos rubios de enfilada, hasta dentro: ochocientas treinta y ocho libras disparadas por cada banda. Así que llama al alférez de fragata Cebrián y le ordena dividir a los artilleros entre babor y estribor, y que se corra la voz a los entrepuentes. Esta vez bala rasa, al casco y la cubierta. Nada de mariconear tirándole a la arboladura, como los franchutes.

—¿De verdad cree que pasaremos, mi comandante?

—No me toque los aparejos, Oroquieta.

El segundo murmura una disculpa y se calla, sin dejar de mirar con la boca abierta el hueco entre los dos navíos ingleses, hacia el que se dirigen, cada vez más próximo por la amura de estribor del *Antilla*. Qué más da, se dice Rocha en los adentros, aunque no abre la boca. Pasar o no pasar. Lo mismo da fajarse con los malos a éste o al otro lado de la línea inglesa, aquí o un par de cables más lejos. El que no se halle en el fuego. Etcétera.

—Cazad esa trinquete, maldita sea. El puño de sotavento lo más atrás posible.

—A la orden.

—Y no quiero ver flamear el velacho.

Sin mover las manos, que conserva cruzadas a la espalda, Rocha se vuelve hacia el timón, donde a la sombra de la toldilla y tras la relativa protección del grueso palo macho de mesana, dos hombres mueven las cabillas bajo la mirada atenta del primer piloto Linares, que ha puesto allí a sus mejores timoneles: Perico Garfia, un almeriense veterano fuerte y vivaz, y otro valenciano de quien Rocha no recuerda el nombre. Para el caso de que un cañonazo inglés destroce el timón de cubierta o se rompan los guardines, el segundo piloto Navarro, con otros dos timoneles y varios ayudantes, se encuentra dos cubiertas más abajo, en la santabárbara, listo para gobernar desde allí.

—Valdés las está pasando negras —dice Oroquieta.

Rocha mira hacia la banda de babor. Por el través puede verse al *Neptuno*, que ha perdido el mastelero de gavia y tiene el palo macho casi rendido, batiéndose ferozmente contra los dos navíos ingleses que le cortan el paso. Con las velas del trinquete y el mayor desgarradas y caídas sobre cubierta, no tiene posibilidad de ir más allá. Rocha imagina a Cayetano Valdés en el alcázar, resignado tras haber hecho lo posible por socorrer al *Bucentaure* y al *Trinidad*, dispuesto ahora a pelear para sí mismo. Otro que se dispone a vender caro el pellejo. A estas alturas, la batalla se ha convertido en una sucesión de combates parciales y sangrientos, uno contra varios, sin esperanza.

—Valdés ya no sale de ahí.

Oroquieta mira a Rocha interrogante, como preguntándole si acuden en su socorro, o no. Sin necesidad de palabras, el comandante apunta con el mentón hacia el *Trinidad*, que sigue batiéndose. En todas las marinas del mundo, la doctrina oficial ordena acudir primero en socorro de los peces gordos. El que manda, manda. Y entre las sardinetas, que cada perro se lama su asunto.

—Aún refresca el viento, mi comandante. Una pizca.

Es cierto. Eso va bien, porque da velocidad al *Antilla* y lo ayuda a orzar. De cualquier manera, Rocha sabe que antes, con lo de pasar o no pasar, su segundo oficial tenía razón. Puede que pasen y puede que no. El viento puede caer o escasear de pronto, y en este último caso el navío se vería abordado con el último inglés de la fila, el setenta y cuatro de costados pintados a franjas negras y amarillas, cuya segunda batería dispara en ese momento una andanada que hace agacharse a todo el mundo en la cubierta (a todos menos a Rocha, que casi se rompe los músculos de la espalda intentando mantenerse erguido), se lleva por delante medio propao del alcázar, la chimenea de los fogones, hace pedazos el cabrestante del castillo y deja a cuatro hombres tirados en cubierta, ensangrentados como en el tajo de un carnicero.

—¡Asegurad esas drizas!

El primer contramaestre Campano reúne a media docena de marineros, gente de su confianza que tiene lista para remediar averías, y se pone a la faena.

—¡Cebrián!

—A sus órdenes, mi comandante.

En vez de sombrero, el alférez de fragata Cebrián lleva ahora un pañuelo ensangrentado en torno a la cabeza. Un astillazo se le ha llevado media oreja. Tiene el corbatín y el cuello de la casaca manchados de sangre fresca, pero se mantiene entero. Es ferrolano, flaco, pelirrojo y simpático.

—Lo mismo nos abordamos con esos perros.

Cebrián se toma la cosa con mucha flema. ¿Abordamos o nos abordan, mi comandante?, se limita a preguntar. Rocha responde que no tiene ni puñetera idea, pero que no se imagina a la tripulación del *Antilla*, todos esos mendigos y presidiarios reclutados a la fuerza, abordando a nadie al grito de vivaspaña. Cebrián es de la misma opinión. Lo que ocurra será por estribor, añade Rocha. Así que dispóngalo todo para rechazar el abordaje por esa banda. Chuzos, alfanjes, hachas y pistolas. Ya sabe. Tenga listo un grupo móvil de infantes de marina, con las bayonetas caladas. Si nos enredamos en la jarcia del inglés, intentará meternos gente dentro. Organice a los nuestros, prepare algunas hachas para cortar los arpeos, mande más fusileros con frascos de fuego y granadas a las cofas (si los convence para que suban, que ésa es otra) y usted quédese con el trozo móvil para acudir a donde haga falta, en el castillo o en el pasamanos. ¿Entendido?

—Al toro, que lo tenemos acogotado —anima el segundo oficial Oroquieta.

Cebrián lo mira de reojo.

—Tan acogotado, don Javier, como yo a mi suegra.

Buen tipo, piensa Rocha viéndolo volverse a dar órdenes. Y para ser gallego, no le falta sentido del humor. Del humor negro, claro. A ver qué otro humor se puede tener siendo español, gallego y marino.

Raaaca, clac. Raaac, raaaca. Clac. Estrépito de madera tronchada y silbar de astillas. Las vigotas de dos obenques adiós muy buenas. Un trozo de pasamanos y una esquina de la mesa de guarnición de estribor del palo mayor acaban de convertirse en fragmentos que vuelan por todas partes. Raaca, raaaca. Bum, bum, retumba todo. Las cuadernas del buque se estremecen abajo, en las cubiertas inferiores, con un fragor que hace temblar las tracas. Otra bala ha vuelto a dar en carne. Oroquieta hace bocina con las manos para hacerse oír por encima de la zarabanda.

—¡Abozar esos obenques, joder!

Como el contramaestre Campano está ocupado con las drizas (acaban de matarle a un hombre, además), el guardiamarina Falcó sale disparado, reúne a un guardián y a media docena de marineros y se pone a asegurar los obenques rotos. Inquieto, Rocha ve cómo el muchacho se encarama por fuera a la mesa de guarnición del palo mayor para ayudar a colocar las bozas y culebrear la jarcia, exponiéndose sin protección al fuego inglés.

—Tiene casta el becerro —comenta Oroquieta, rascándose las patillas.

Raac, raaaca clas. Esta vez los cañonazos ingleses llegan altos, abriendo más boquetes en la gavia y en el velacho. Uno rompe también una troza de la verga seca. Los hombres de la cofa se encogen asidos a los obenques, y luego, balanceándose allá arriba, intentan reparar la avería. Uno de ellos, tal vez herido o más torpe que sus compañeros, queda colgado del marchapiés, pataleando en el aire, y luego cae al mar en el siguiente balance, gritando un aaaaah muy largo, cuando el palo se inclina hacia sotavento. Rocha aparta la vista. Luego se sube a una cureña de estribor y mira hacia el navío inglés, cada vez más próximo. Como se haya equivocado en el cálculo, piensa, y se aborden con el enemigo, estarán todos bien para allá. Pese a la buena voluntad de Cebrián, no cree que sus hombres sean capaces de rechazar un asalto en regla.

—¿Da su permiso para hablarle, señor comandante?

Bonifacio Merino, el contador del *Antilla*, se ha acercado, el aire tímido. Es cuarentón, rechoncho, con lentes. Mal afeitado. El chupatintas que lleva los libros y que, cuando puede, como todos los de su ralea, se mete algo en el bolsillo. Su trabajo a bordo se lo pone fácil porque es justo ése, llevar las cuentas del barco, pertrechos, víveres, consumo, papeleo, bacalao para cuatro meses o equis meses (miércoles, viernes y Semana Santa), menestra, tocino, carne salada, queso, vino, galleta, etcétera. Tantas arrobas en mal estado, gorgojos incluidos, conchabado con el proveedor, con el mayorista de la Armada, con el empleado del arsenal o con quien sea. Como toda España. Como todo quisque por cuyas manos pase algo.

—¿Qué hace aquí, Merino?

—Abajo no hay gran cosa que hacer, señor comandante... He pensado que yo... Ejem. Que yo...

—¿Que usted qué?

—Igual soy más útil aquí arriba.

Rocha clava sus ojos en los del contador, que parpadea pero le sostiene la mirada. Rocha ha conocido a contadores de todas clases, y éste, aunque participa de las corruptelas del oficio, no es de los peores. Durante un instante más lo observa de arriba abajo: sombrero abollado, zapatos sucios, casaca parda rozada y brillante en los codos, dedos manchados de tinta. Cruce de tendero y amanuense. Lo opuesto a un soldado.

—¿Por qué hoy, Merino?

El contador se quita el sombrero, se rasca el pelo mezquino y ensortijado. Se cubre de nuevo. Lleva año y medio en el *Antilla*, y es la primera vez que pide estar en cubierta durante un combate.

—A mi hermano lo mataron la tarde del veintidós de julio, en Finisterre —desembucha al fin—... Era tercer piloto en el *Firme*.

Rocha lo mira un momento más. Qué cosas. Y qué diablos, concluye. Cada cual se bate por lo que se bate.

—Puede quedarse en el alcázar, atendiendo la cartuchería y a los heridos.

—Gracias, señor comandante.

Raaaca, bum. Otra vez vuelan astillas y se estremecen las cuadernas de roble, mientras toda la arboladura y la jarcia firme vibran como las cuerdas de un violín arañadas por un gato con mala leche. Desolado, Rocha comprueba que el palo mayor tiene un hermoso balazo por encima del zuncho de cabillero. Nada grave, de momento. No hay peligro de caída. Los obenques aguantan y todo parece en orden. Pero así se empieza.

—¡El *Neptuno* ha perdido el palo de mesana! —exclama alguien.

Al diablo el *Neptuno*, se dice Rocha. Toda su atención está concentrada en el castigo que sufre su buque, en la dirección hacia la que apunta el bauprés y en el navío inglés que fuerza vela (su capitán se ha dado cuenta de la intención de Rocha) para cerrar el hueco y cortarle el paso. Por suerte el inglés ha perdido la verga de mayor con su vela, y eso lo frena un poco. El *Antilla* y él están casi a tiro de pistola, convergentes ambas proas, hasta el punto de que es posible distinguir bien a los tripulantes del buque enemigo, los oficiales en el alcázar, los marineros afanándose alrededor de los cañones de la cubierta superior y las carronadas de la toldilla, las guerreras rojas con correajes blancos de los infantes de marina, los tiradores que disparan desde las cofas. Un ruido sobre la cabeza de Rocha. Otro hombre cae de lo alto, sin un grito (quizá ya venga muerto), y queda enganchado en la red extendida sobre el alcázar, un brazo colgando y la sangre goteando a lo largo de ese brazo sobre la arena húmeda que cubre la cubierta. El comandante, que está justo debajo, se hace a un lado para no mancharse el uniforme. A su espalda y arriba, en la toldilla, oye gritar órdenes al teniente Galera y luego a sus granaderos soltando descargas cerradas de mosquetería contra el buque enemigo. Crac, crac. Buen chico, Galera. Cumplidor como los buenos, pese a esa mano derecha helada como la muerte. Crac. Crac. Crac. Rocha mira hacia arriba, estudia un momento la cara del marinero muerto, suspendido a cinco pies sobre su cabeza. No lo reconoce, aunque le atribuye aspecto de gaviero veterano: los pies descalzos, la piel morena (ni siquiera tiene aún la extrema palidez de la muerte), un tatuaje indescifrable, azulado, en el brazo colgante por el que sigue goteando la sangre. Mantiene los ojos entreabiertos velados y fijos, como si meditase, absorto. Al apartar la vista del cadáver, Rocha encuentra la mirada espantada del guardiamarina Juanito Vidal, que pese a todo sigue asomando la cabeza por la escala del combés. Trece años. Dios mío. La edad de su hijo mayor.

—¿Todo bien en la segunda batería, Vidal?

—¡Sí, señor comandante!

Crac, crac, insiste la fusilería. El repiqueteo va y viene, amigo y enemigo, crac, crac, crac, y las bordas de ambos navíos relampaguean y se ahuman de escopetazos. A gritos, jiñándose en todo, Oroquieta ordena a los hombres que no tienen fusiles tumbarse en el suelo, en los pasamanos y tras las chazas entre cañón y cañón. La gente obedece sin que tengan que decírselo dos veces, amontonándose unos sobre otros. Con tal de que se levanten de nuevo cuando deban hacerlo, piensa Rocha. Uno de esos crac rompe la ampolleta del reloj de arena atornillado detrás del palo de mesana, haciendo dar un respingo a los timoneles. Otro hiere a un artillero del 8 libras más cercano. Otro impacta en las tablas de cubierta, a dos palmos de los zapatos con hebilla de plata del comandante, levantando un astillazo y un pegote de brea de las junturas. Roque Alguazas, el patrón de su bote, se acerca inquieto, como para pedirle que se proteja; pero Rocha lo aleja con una mirada seca. Oroquieta también lo ha visto y observa inquisitivo al comandante, esperando un comentario o una reacción; pero éste se hace el sueco, como si nada. Soy de piedra pómez, chaval. Aunque ya me han echado el ojo esos cabrones, se dice. Un comandante con su uniforme, las charreteras y el galón dorado en el sombrero pide un tiro a voces. Pero no hay otra, así que Rocha, apretados los dientes, con todos los músculos del cuerpo tensos y esperando de un momento a otro el balazo que lo mande al carajo, se pone a caminar de un lado a otro, lo más tranquilo que puede, intentando no ofrecer a los tiradores enemigos un blanco demasiado fijo. Crac, crac. Ziiiiang. Por todas partes siguen zumbando astillas y moscardones de plomo. El que no se halle en el fuego no estará en su puesto. Su pastelera madre. Al rato mete de nuevo la mano en el bolsillo de la casaca y toca las cuentas del rosario. Dios te salve, María, llena eres de gracia. Ante sus ojos pasa fugazmente la imagen de su mujer y sus cuatro hijos. A saber, se pregunta con una punzada de angustia, cuánto tardará la pobre Luisa en cobrar mis pagas atrasadas y la pensión de viuda.

Entonces, ganando la carrera por apenas medio cable, el *Antilla* mete la proa delante del inglés.

10

El alcázar

Craaaac. Cuando el mastelero de juanete mayor se va a tomar por saco, o sea, se viene abajo con un crujido que estremece el navío, el guardiamarina Ginés Falcó deja de arrastrar el cadáver del primer piloto Linares (un astillazo acaba de degollarlo, arrojándolo bajo la rueda del timón), confirma que los dos timoneles siguen aferrados a las cabillas, en su puesto, y luego se asoma al alcázar para mirar, limpiándose las manos ensangrentadas en los faldones de la casaca. Virgen santa, se dice. El mastelero, su verga y una maraña de vela y jarcia cuelgan hacia estribor, y los ciento doce pies de la verga mayor penden verticales con su vela aferrada, balanceándose con un extremo dentro del foso del combés, mientras arriba en la cofa, chas, chas (se oyen los hachazos desde cubierta), los gavieros intentan desprenderse de todo aquello para tirarlo por la borda. Por suerte, la verga de gavia y su vela siguen intactas. Abajo, en la cubierta, bajo la red de combate ahora rota y llena de trozos de madera, jarcia, lona y cadáveres que parecen atrapados en una confusa tela de araña, artilleros, marineros y soldados pelean entre la humareda acre que irrita los ojos y los pulmones, enronquecidos, bañados en sudor, negros de pólvora, entre las palanquetas, la metralla y las balas inglesas que vuelan por todas partes, arrancando, rompiendo, quebrando, mutilando cuanto encuentran a su paso.

—¡A esos perros!... ¡Duro y a esos perros!

Raaaca, clas, clas, clas. Falcó se encoge cuando la tablazón del *Antilla* cruje bajo otra andanada. Los destrozos son enormes. A sus dieciséis años, el joven aspirante a oficial de marina ha estado ya en un gran combate naval, el de Finisterre; pero nunca hasta hoy vio la cubierta de un navío tan devastada por el fuego enemigo. Casi todo el pasamanos de babor está hecho astillas, y tres de los ocho cañones de esa banda se encuentran desmontados de sus cureñas. En torno al resto, pese al intenso fuego que llega por esa borda, los hombres siguen afanándose en refrescar, cargar y disparar, tirando de los palanquines una y otra vez para acercar los cañones a las portas, arrojando al agua los cadáveres que estorban, llevando como pueden a los heridos hacia las escotillas, camino de la enfermería (el contador Merino va y viene ocupándose de eso, los brazos y las piernas manchados de sangre ajena). Lo mismo ocurre en la banda de estribor, donde las piezas útiles de la cubierta superior son seis. Asombrosamente, comprueba Falcó, pese al desorden del combate y al daño sufrido, se conserva la disciplina. Los pajes de la pólvora corren agachados con los cartuchos en las manos, los entregan a los sirvientes y desaparecen por las escotillas, en busca de más. Es verdad que cada pieza hace fuego por su cuenta, que los fusileros apostados tras los tablones destrozados asoman sus mosquetes y disparan cada uno a su aire, que la marejada incomoda a los artilleros y que el poco viento no disipa el humo; pero la presencia de los oficiales que recorren las bandas sable en alto, alentando a la gente a cumplir con su obligación o empleándose con energía cuando alguno chaquetea para abandonar el puesto, mantiene la cosa dentro de límites razonables. A estas alturas, además, la gente está furiosa; y eso es bueno a la hora de pelear. La mayor parte de los campesinos, los presidiarios, los mendigos reclutados a la fuerza un par de días antes, los que vomitaban la primera papilla, gritan ahora de coraje e insultan a los ingleses, cargan y disparan con el hábito de quien lleva haciendo los mismos gestos un rato largo, y comprende, al fin, que su vida o su muerte dependen de ello. El miedo y el rencor, comprueba el joven Falcó, bien combinados, hacen milagros. Por muy poca experiencia y espíritu de lucha que se tenga, a la larga, a fuerza de recibir fuego y ver caer a los compañeros, hasta el más pusilánime termina pidiendo a gritos comerle el hígado al enemigo. Sobre todo si no queda otro remedio.

—¿Cómo está el piloto? —pregunta el segundo oficial Oroquieta.

Está muerto y requetemuerto, informa Falcó; y don Carlos de la Rocha, que se ha vuelto ligeramente para oír la respuesta, no hace comentarios y sigue mirando al frente, hacia la cubierta destrozada, mientras escucha impasible el parte de averías que en ese momento trae el primer carpintero Juan Sánchez (aunque nadie a bordo lo llama Juan ni Sánchez, sino Garlopa): cuatro balasos en la lumbre del agua, don Carlos, veinte pulgás en la bodega, etsétera, etsétera. Pa resumirle a usía: etséteras por un tubo. Admirado, el joven guardiamarina observa la pulcra figura del comandante, que tras despedir al carpintero jefe vuelve a pasear por el alcázar o se lleva el catalejo a la cara con tanta serenidad como si anduviera con su familia, después de oír misa en el Carmen, por la calle Ancha de Cádiz. Eso es tener casta, rediós. O estar seguro de que si uno palma va derecho al cielo, o a un sitio así. A lo mejor por eso don Carlos de la Rocha no agacha la cabeza ni se conmueve cuando una nueva andanada del navío inglés que tienen por el través de babor (hay otro con el que combaten al mismo tiempo por la aleta de estribor) impacta en el costado del *Antilla*, catacatapumba, con una sucesión de ruidos sordos y crujidos, y un fragmento de metralla le arranca el catalejo de las manos, sin un rasguño, antes de abrirle la garganta a un infante de marina que suelta el mosquete y cae, dando traspiés, al foso del combés. Falcó ya ha visto así a su comandante en otra ocasión, impasible en el alcázar, durante el combate de Finisterre, cuando se sacudían cebollazos con los ingleses del almirante Calder en medio de la niebla. Y cuentan que la misma actitud mantuvo durante el combate de la *Santa Inés* con la *Casandra*, y también en la de San Vicente, y combatiendo en tierra con sus marineros durante la evacuación de Tolón del año 93: cuando hubo que abandonar la plaza, el almirante Hood (arrogante y cruel como buen inglés) reembarcó a sus tropas e incendió cuanto pudo, negándose a subir a bordo a los refugiados monárquicos franceses, y fueron los españoles quienes se dejaron la piel por salvar a esos infelices, siendo don Carlos de la Rocha, entonces capitán de fragata, el último en abandonar la bahía.

—Falcó, échele un vistazo a la toldilla, hágame el favor... Hace rato que las carronadas no disparan.

El guardiamarina dice a la orden, señor comandante, se lleva la mano al sombrero, sube por una de las escalas que van del alcázar a la toldilla bajo la enorme sombra de la sobremesana y la cangreja (a estas alturas lamentables jirones de lona hinchada por la brisa), se detiene agachándose a medio camino cuando una descarga de mosquetería crepita sobre la batayola, y echa un vistazo prudente al panorama: las velas de los cuatro navíos de la división Dumanoir apenas visibles en la distancia, escaqueándose con rumbo sursudoeste, los muy ratas, y la batalla, en fin, esa prolongada neblina de humo de pólvora punteada de fogonazos y llamaradas, larga de varias millas, de la que emergen innumerables mástiles rotos y velas rifadas, entre una sucesión continua, monótona, de fuertes estampidos. A sotavento del *Antilla*, una docena de navíos combaten casi abarloados unos con otros. El *Bucentaure*, el buque insignia del almirante Villeneuve, ha arriado el pabellón, y en los muñones de sus palos inexistentes ondea ya la bandera inglesa. Aurrevoir, mes amís. Al señor almirante le han dado las suyas y las del pulpo. Falcó se lo imagina con su peluca empolvada y la casaca llena de galones y alamares hasta los hombros:

—Ya hemos cumplí con la patrí, mes garsons. Rien ne va plus. Así que laissez faire, laissez passer. O sea: laissez les armes, citoyens.

—¿Pardón?

—Que nos rendimos, coño.

A proa del *Bucentaure*, cerca, arrasado ya de casi toda su arboladura y pese a tener los costados embarazados por los palos, la jarcia y las velas caídas, el *Santísima*

Trinidad, ése sí, continúa haciendo un fuego espantoso, batiéndose como gato panza arriba con tres navíos que lo estrechan muy de cerca, y que se llevan lo que no está escrito. Falcó también puede imaginar a la plana mayor del cuatro puentes español, al jefe de escuadra Cisneros y a su capitán de bandera, si es que siguen enteros, mirando de reojo la tricolor arriada del almirante francés.

—Fíjese, Uriarte. Mucho alonsanfán y quien no se halle en el fuego y toda esa murga, y ahí tiene usted a Villeneuve. Envainándosela.

—Pues a nosotros tampoco nos queda mucho resuello, mi general.

—Ya. Pero vamos a aguantar un poquito más, ¿vale?... Aunque sólo sea para fastidiar al gabacho.

Algo más al norte, abatiendo poco a poco a sotavento, pelea encarnizadamente el que parece el *San Agustín*; y algo más acá, en idéntica situación, el francés *Intrépide*, éste con la aparente intención de unirse a unas velas que se congregan al otro lado de la línea, tal vez supervivientes de la escuadra aliada que aún pueden maniobrar (los hay con suerte) e intentan reagruparse allí o retirarse rumbo nordeste, hacia Cádiz. Y a este lado del combate, próximo al *Trinidad* pero sin poder llegar hasta él y darle socorro, el *Neptuno* del brigadier Valdés, sin palo de mesana, sin masteleros y con la mitad de los obenques sueltos, el casco tan pasado de balazos que parece el Cachorro de Triana, libra los últimos momentos de un combate sin esperanza, con sus fuegos debilitándose poco a poco.

—Ése tiene tó el boquerón vendío —comenta el contramaestre Campano.

Como nosotros, piensa el joven Falcó, aunque no lo dice. En lo que respecta al *Antilla*, tras haber pasado entre los dos últimos navíos de la línea de ataque inglesa que seguía al *Victory* del almirante Nelson, se bate ahora con ellos, casi inmóvil por falta de viento, a la distancia de un tiro de pistola. Lo cierto es que pasó por la justa, antes de que las grímpolas, la bandera y las velas colgasen fláccidas, pero pasó. Y la moral de la gente a bordo subió un pelillo cuando, con la proa del setenta y cuatro enemigo más cercano por el través de estribor, el comandante ordenó abrir fuego, el alférez de fragata Cebrián levantó el sable, lo bajó, repitió «fuego», y en el momento exacto en que una bala de mosquete inglesa le acertaba en mitad del pecho, dejándolo tieso, los ocho cañones de 8 libras y las dos carronadas de la banda de estribor, al mismo tiempo que las dos baterías de abajo, le soltaron al inglés una andanada a bocajarro, pumba, pumba, pumba, en plena proa, que le arrancó medio bauprés, craaac, hizo astillas su beque y la verga de trinquete, le desmontó al menos dos cañones del castillo y le mandó al infierno, sin duda, a mucha gente. En cuanto al navío de la banda opuesta, otro setenta y cuatro con la bandera británica ondeando sobre la cangreja, arribó en cuanto su comandante se percató de la maniobra, a fin de proteger su popa y ofrecer al *Antilla* la batería de estribor; y es el que ahora se encuentra por el través de babor de los españoles, batiéndose costado a costado con el fuego muy regular y bien dirigido, cortándole al *Antilla* el paso y la posibilidad de socorrer al *Trinidad*. Pero lo peor es que la maniobra, al inmovilizar al *Antilla* (don Carlos de la Rocha conoce a sus clásicos y sigue dispuesto a evitar mientras pueda un abordaje), ha dejado a éste con el primer inglés, que abate poco a poco, en la aleta de estribor, desde donde ahora dispara con impunidad barriendo la toldilla española.

La toldilla. Ésa es otra. Cuando Falcó llega a ella, pese a estar advertido por la sangre que chorrea escala abajo y entre los pilares tronchados del antepecho, se ve obligado a detenerse para aspirar aire varias veces, como un pez fuera del agua, antes de seguir adelante, hundiendo los zapatos en la carnicería desparramada por la tablazón donde se revuelven cabos cortados, motones, cuadernales, maderas rotas, trozos de lona y restos de hombres. Las dos carronadas de estribor ya no están: han desaparecido con sus diez sirvientes, el coronamiento de popa, los fanales y el armario de banderas, y en su lugar hay un caos de tablas astilladas, cabos rotos, los restos de una cureña y más despojos humanos. De las dos carronadas de babor, una está desmontada, rodando por cubierta a cada bandazo del buque, y la otra no tiene a nadie para servirla. De los treinta y cinco hombres que, entre artilleros e infantes de marina, tenían su puesto en la toldilla al comenzar el combate, apenas queda media docena de granaderos tumbados tras los cascotes, haciendo fuego con los mosquetes, lo mejor que pueden, mandados aún por el teniente Galera, que va de uno a otro moviéndose de rodillas, agachada la cabeza, tiznado de pólvora como un negro de Guinea, señalando los blancos a los que apuntar en las cofas y gavias del barco enemigo. El resto ha huido a la cubierta inferior a través de la lumbrera destrozada, está en la enfermería, sirve de pasto a los peces o contribuye a darle al lugar aquel aspecto de casquería fina que, junto al olor nauseabundo de la madera quemada, la pólvora, la sangre y las vísceras, está a punto de hacer que el joven Falcó eche la pota mientras busca con la mirada a su compañero el guardiamarina Ortiz, encargado de la custodia *(ciega y universal es la obligación que impongo al guardiamarina)* de la bandera que cuelga, agujereada pero arriba, en el oscilante pico de cangreja. Y al fin lo encuentra en su puesto: recostado en los restos del abitón de mesana, el sable aún en la mano, los ojos vidriosos, abiertos, y con un trozo grande de su propia camisa como torniquete mal apretado en torno a un muslo desgarrado por la metralla, sobre una brecha enorme por la que se escapa una mancha inmensa, todavía roja y fresca, que se agita en la tablazón de cubierta, en regueros que van de un lado a otro con los movimientos del navío.

Es curioso. Cuando Ginés Falcó, sorbiéndose los mocos (el humo, el olor de la pólvora, el recuerdo de Ortiz desangrado en la toldilla), regresa e informa a su comandante (no hay problema con la bandera, señor comandante, mientras el teniente Galera siga ahí arriba no creo que la arríe nadie, etcétera), no piensa en la derrota. Ni de lejos. Así de individual se ha vuelto todo, el combate, el desafío inmediato con los dos setenta y cuatro ingleses, el dramático aparte que con sus respectivos enemigos hace cada navío español o francés de los que se encuentran en fuego. Es como si lo colectivo, el resultado final del conjunto, hubiera dejado de importar, y lo que contara fuese el dar y recibir, el tú a tú que se establece entre los tripulantes de un navío y aquellos enemigos a los que disparan y de quienes reciben el daño. Quizá por eso, concluye el joven echando un vistazo alrededor, hombres a quienes el rey y la patria importan en este preciso instante una puñetera mierda (él mismo se sorprende de sentir algo parecido, o casi; patria es una palabra desprovista de sentido en aquel desmadre), se están batiendo sin otro motivo que devolver ojo por ojo, diente por diente, a quienes los martirizan a cañonazos. A menos que en ese momento la patria se circunscriba a la propia piel, a la vida que alienta en el corazón y la cabeza, a los camaradas que caen al lado gritando su estupor, su locura y su rabia. Al lugar remoto, alejadísimo hoy, donde alguien los aguarda. Tantas madres, piensa el joven pensando en la suya. Tantos hijos, padres, hermanos y esposas que ahora mismo, encaramados en las murallas de Cádiz o en las peñas del cabo Trafalgar, miran hacia el mar, hacia los estampidos lejanos que suenan más allá del horizonte, o están en otras ciudades y pueblos, ignorantes del heroísmo, la cobardía, la locura, la vida o la muerte de aquellos a quienes aman y esperan. De aquellos por quienes en este momento, golpeada por la metralla inglesa sobre el foso del combés, a proa, la campana del *Antilla* repiquetea una y otra vez, aguda y lúgubre, doblando a muerto.

La voz de don Carlos de la Rocha arranca al guardiamarina de sus pensamientos.

—¿Se encuentra bien, Falcó?

—Sí, señor comandante.

Ve a don Carlos cambiar una mirada con el segundo oficial Oroquieta. Sin duda, parece apuntar su expresión, la toldilla no ha sido un espectáculo reconfortante para el chico. Pero hoy nadie puede elegir la clase de espectáculo a que se enfrenta. Raaaca, bum. Raaaca, bum. Los cañones propios y ajenos siguen tronando, la arboladura y el casco se llevan lo suyo, los hombres mueren. Hay cosas que hacer, entre ellas procurar que también muera el mayor número posible de enemigos antes de que el *Antilla* y sus tripulantes arríen bandera o se vayan al diablo. Un combate honroso, es lo que estipulan las ordenanzas que debe cumplir con puntual exactitud el comandante de un navío. Una honra calculada en litros de sangre como la ajena que mancha los zapatos, las medias y los faldones de la casaca del guardiamarina (mejor ajena que mía, piensa a ráfagas, con súbita ferocidad). La honra incluye también responder, mientras el navío sea capaz de moverse sobre el agua, a la funesta señal número 5, que sigue izada en lo que queda del trinquete del *Santísima Trinidad*. Y como en ese momento empieza a refrescar el viento otra vez, y las velas se agitan, Falcó oye a don Carlos de la Rocha decírselo al segundo oficial: habrá que moverse, Oroquieta, no vamos a quedarnos aquí rascándonos la entrepierna hasta que nos hundan, de manera que a ver si mareamos el trapo que nos queda, doblamos al perro de babor y luego arribamos un poco más para arrimarnos a lo que queda del *Trinidad*. Que Cisneros, por lo menos, si sigue vivo, vea que intentamos darle cuartelillo. Oroquieta se aparta para esquivar un cuadernal que cae del palo (las redes de combate se han venido abajo hace la tira) y luego mueve la cabeza, dubitativo, señalando al inglés que tienen por el través de babor, en fin, protesta, yo hago marear lo que usted mande, mi comandante, pero dudo que ese cabrón nos deje pasar, sin contar el que tenemos al otro lado, por la aleta, que nos va a romper el ojete de enfilada, con perdón, en cuanto le demos popa franca.

—No es una sugerencia, Oroquieta. Es una orden.

Así que el otro dice no se hable más, mi comandante, y da las órdenes oportunas, que es para hoy, rediez, caza cangreja o lo que queda de ella, afirma los puños de gavia, bracea todo arriba; y pese al caótico barullo de cubierta, con la gente arremolinada en torno a los cañones, artilleros, fusileros, marineros de maniobra, unos disparando como pueden y otros despejando de lo que más embaraza, tirando cadáveres por la borda o arrastrando heridos hasta las escotillas, el contramaestre Campano (que además de hacer ayustes en brazas y escotas cortadas acaba de conseguir bajar la verga mayor y echarla por la borda pese a la que está cayendo) se pone a pegar gritos por encima del estruendo del zipizape, gente arriba y a las brazas de sotavento, maldita sea mi sangre, aúlla, y los guardianes empiezan a tocar el silbato y a sacudir rebencazos a los remolones (a un grupo que se ha querido refugiar en el combés lo sacan de allí a bofetadas, pinchándoles en el culo con las bayonetas de los infantes de marina), y el propio comandante se asoma a una y otra banda, pese a los zurriagazos ingleses que vuelan por todas partes, para echar un vistazo y luego mirar arriba, asegurándose de que las bolinas estén claras y no haya jarcia suelta o enredada que estorbe la maniobra y los joda a todos.

—Larga trinquete.

El segundo oficial Oroquieta mira a don Carlos de la Rocha, indeciso, apenas un segundo (la vela de trinquete está cargada desde hace un rato, recogida en su verga para que no se incendie con el fuego del castillo durante el combate), y luego repite la orden primero entre dientes, vale, de acuerdo, masculla, y luego a gritos, bracea verga de trinquete por barlovento, lo quiero para hoy, nostramo, más hombres arriba, larga trinquete, mientras Ginés Falcó observa, inquieto, cómo a proa, en el castillo, don Jacinto Fatás y el segundo contramaestre Fierro empujan a su gente hasta los obenques, a todos cuantos pueden reunir, cuatro o cinco, pero sólo dos y el segundo contramaestre se atreven a subir; así que es el propio don Jacinto quien, exponiéndose mucho, trepa hasta medio camino, voceándoles instrucciones a ellos y a los dos gavieros que ya estaban en la cofa y que ahora, sobre la verga, los pies descalzos en precario equilibrio sobre los marchapiés, sueltan los tomadores y despliegan la enorme lona sobre cubierta pese al fuego de mosquetería que los tiradores ingleses les hacen. Ziaaang, ziaaang. Un fuego que (las cosas como son, y a cada cual lo suyo) los pocos infantes de marina españoles que quedan en las cofas del *Antilla*, parapetados bajo los tamboretes de los palos, devuelven tiro por tiro, crac, crac, crac, cubriendo a sus compañeros.

—Menos mal que aún sobran huevos —murmura Oroquieta.

De puro milagro, observa Falcó, no cae ninguno de arriba, y la maniobra se ejecuta como Dios manda. Entonces el segundo oficial Oroquieta ordena bracear trinquete por sotavento y cazar escotas (las que quedan) mientras cangreja, sobremesana, gavia, velacho y juanete se hinchan con la brisa, la vela de trinquete coge viento, los timoneles mueven la rueda poniendo el timón a la vía, y el *Antilla* empieza a moverse de nuevo lenta, dolorosamente, inclinándose unas pulgadas a sotavento, mientras por su banda de babor las dos baterías bajas y la de cubierta avivan el intercambio de fuego con el inglés que está por ese costado.

—El *Trinidad* se ha rendido, mi comandante.

A Ginés Falcó el corazón se le para en el pecho. La noticia corre por la cubierta, y los hombres tiznados de pólvora, relucientes de sudor, miran hacia sotavento, al centro de la destrozada línea francoespañola donde el legendario cuatro puentes, el navío más poderoso del mundo, arrasado de todos sus palos y con la cubierta deshecha, acaba de rendirse tras cuatro horas de horroroso combate. Cagoentodo. La parte positiva, comenta el segundo oficial Oroquieta (siempre práctico, el fulano), es que ya no hay que ir hasta allí para ayudarlo, pasando entre los ingleses. Así que nada: tranquis y a cuidar nuestro pellejo. Pero don Carlos de la Rocha, impasible, señala con el mentón hacia el *Neptuno*, que continúa batiéndose cerca, a sotavento del *Antilla*. Entonces intentemos socorrer a Valdés, dice, porque ahora los que machacaban al *Trinidad* irán a ocuparse de él.

—¿Y quién nos socorre a nosotros?

—Cállese, coño.

Entonces, de pronto, algo hace patapumba, pumba, a lo lejos. El teniente Machimbarrena (un artillero de tierra regordete y rubio que ocupa el puesto del fallecido

Cebrián), que dirige el fuego de los cañones que aún disparan en el alcázar, se queda con el brazo que sostiene el sable en alto, de pasta de boniato, igual que el resto de los artilleros. Hasta Juanito Vidal vuelve a asomar la cabeza por la escala del combés. Esta vez el estampido se ha elevado por encima del fragor del combate, aunque viene de muy al sur, casi al extremo de la línea aliada (o de lo que a estas alturas queda de ella), donde la nube de humo oscuro del navío que llevaba un rato ardiendo acaba de convertirse en un hongo negro, enorme y siniestro. Un barco acaba de volar por los aires, sin duda porque el fuego ha llegado a su santabárbara.

—Ojalá sea inglés —comenta Oroquieta, sin mucha convicción.

Ginés Falcó, después de mirar, espantado como todos, la densa columna de humo negro, observa que don Carlos de la Rocha, inmóvil en apariencia, engarfia los dedos entrelazados de las manos que mantiene a la espalda. Pero su voz parece serena cuando se vuelve a los timoneles y al contramaestre Campano, ordenándoles mantener el rumbo para arribar luego y doblar por el bauprés al inglés de sotavento, que también marea velas al observar la maniobra del *Antilla*, oliéndose la jugada.

—Escotas de sobremesana en banda.

—A la orden, señor comandante.

—Carga cangreja.

El contramaestre Campano mueve la cabeza.

—Imposible, don Carlos. Están picados los brioles.

—Haga lo que pueda, nostramo.

—Como mande usía… Pero tampoco queda ya mucha vela que cargar.

El comandante se encoge de hombros. Proa al *Neptuno*, ordena a los timoneles. El segundo oficial Oroquieta hace ademán de asomarse a la batayola y mirar atrás, pero lo piensa mejor (allí silba de todo menos música) y se limita a dirigir una mirada inquieta a don Carlos de la Rocha, que Ginés Falcó interpreta de sobra. El inglés de la aleta va a soltarles una andanada por la popa de un momento a otro. Una como para jiñarse. Así que angustiado, los músculos en tensión, el guardiamarina mira alrededor, calculando en qué lugar estará más protegido cuando llegue la descarga. Y entonces llega, tump, tump, tump, con crujidos y choques secos de balas incrustándose en los yugos de popa y en el palo de mesana, y el rumor bajo sus pies, haciendo temblar la cubierta, de otras balas que siguen camino libre a lo largo de los entrepuentes, zuuuas, zuuuas, zuuuas, con los chasquidos de la madera al quebrarse y el metálico clingclang del hierro al golpear en los cañones. A saber, piensa, cuántos cascabeles nos ha capado. Pero pronto deja de pensar, porque una bala golpea en el parapeto de la batayola de babor, hace saltar por los aires una nube de trizas blancas, mochilas y coyes pulverizados, y con ella extiende en abanico, hacia el alcázar, un enjambre de astillas aguzadas como puñales. Falcó siente un golpe en la espalda que lo tira de bruces, y en el suelo se revuelve, angustiado, en busca de la herida que no tiene. Sólo una dolorosa contusión. Al incorporarse ve al segundo oficial Oroquieta boca abajo con la cabeza abierta y los sesos desparramados sobre la cureña desmontada de un cañón, al comandante sujetándose el brazo donde tiene clavada una astilla de dos palmos, a Roque Alguazas, el patrón de su bote, atendiéndolo, y a varios muertos y heridos entre los fusileros y las dotaciones del alcázar, entre ellos el teniente de artillería de tierra Machimbarrena, a quien el contador Merino y otros dos marineros bajan por la escotilla con la mitad de una pierna colgando, sujeta sólo por tiras de carne y piel, mientras pega unos alaridos que hielan la sangre.

En ese momento cae el palo de mesana.

—¡El *Neptuno* arría la bandera!

Ginés Falcó no tiene tiempo de analizar sus sentimientos, pero son de extrema soledad. Se limita a echar un rápido vistazo al navío amigo, completamente desarbolado, la artillería desmontada y el casco hecho astillas (la carnicería a bordo debe de ser curiosa), que tras una resistencia tenaz, enfrentado a varios ingleses, acaba de suspender sus fuegos. Luego sigue dando hachazos. Desde hace rato trabaja a la desesperada, con un grupo de marineros, para cortar la jarcia que mantiene los restos del palo que flotan en el agua sujetos a la aleta de babor del *Antilla*, frenando su marcha como un ancla flotante y haciéndolo caer muy despacio para esa banda. Falcó, la casaca desabrochada y empapado de sudor, un pie sobre el trancanil, maneja el hacha con ambas manos, cortando cuanto puede, agachándose cada vez que la mosquetería repica en la tablazón o el inglés que se mantiene por el través les envía otra andanada. Intentando no pensar en los sesos desparramados del segundo oficial Oroquieta (han tirado el cuerpo por la borda, pero los sesos siguen ahí) ni en ninguna otra cosa. A pocos pasos, en el alcázar, don Carlos de la Rocha, ahora en mangas de camisa y con un vendaje ensangrentado en torno al brazo derecho, se mantiene en pie, muy pálido pero tranquilo en apariencia, pese a la devastación y al desorden que, poco a poco, se adueñan del navío español.

—Todo zafo, señor Falcó.

El guardiamarina deja caer el hacha y apoya las manos en la astillada regala, exhausto. Al otro lado del inglés que los cañonea por la amura de babor, el panorama puede apreciarse ahora con mayor claridad, pues los buques españoles y franceses rendidos han suspendido el fuego, y la brisa se lleva el humo a sotavento, aclarando el lugar de la batalla. Por barlovento, donde el sol se encuentra ya muy cerca del horizonte aturbonado y rojizo, los cuatro navíos franchutes de la división Dumanoir y todos sus anfansdelapatrí han desaparecido con mucha prisa. Por sotavento, hasta donde abarca la vista, todo es una sucesión de navíos desarbolados y hechos astillas, aún aferrados algunos con sus captores británicos, una docena de los cuales están tan rotos como sus presas. Además del *Trinidad*, el *Bucentaure* y el *Redoutable*, Falcó cree identificar entre los rendidos del centro a los españoles *Santa Ana*, *San Agustín*, *Monarca* y *Bahama*, y a los gabachos *Fougueux* y *Aigle*; algunos tan pasados de balazos que no los conoce ni su padre, hasta el punto de que parece imposible que se mantengan a flote. Hay mucha gente en el agua, intentando subir a los botes o a los maderos a la deriva, nadando, ahogándose. El joven coge el catalejo y echa un vistazo. La sensación de soledad se hace más intensa, como si el cielo se nublase también dentro de su corazón. Sólo un navío combate al final de la antigua línea aliada, al sur, rodeado por cuatro o cinco enemigos: alguien asegura que se trata del brigadier Churruca y el *San Juan Nepomuceno*. Lo que sí puede apreciarse con claridad es un grupo de navíos españoles y franceses que se aleja del combate por sotavento con rumbo nordeste, hacia Cádiz, siguiendo las aguas del *Príncipe de Asturias*, donde el almirante Gravina, si es que sigue vivo, ha izado algo de vela y la señal de reunión absoluta y retirada en el único trozo de palo que le queda, mientras navega remolcado por una de las fragatas de observación francesas. Dispuesto, supone Falcó, a hacerle un elegante y muy diplomático parte de incidencias de la batalla a don Manuel Godoy. Hasta en el cielo de la boca, Excelencia, como estaba previsto. Las hostias. Siguiendo al *Príncipe*, el guardiamarina cuenta hasta diez navíos españoles y franceses: unos desmochados de palos y masteleros, tan maltratados como él, y otros casi intactos, como el *San Justo*, el *San Francisco de Asís*, el *Rayo* y el francés *Héros*.

—Alguno se retira sin combatir, señor comandante.

—Ya.

—¿Es que no nos ven, ni nos oyen?

Don Carlos de la Rocha se encoge otra vez de hombros. O mejor dicho encoge el que le queda sano. A estas alturas de la feria me importa un huevo, dice su silencio, si nos ven, si nos oyen, o no. Pero a su espalda Falcó alcanza a escuchar comentarios en voz baja del timonel Garfia y de los que se encuentran bajo la toldilla. Fíjate qué limpio se larga MacDonnell, o Gastón, o Fulano, me juego lo que sea a que el *San Justo* no lleva siete heridos a bordo, o sea, muy mal rollo es lo que ha habido aquí, colega, con tanta leña el que no anda caliente es porque no quiere. Y nuestro almirante Gravineti nos deja tirados como colillas. ¿Qué tal lo ves?

—Veo mucha cagada de rata en el arroz.

Falcó se vuelve, ordena silencio (con una energía que a él mismo le sorprende), y los hombres se callan.

—Joder con el niño —murmura Garfia.

Lo cierto es que cerca del que fue centro de la escuadra combinada sólo pelean ya dos navíos aliados: el *Antilla* y el francés *Intrépide*. Este último se encuentra más a sotavento y en mejor posición, intentando unirse a los que huyen con el *Príncipe*. Y hasta retirándose, piensa Falcó, el capitán Infernet hace honor al nombre de su barco, el tío, pues lucha por ambas bandas a la vez contra tres navíos ingleses, la bandera izada en el muñón del mesana, el palo mayor caído y arrastrando los restos por el agua. Le queda un palo en pie, y es la lona allí desplegada la que le permite moverse todavía. Y tal vez lo consiga, desea Falcó, sintiendo intensificarse la sensación de soledad y desamparo. Porque duda mucho que el *Antilla* pueda hacer lo mismo, llegar hasta el otro lado de la línea de batalla para unirse a las velas que navegan rumbo a Cádiz y la salvación. Nos han dejao solos a los de Tudela, por eso palmamos de cualquier manera, oye canturrear por lo bajini a uno de los timoneles. Y más solos que vamos a estar, piensa el guardiamarina, desolado. Se encuentran lejos, el navío tiene muchas averías y hay demasiados enemigos interpuestos: los que pelean con el *Intrépide*, los que acaban de rendir al *Neptuno*, los que el *Antilla* tiene cerca y todos los que, una vez acabada su tarea, acudirán como lobos para acosar al solitario español. Pero nunca se sabe. Pese a la herida del brazo, don Carlos de la Rocha sigue en el alcázar. Y conoce su oficio. Ahora, liberado del mesana que hacía de ancla flotante, mientras el contramaestre Campano y sus hombres ayustan brazas, colocan calabrotes y espías en la jarcia rota, y ponen quinales y brandales para sostener los dos palos que quedan (el mayor se sostiene de milagro, pasado a balazos y con varios obenques cortados), el *Antilla* se mueve con las velas del trinquete, lenta, trabajosamente, flojas en el otro palo las escotas de gavia, el viento largo a trece cuartas por estribor, balanceándose en la marejada con crujidos que parecen lamentos del casco malherido, mientras se aparta a duras penas de los dos navíos ingleses con los que ha estado peleando: el que se hallaba por la aleta ha perdido, además del bauprés y la verga de mayor, la arboladura de trinquete desde la primera cofa para arriba, y está inmóvil, sin aparente maniobra. El de babor ha aflojado el fuego, arribando un poco, en retirada, para asegurar palos y reparar averías. Así que lo mismo sale nuestro número en la rifa y lo conseguimos, se dice Falcó fugazmente esperanzado, mientras escruta la expresión del comandante Rocha para confirmarlo. Y no es el único que lo mira. En apariencia ajeno a esas miradas (o tal vez precisamente a causa de ellas), pálido por la pérdida de sangre, fruncido el ceño y atento al viento, al rumbo y a la posición de los enemigos, don Carlos de la Rocha permanece impasible, erguido entre la maraña de cabos, maderas rotas y velas hechas trizas que cubre el alcázar, entre los hombres (cada vez menos, más agazapados y con menguante vigor) que siguen disparando como pueden cañones y mosquetes, mientras parece buscar con la mirada un hueco por el que escabullirse entre los ingleses y unirse a los navíos que se retiran hacia Cádiz.

—Treinta pulgás de agua en la bodega, don Carlos. Y seis balasos a la lumbre del agua… Las bombas ashican, de momento. Tengo a toa mi gente dale que te pego.

Garlopa, el primer carpintero, acaba de aparecer de nuevo en el alcázar, hecho polvo, mojado de cintura para abajo, a dar su informe. Desde que empezó la batalla, con sus ayudantes y calafates provistos de tapabalazos, brea y estopa, recorre sin descanso los callejones de combate, los entrepuentes, la sentina, reparando daños.

—¿Cómo está el casco?

—Controlao, sarvo averías que no podemo remediá porque están en las trincas del baupré, en er codaste y en la portería.

—¿El timón?

—Ahora va mehón. La enfilá de los míster rompió un guardín, pero hemos colocao el de respeto.

—¿Y cómo anda la enfermería?

—Figúrese, don Carlos. Abarrotá. Acaban de bahá, por sierto, al guardiamarina má shico… Er niño de la segunda batería.

—¿Juanito Vidal?

—Ése. Sin piernas iba, er pobrete. Shorreando.

El comandante asiente, el aire absorto, y despide al carpintero jefe con un movimiento de cabeza. Luego se vuelve a Falcó (que al oír lo de Juanito Vidal se ha puesto blanco) y tras unos instantes señala arriba, hacia popa, sobre la toldilla desmantelada donde ya ni el teniente Galera ni nadie dan señales de vida.

—Hay que izar una bandera —dice.

El guardiamarina observa el rostro grave de su superior y luego mira hacia donde éste indica. Entonces deja de pensar en Juanito Vidal (esa madre y esas hermanillas despidiéndolo desde el bote frente a la Caleta, ese padre en el *Bahama* destrozado que acaban de apresar los ingleses) y cae en la cuenta. Al irse por la borda, el palo de mesana se llevó con él la bandera que ondeaba en el pico de cangreja.

—No vayan a creer esos perros que nos rendimos.

Falcó comprende del todo y dice entendido, señor comandante (ciega y universal es la obligación, etcétera). Luego va hasta el cajón de banderas de respeto que hay en el armario del piloto (tan desencajado a metrallazos como su difunto propietario), coge una bandera roja y amarilla, cruza el alcázar procurando no agacharse mucho (una bandera es una bandera), la ata a una de las drizas que siguen intactas, y con el alma helada la hace subir hasta el calcés del palo mayor. Ahora ya sospecha que don Carlos de la Rocha no alberga esperanza alguna de salir de allí. La cuestión, concluye viendo tremolar la enseña (el fuego del inglés más próximo se intensifica, furioso), es cuánto castigo estará dispuesto a soportar el comandante antes de arriarla o hundirse; en cuántas arrobas más de sangre cifrará el honor del buque bajo su mando. O (dicho en Real Ordenanza Naval de 1802) hasta qué punto querrá asegurar su defensa ante el consejo de guerra por la rendición o la pérdida del navío.

—¿Por qué sólo cien muertos y doscientos heridos?... ¿Tan difícil le era, capitán Rocha, subir hasta doscientos muertos y cuatrocientos heridos?

—Lo intenté, señores almirantes.

—¿Lo intentó?... ¿Palabrita del niño Jesús?

Tump, tump, tump. En ese momento, como si los enemigos quisieran aclarar las cosas, el guardiamarina siente nuevos cañonazos enemigos. Tump, tump, suenan a proa. Entonces mira hacia la amura de babor y ve acercarse las velas de otro navío inglés que, tras batirse con el rendido *Neptuno*, viene a colaborar en el desparrame del *Antilla*. A ponerle fácil al comandante lo del consejo de guerra. Y aquello suma tres: el inglés de popa, el de babor (que animado por la presencia del colega orza de nuevo para proseguir el combate, y tal vez abordarse) y el recién llegado delante, a sotavento, cortando toda posible retirada. Ahora Falcó distingue las tres franjas amarillas pintadas en su casco: un tres puentes. Hasta aquí llegó el *Antilla* y llegué yo, piensa. Ite, misa est. Y mientras se tira al suelo sin complejos, en busca de protección, el joven siente cómo el casco encaja la nueva andanada con un estremecimiento lúgubre del costillar de roble, una sucesión de crujidos encadenados que parecen a punto de descoyuntarlo en toda su eslora, al tiempo que por la cubierta vuelan astillas, fragmentos de metal convertidos en metralla, balas que rompen y matan, que cortan los obenques y los estays del palo trinquete, y hacen que éste oscile a una y otra banda, lento, casi con desgana, antes de partirse a diez pies por encima de la fogonadura, viniéndose abajo entre un crujido que parece interminable, craaaaac, con los pocos gavieros que se mantenían arriba y los infantes de marina de la cofa cayendo al mar entre la maraña de vergas, lona y jarcia rota.

11

La bandera

—¡A proa!… ¡Nos abordan por proa!

Cuando oye el grito propagarse a lo largo de la primera batería, con ruido de pistoletazos y tintinear de armas blancas al fondo, cling, clang, cling, clang, a Nicolás Marrajo se le pone la carne de gallina. No exactamente de miedo, porque a esas alturas del escabeche la jindama se ha convertido en algo vago, impreciso, sofocado por sentimientos más vivos que le suben de las entrañas y los cojones. Más bien se trata de una cólera y un odio infinitos hacia el universo en general y hacia los ingleses en particular, incluida la putísima madre que los parió. Rediós, recristo y rehostia, blasfema de continuo sin palabras el barbateño, moviendo silencioso los labios resecos y agrietados que de vez en cuando alivia humedeciéndolos con agua sucia del mismo balde donde sus compañeros mojan el lampazo, chof, chof, para refrescar el ánima del cañón que disparan, hacen retroceder, cargan, ponen en batería y vuelven a disparar una y otra vez, con movimientos que de puro repetidos se han vuelto mecánicos, precisos y casi indiferentes. Tump, tump, hace el enemigo. Pumba, pumba, pumba, hacen los cañones propios. Se pelea desde hace horas, sin descanso. La borda amarilla y negra de un navío inglés está muy cerca, casi para tocarla con la mano. Ahí mismo. Por babor. Oscurecida a rachas bajo el humo que entra por las portas con cada descarga, la batería cruje con los bandazos doloridos del navío, retumba con el tronar propio y ajeno, se estremece cuando el roble encaja nuevos cañonazos, resuena con las voces de los artilleros que piden pólvora o balas, con los gritos de los heridos, con los mosquetazos de los infantes de marina que, entre tiro y tiro de artillería, se asoman para disparar a las portas enemigas. Crac, crac. Hay sangre en el suelo y en los tablones de las chazas, sangre en diversos grados de coagulación, en los pies descalzos de Marrajo y en sus calzones desgarrados y sucios. Ronco de gritar, áspera la garganta y enrojecidos los ojos del mismo humo de pólvora que le ennegrece la cara y el torso reluciente de sudor, ensordecido por los cañonazos, las manos desolladas de tirar de los palanquines, el barbateño pelea junto a los compañeros que le depararon la vida y el destino, en la siniestra penumbra de la cubierta baja del *Antilla*. Y como ellos, ignora si gana o pierde, o sea, no sabe lo que está ocurriendo afuera, alrededor, en cubierta ni en ninguna otra parte. Ni falta que le hace.

—¡A las portas!… ¡Armaos y a las portas de proa!

Ran rataplán, plan, plan. El tambor redobla, monótono, junto a la mecha del palo mayor. Confuso, Marrajo ve cómo dos de los hombres que sirven su pieza cogen alfanjes y chuzos, uniéndose al tropel de gente que algunos cabos y el teniente de artillería joven que manda aquella parte de la batería empujan hacia proa, donde crece el ruido de armas cortas y sablazos. Por lo visto uno de los navíos ingleses se ha acercado lo suficiente para meterle al *Antilla* algunos hombres en el beque y por las portas de las amuras de babor. El abordaje principal se está llevando a cabo en la cubierta superior y por la segunda batería, pero las portas de la primera (la más baja) también están pegadas al inglés, y a través de ellas se hace fuego de pistola y se pelea con chuzos y bayonetas, muy de cerca, para rechazar a los atacantes. Hasta por los escobenes de las anclas se dispara. Repeled el abordaje, grita el teniente joven, apuntando con el sable hacia proa, empujando a los artilleros que socairean u obedecen a regañadientes, mientras los infantes de marina de guardia en las escotillas del sollado rechazan a golpes a quienes abandonan los cañones queriendo refugiarse abajo (uno de ellos recula hasta Marrajo con las manos en la cara ensangrentada y escupiendo dientes, tras recibir un culatazo en la boca). A proa, a proa, a proa, sigue gritando el teniente. Echemos a esos perros casacones al agua. Vivaspaña, etcétera. A por ellos. Más culatazos a los desnortados y a los remolones. Ran, rataplán, sigue el tambor, manejado por un muchacho con uniforme de artillero de tierra que redobla las baquetas sobre el parche con la mirada perdida en el vacío, como si no estuviera allí. Que igual ni está. El teniente joven anda enardecido o se lo hace, pero la verdad es que lo toma a pecho, el chinorri, y llega a ponerle la punta del sable en la garganta a los indecisos. O luchas o te degüello, cabrón. Venga. Tira pallá. Así que, como otros, Marrajo va hasta la chaza y coge un hacha de abordaje, titubea un poco con aquella herramienta de tajar en la mano, y al fin, sin saber por qué ni para qué, camina aturdido hacia proa, haciéndose a un lado para esquivar el retroceso de las pesadas cureñas que todavía disparan, y allí, a empujones, se abre paso entre el caos de hombres, pistoletazos, golpes de chuzos y sables que intenta rechazar a los ingleses que se cuelan por las portas.

—¡Al agua!… ¡Echad a esos perros al agua!

Esos perros. De pronto, y de forma insólita, el repeluco en la carne erizada de Marrajo (esa palabra, abordaje, trae imágenes terribles de acero cortando carne y quebrando huesos) se tranquiliza. Ahora sí, estalla de pronto con júbilo siniestro. Nuevo punto de vista. Ahora sí los ve por fin de cerca, cara a cara. A los ingleses hijolás. Y a pesar de la natural aprensión por lo que está cayendo, descubre que le agrada ese enfoque del asunto. Qué cosas, y quién lo iba a decir. Entre la patulea de sus compañeros agrupados entre los cañones, entre la humareda del combate, puede ver al fin, a pocos palmos, las mismísimas jetas de los ingleses, sus caras asomadas a las portas del navío enemigo, las casacas rojas de sus infantes de marina, el brillo de las bayonetas y los sables, los hombros desnudos de sus artilleros, patillas rubias y rojizas y morenas, bocas abiertas en gritos, pañuelos anudados en torno a la cabeza, ojos enloquecidos, pistolas y mosquetes, hombres increíblemente audaces que se agarran al navío español, intentando colarse dentro. Y Marrajo concluye, muy a pesar suyo y de su instinto de conservación (que también, a ráfagas, lo incita a usar el hacha contra los centinelas de las escotillas propias y refugiarse en la bodega), que desea matar a todos los ingleses, él personalmente, uno por uno. Descuartizarlos a hachazos que hagan chas, chas, a los hijoputas, para vengarse él, primero, y luego para vengar al pobre Curriyo Ortega, su compadre, que a estas horas hace compañía a los peces, el infeliz (a la vuelta, piensa fugazmente, va a tener que calzarse a su novia, la Maripepa, para consolarla, un compadre es un compadre), y al cabo de cañón Pernas, y a todos los que han palmado y a los muchos que todavía van a palmar, para echar fuera del corazón y la barriga la furia desmesurada que se le aviva a la vista de esos cabrones. De esos rubios y pelirrojos y pálidos maricones de playa que, después de haberles estado pegando una letanía de cañonazos, tienen ahora los santos huevos, encima, de querer metérseles allí mismo, por las portas, por el morro, por la cara, arrogantes hijos de la gran puta. Os voy a cortar el pescuezo, aúlla Marrajo, feroz, o lo piensa. Por los clavos de Perico el Loco. Y de postre os voy a meter este hacha por el culo. Así que escupe en la palma de una mano, luego en la otra, aprieta bien el mango y empuja a sus compañeros para hacerse sitio, apoyado en el cañón. Y cuando un inglés con casaca azul y una pistola en la mano se agarra a unos cabos de jarcia suelta para encaramarse arriba, Marrajo saca medio cuerpo fuera y le pega al tontolapolla un hachazo en las tripas, y grita de júbilo cuando el otro se suelta y cae entre los cascos de ambos barcos, aullando y con el mondongo suelto, largando metros y metros, ésa para ti y para tu primo, cabrón, uno, joder, ya tengo arranchao a uno, hostiaputa, mío, ése fue mío y de nadie más, cagüentodo, y en eso hay un fogonazo a dos palmos de su cabeza, algo ardiente le pasa zumbando junto a la cara, como si la quemara, y ve a nada, ahí mismo, la cara desencajada de otro casacón, un tipo con pinta de oficial joven o de guardiamarina guapito, vamos, de niño litri que acaba de sacudirle un pistoletazo marrándole por tanto así, y que ahora se vuelve a gritarle a los hombres que tiene alrededor, gou, dice el guiri cabrón, jarriap, gou, gou, y con ellos salta como un gato a la porta y a la jarcia que cuelga, dispuesto a trepar por ella o meterse dentro o vaya usted a saber, ocho o diez enemigos pegados a la tablazón, trepando traca a traca con más cojones que la burra del Soto, y otros tantos asomando por las portas inglesas para cubrirlos a mosquetazos y tiros de pistola, la de Jesucristo es Dios, un barullo espantoso, las bordas de los dos navíos crujiendo una contra otra por impulso de la marejada, las pisadas, los golpes de los que pelean en la cubierta superior haciendo ruido arriba, la sangre goteando a través de los enjaretados. Y en ésas alguien empuja a un lado a Marrajo (un oficial de marina español, parece, por la casaca azul y las charreteras), y sacando una pistola por la porta le empeta un viaje, pum, en los mismísimos huevos al oficial casacón, o al guardiamarina, o a quien sea, y luego se asoma un poco más y se lía a sablazos con los otros, a ellos, joder, grita, a ellos y a la puta que los cagó, mientras más marineros e infantes de marina españoles lo siguen aullando como esgrillaos, asomándose por las portas, y se enzarzan con los ingleses a caraperro entre golpes de bayoneta y pistoletazos, pum, pum, pum, y entre ellos Marrajo se ve a sí mismo, como si la pesadilla siguiera adelante, desbocada sin remedio, sacando también medio cuerpo fuera, entre los dos inmensos cascos de los navíos que se juntan y separan y vuelven a juntar entre crujidos, el agua chapaleando abajo, muy cerca, con el agua que casi lo salpica, y empuñando el hacha con ambas manos empieza a pegar, enloquecido, chas, chas, hachazos a todo cuanto se menea enfrente y a su alcance, chas, chas, chas, chas, hace, tol mundo a donde picó el pollo, y a un inglés que en ese momento se agarra a un obenque caído le corta el brazo a la altura del codo (chas-clac, suena) de un golpe preciso como el de un carnicero que tajase carne de vaca sobre la tabla, y ve caer el brazo por un lado y al inglés por otro, dando alaridos en su puto idioma, entre los dos barcos, glup, chaf, con el montón de hombres que ya están ahí abajo, hundiéndose, flotando a medias, tiñendo el agua con el rojo que escapa de sus heridas y miembros desgarrados, como atunes en las almadrabas de Zahara.

—¡Reculan!… ¡Vivaspaña y vivadiós!… ¡Duro con ellos, que esos perros reculan!

Y es verdad, comprueba Marrajo alborozado, pues los ingleses que trepaban han ido al agua, y los de las portas se protegen ahora detrás de los cañones y las chazas, y por las franjas amarillas del míster chorrea sangre que se caga la moraga, y la marejada, o la maniobra, o lo que sea, separa un poco los dos navíos mientras en las cubiertas superiores resuenan gritos de victoria en español, y unos pocos casacones que habían logrado meterse por otra porta, o lo intentaban, saltan ahora desesperados de nuevo a su barco, o son rematados, los que no pueden hacerlo, acuchillados a pique del repique por una turba de españoles que se ceba en ellos como caribes hasta dejarlos hechos despojos y arrojarlos luego al mar. Y en ésas Marrajo, estroncao vivo, se vuelve a mirar al oficial que ha estado peleando cerca de él y se dice anda tú, las vueltas que da la vida: el teniente de fragata don Ricardo Maqua en persona, oye, todo despechugado con la casaca abierta y una charretera partida de un sablazo,

pero entero y de cuerpo presente, fíjate. A mi vera, veri-
ta, vera, como en las coplas de Rocío Jurado (esa niña joven de Chipiona que empieza a cantar). Y el caso, piensa
después rascándose la cabeza, es que con este jambo tengo yo un asunto pendiente, a ver si me acuerdo de lo que
era, coño, una cuenta por ajustar o algo así. Creo. Y de
esa manera se queda quieto, el hacha goteante de hemo-
globina anglosajona en las manos, haciendo memoria, el
jodío, hasta que el propio don Ricardo lo interrumpe
palmeándole la espalda, a él y a otros que están cerca,
apelotonados entre cañones y portas, y dice olé vuestros
huevos y los míos, ahora echadme una mano, venga, ali-
jando, nuestros muertos también al agua, los heridos
abajo, el resto vamos a disparar este puto cañón para
darles bien por el culo a esos cabrones y que no vuelvan,
joder. Se la vamos a endiñar hasta las pelotas, y con metralla, que a esta distancia es mano de santo y lo que más
cunde. De manera que, antes de que le dé tiempo a pensar, Marrajo se ve como de lejos, lento a la manera de un
borracho, soltando los palanquines para hacer retroceder el enorme cañón de 36, hombro con hombro junto
al oficial. Intentando acordarse, todavía. En ésas aparece
a su lado un paje de la pólvora churretoso y pálido (un
crío de cara enloquecida, con los mocos colgando), po-
niéndole en las manos una carga de pólvora; así que Marrajo la coge, va hasta la boca con el cartucho de lona en
las manos, lo mete dentro, retrocede para que otro artillero apriete el atacador, se agacha en busca de un saco
de metralla, lo levanta tensando los riñones, lo mete en
su sitio, taco de estopa, atacador de nuevo, palanquines,
todos a tirar, grita don Ricardo, ahora, ahora, epa, epa,

epa ya. Vamos a joderlos, insiste. A espilfarrar a todos esos yesverigüel cabrones y a follarnos a sus mujeres, por putas. Cuando el cañón está en batería, asomando por la porta, Marrajo se agacha a fijar la retenida. Por putas, repite. A esas alturas (ha hecho los mismos movimientos docenas de veces desde que se lió la pajarraca) se mueve como un artillero veterano. O lo es. El caso es que, al volverse, encuentra a un palmo de su cara la sonrisa ahumada de pólvora del teniente de fragata, que sopla con mucho cuajo el botafuego para avivar la brasa (la llave de pedernal se ha ido a tomar por saco). Marrajo sonríe a su vez, feroz, con áspero afecto. Por putas, insiste. Se van a enterar, mascula el oficial, o se lo dice a él, ensanchando más la sonrisa antes de agacharse tras el cascabel, entornado un ojo, flexionadas las piernas, atento al balanceo de la cubierta, apuntando al costado de franjas negras y amarillas que tienen enfrente, a diez o doce brazas, mientras un artillero clava la aguja en el oído del cañón y luego acerca un chifle de pólvora, cebándolo. Para Nelson y la puerca de su madre, grita don Ricardo arrimando el botafuego. Vaya con Dios. Y mientras todos se apartan y sale el peñascazo, pumba, y el cañón se encabrita en sus trincas de retenida, Nicolás Marrajo recuerda de pronto la cuenta pendiente que tiene con el teniente de fragata. Anda, tú. Qué cosas. Una cuenta que ahora parece vieja de años y que a estas alturas, descubre, le importa un carajo.

El hombre que baja a la primera batería es rechoncho y torpe, con lentes, el pelo ralo. Trae la casaca de paño pardo hecha trizas y manchada de sangre seca, y viene sin sombrero, el rostro negro de pólvora. Nicolás Marrajo (que sigue asistiendo a don Ricardo Maqua en los cañones de proa de la cubierta baja) lo ve llegar torpemente, sorteando cureñas, escombros, astillas y cabos rotos, y luego detenerse, mirar alrededor indeciso, el caos de la batería, y acercarse al fin más despacio entre la humareda que la brisa mete por las portas a cada cañonazo propio o enemigo, como si afuera estuviesen sacudiendo polvorones de Estepa.

—Con su permiso, don Ricardo. Está usted al mando.

El teniente de fragata se vuelve con cara de sorpresa. Qué pasa con el comandante, pregunta con cara de imaginar la respuesta. El hombre (un tal Bonifacio Merino, contador del *Antilla*) mueve la cabeza, negativo. En el sollao, dice. Acabamos de bajarlo. Tenía un brazo estropeado, y ahora metralla en el pecho y la cabeza. Muy grave, aunque todavía habla. Una andanada barrió el alcázar, los hirió a él y al patrón de su bote y mató al timonel Garfia.

—¿Y qué pasa con el segundo?

El contador mueve la cabeza otra vez (a Marrajo le parece muy cansado). A don Jacinto Fatás, informa, también lo mataron en el castillo, cuando rechazábamos el abordaje. Es usted el oficial de marina más antiguo.

—¿Cómo están las cosas arriba?

—Mal.

Don Ricardo se apoya en el cañón y mira a Marrajo, que aparta la vista. A mí qué me cuentan, parece decir el barbateño. Yo sólo pasaba por aquí. El oficial se inclina un poco y contempla la tablazón del suelo, como si aquella responsabilidad le pesara. Luego se vuelve y llama a gritos al teniente joven de artillería que pasea por la batería cojeando un poco, sable en mano, mientras alienta a los artilleros, sin darle importancia a la sangre que rebosa por la caña de su bota izquierda. Fuegofuegofuego, repite una y otra vez, como si estuviera mochales. Don Ricardo le dice que él se va arriba, que tome el mando allí y haga lo que pueda. El teniente saluda con ojos extraviados, cual si no oyera lo que le dicen (tiene cara de llevar una borrachera de pólvora de padre y muy señor mío), y luego sigue su paseo cojeando de proa a popa, dando órdenes a voces, fuegofuegofuego, mientras el tambor continúa redoblando junto a la mecha del palo mayor. En ésas don Ricardo se arregla un poco la casaca, comprueba los botones, saca un pañuelo de la manga y se lo pasa por la cara. Ya no sonríe como antes, observa Marrajo. Parece haber envejecido de golpe al oírse llamar comandante. Y cuando lo ve dirigirse hacia la escala seguido por el contador, Marrajo, con una súbita sensación de desamparo, echa un vistazo alrededor, a los hombres sudorosos y enloquecidos que aún cargan, empujan y disparan en la penumbra de la batería baja, a los muchachos que siguen saliendo por las escotillas de la pólvora con los brazos cargados de cartuchos, a los hombres agotados que pican las bombas de achique, al rastro de sangre de los heridos que desaparecen gritando escalas abajo como si se los tragaran las entrañas del barco, o el mar. Cada vez son más los agazapados detrás de las chazas, del tambor del cabrestante, de las mechas de los palos, hurtando el cuerpo al fuego que viene de afuera. Pero lo cierto es que Marrajo ansía ver la luz del sol a pesar de la que está cayendo arriba. Lleva demasiado tiempo en el vientre de aquel inmenso ataúd. Y hace un rato, cuando ayudó a evacuar a un artillero con los ojos vaciados por las astillas (gritaba como un cochino a medio capar, el desgraciado), tuvo ocasión de asomarse a la boca del infierno: el sollado, la enfermería llena de cuerpos que se hacinaban a la luz de un farol, el olor nauseabundo a vómito y mierda, la carne ensangrentada entre la que se movían el cirujano y sus ayudantes, amputando sin cesar. Y lo peor: el coro interminable, prolongado, de docenas de gargantas, gemidos de hombres agonizantes y sin esperanza, que se ahogarán como ratas si el barco se va a pique. Puestos a ello, decide Marrajo, mejor que una bala le arranque a uno de golpe la cabeza, y angelitos al cielo, al infierno, al purgatorio o a donde se tercie. Así que, sin pensarlo más, se va detrás de don Ricardo Maqua y el contador.

En cubierta, el rebujo y el paisaje son como para que a uno se le caiga el alma al suelo. Alrededor, cerca, sólo hay banderas inglesas: unas sobre navíos de esa nacionalidad; otras sobre presas capturadas, buques españoles y franceses inmóviles, arrasados, sin palos, con los costados hechos pedazos. Excepto en lo que se refiere al *Antilla* y a otro navío con bandera francesa que por lo visto intentaba abrirse paso hacia Cádiz, pero que acaba de perder su último palo y con él la esperanza de escapar, ya no combate nadie. Más allá, navegando trabajosamente con rumbo nordeste, se distingue una decena de velas francesas y españolas, supervivientes del desastre que se retiran siguiendo al desarbolado *Príncipe de Asturias*, al que las fragatas francesas llevan a remolque. En cuanto al maltrecho navío que intentaba unírseles, dicen que se trata del *Intrépide*, y que al perder el único palo donde podía desplegar algo de vela queda inmóvil y sentenciado, aunque su gente parece decidida a vender el pellejo, pues sigue luchando por ambas bandas con un fuego muy vivo contra cinco navíos ingleses a la vez.

—Ese gabacho también le echa cojones —comenta alguien.

Respecto al *Antilla*, desarbolado del trinquete y del mesana, con el mayor sin mastelero de juanete, pasado a balazos y sosteniendo de milagro la verga de gavia, su situación no parece mejor que la del francés. En este momento se bate con tres navíos ingleses, uno de ellos de tres puentes: el que hace rato intentó el abordaje se mantiene entre la amura y el través de babor haciendo un fuego irregular, pues ha sufrido muchos daños en palos y jarcia, tiene artillería desmontada por el cañoneo español (a simple vista se ve chorrear sangre por sus imbornales), y las velas de mesana caídas por su banda de estribor le impiden disparar con todas las baterías. A sotavento del *Antilla* se encuentra otro dos cubiertas casacón muy maltratado, sin trinquete, sin verga de mayor y sin bauprés, al que, según cuentan (Marrajo, en la batería baja, no llegó a enterarse de casi nada), dejaron aviado a cebollazos cuando cruzaban ante su proa, pero que luego arribó con la brisa hasta ponérseles delante, o casi, cortando ahora la retirada. En cuanto al tres puentes enemigo, imponente, fresco, sin apenas daños, ha venido a situarse a tiro de pistola por el través de estribor del *Antilla* (tan alto y con la humareda de sus baterías, el inglés parece un acantilado sobre la niebla) y desde allí hace un fuego terrible, al que se añade el mortífero efecto de las carronadas de su toldilla, cuya metralla, disparada a mayor altura que la cubierta del navío español, ha desguarnecido los pocos cañones que aún quedaban en uso en el castillo y el alcázar. En cuanto al estado general del buque, según el informe que el guardiamarina Falcó (el chico se ha visto aliviadísimo al verlos aparecer por la escotilla), el primer contramaestre Campano y el carpintero jefe, Garlopa, acaban de darle a don Ricardo Maqua, la cosa está difícil: once balazos a flor de agua (uno de ellos junto a una hembra del timón, con vía de agua en el pañol del condestable), la caña del timón rendida por dos balazos, la jarcia picada y en banda, y el palo mayor (único que se mantiene en pie) con el paño de gavia tan acribillado que sólo lo sostiene la relinga, los estays sueltos y casi todos los obenques rotos, además de los quinales y brandales puestos para sustituirlos, que están rotos también. Amén de dieciocho cañones desmontados, mucha agua en la bodega y las cuatro bombas funcionando a tope.

—¿Y de muertos, cómo andamos?

—Unos setenta, de momento. Heridos, casi doscientos.

—¿Cómo está el comandante?

—Sigue vivo, y lúcido a ratos —el guardiamarina Falcó hace una pausa incómoda—… Y con su permiso, don Ricardo, me mandó decirle que él ha hecho su deber, y que haga usted el suyo... Que no rinda el navío mientras pueda sostenerse.

—Ya.

Rendirse. Al oír la palabra (no le había pasado por la cabeza, pese a todo, hasta ahora), Nicolás Marrajo observa al oficial, cuya mirada recorre el panorama devastado, cubierto de jarcia y maderas rotas, cabullería que se balancea suelta con la marejada, cañones desmontados, cureñas hechas astillas, regueros de sangre. Entre los destrozos que atestan los pasamanos, junto al foso del combés hay cuatro o cinco cadáveres (parecen revoltillos de garbanzos y callos, piensa el barbateño) que nadie se atreve ya a retirar. Excepto en el pequeño abrigo que supone la elevación de la toldilla tras el alcázar, que protege un poco del fuego inmisericorde del tres puentes inglés que los bate por estribor, en la cubierta del *Antilla* no queda nadie vivo. Los supervivientes se han refugiado en los entrepuentes, desde donde continúa el fuego de los cañones, o forman parte del pequeño grupo que rodea al teniente de fragata Maqua, resguardados como pueden bajo los restos de la toldilla, junto al muñón del palo de mesana y la bitácora manchada con la sangre del primer timonel Garfia, donde el guardián Onofre, convertido en timonel, apoya las manos en la rueda que ya apenas responde: el contramaestre Campano, el carpintero jefe Garlopa, el segundo piloto Navarro, cuatro marineros armados con sables y mosquetes, el guardiamarina Falcó, el contador Merino (además de ocuparse de los heridos, éste va y viene, incansable, entre el alcázar y los entrepuentes con órdenes para orientar el fuego de las baterías) y el propio Marrajo. Poca gente para rechazar otro abordaje, piensa el barbateño, si los ingleses lo intentan de nuevo. Y es improbable que suba alguien más a combatir en cubierta, a estas alturas y con las carronadas inglesas sacudiéndoles lo que no está escrito. En ésas ve que don Ricardo Maqua mira en dirección al sol, apenas visible en el cielo rojizo, aparta las vueltas encarnadas de la casaca, mete mano a la chupa y saca un reloj de plata, consultándolo con mucha flema. Las cinco y media, dice. Llevamos más de tres horas batiéndonos. Después se queda absorto mirando las manecillas. La gente se ha portado bien, añade al fin con un suspiro mientras devuelve el reloj al bolsillo. Luego observa el palo mayor, reforzado con las barras de respeto del cabrestante (alguien comenta que si los restos de la vela de gavia caen por estribor habrá que suspender el fuego por esa banda, la del tres puentes inglés, para que no se incendie con los cañonazos y los tacos ardiendo), y mira al contramaestre Campano. Éste mueve la cabeza, negando en respuesta a la pregunta sin palabras que acaba de formular el comandante accidental del *Antilla*, y que todos los presentes, hasta Marrajo, comprenden muy bien. De aquí no nos saca ni la Virgen del Carmen.

—Garlopa.

—Mande usté, don Ricardo.

—¿Cuánta agua hay en la bodega?

—Tres pies y una miaja.

—¿Podemos aguantar a flote?

—Eso depende de las sircustansias... ¿Cuánto tiempo, si me permite usté la curiosidá?

—Un cuarto de hora más.

Los hombres que hay en el alcázar se miran entre sí. También esta vez Marrajo comprende el sentido de la pregunta, el plazo que el teniente de fragata Maqua le pide al carpintero jefe: suficiente para que nadie diga que el *Antilla* se rinde antes de tiempo, recién tomado él su mando, y también lo justo, por otra parte, para que el barco no se vaya al fondo con doscientos heridos atrapados en la bodega. Más los que caigan. Y mientras Marrajo, algo desconcertado por tales cálculos (nunca en su vida terrestre imaginó que, en un barco, luchar o rendirse dependiera de cuarto de hora más o cuarto de hora menos), se pregunta cuántos muertos y heridos costará eso, el carpintero jefe se rasca la cabeza bajo el gorro de lana que lleva puesto. Con lo que llevamos embushao, dice al fin, y con mi hente y el buso metiendo tapabalasos y clavando planshas en el sollao, no hay problema, don Ricardo, siempre que las bombas ashiquen como es debío (menos mal que las dos inglesas son de doble émbolo) y no se estriñan con toda la mierda que, con perdón, hay en la sentina después de tanto batirnos el cobre. Pero si los míster siguen sobándonos la lumbre del agua, no respondo. ¿Mesplico?

—Te explicas. Vete abajo y haz lo que puedas.

—Como usté diga, don Ricardo. Con su permiso.

Garlopa desaparece por la escotilla y el teniente de fragata se queda pensando, atento al retumbar bajo sus pies de los cañones que siguen disparando en la primera y segunda baterías. «Mi deber», le oye murmurar Marrajo entre dientes, por lo bajini. Luego el teniente de fragata se vuelve hacia el contador.

—Merino.

—Mande, don Ricardo.

—Vaya a la segunda batería, salude de mi parte al señor Grandall y pídale que suba al alcázar... Y usted, Falcó, baje a la cámara del comandante, meta los pliegos reservados, los libros de claves y señales secretas en una bolsa de lona, átelos a una palanqueta y tírelos por la borda.

—A la orden.

Mientras el guardiamarina desaparece agachándose bajo los restos de la toldilla, don Ricardo Maqua mira de nuevo el sol, y después vuelve a observar otra vez el palo mayor (que sólo de milagro sigue ahí) antes de asomarse un poco sobre la regala destrozada para observar el navío inglés que los bate por estribor. Entonces sube por la escala que hay bajo la toldilla el alférez de navío Jorge Grandall, único oficial de marina del *Antilla* que, con don Ricardo Maqua, queda sano a bordo. Viene agotado, sucio, sin sombrero. Sacudiéndose la casaca donde luce, sobre el hombro derecho, la única charretera de su grado. Con un arañazo en la cara. Mira el panorama sin decir palabra y luego a su superior. Tengo el mando, dice éste con sencillez. Grandall asiente.

—¿Cómo lo ves?

—Como tú.

—Se ha hecho todo lo humanamente posible.

—Más que eso.

Don Ricardo se queda callado un rato. La gente ha cumplido bien, murmura de pronto, pensativo. Demasiado bien, confirma de nuevo Grandall. Tienes mi conformidad para rendir el navío. Aún está diciéndolo cuando el aire resuena raaca, bum, bum, clac, clac, clac, todo se llena de hierro zumbando, y una nueva andanada inglesa (esta vez no es metralla sino bala maciza) golpea la banda de estribor, desparrama astillas y jarcia rota, y hace que se agachen Grandall y los otros. Todos menos el teniente de fragata Maqua, que sigue absorto en sus reflexiones, mirando el palo mayor. Así lo encuentra el guardiamarina Falcó a su regreso.

—Todo en el agua, don Ricardo.

El oficial no responde. Sigue atento al palo, como echando allí algo de menos.

—La bandera —dice de pronto.

Marrajo mira hacia arriba igual que los otros, desconcertado, hasta que comprende. La andanada casacona ha cortado la driza de la bandera, izada en el palo mayor al caer el de mesana. Ahora el trapo rojigualda cuelga sobre los destrozados cabilleros del propao, en cubierta.

—Un cuarto de hora más —murmura el oficial, como para sí mismo.

El alférez de navío Grandall duda un instante y quiere decir algo, pero lo piensa mejor. Saluda y desaparece bajo la toldilla, de vuelta a su batería. Don Ricardo Maqua se vuelve a mirar fijamente al guardiamarina Falcó, y Marrajo observa cómo el muchacho, que se había puesto pálido bajo la mugre de la cara, enrojece de pronto mientras afirma con la cabeza. No puede ser, piensa el barbateño. No me creo que, por quince cochinos minutos y un pedazo de tela, don Ricardo mande a este chinorri a jugársela de esa manera. Si tantas ganas tiene, que vaya él. O ese otro de una sola charretera. Ellos y todos los que nos metieron aquí. Y además lo manda sin decírselo, espilfarrándose varios pueblos, como si se lavara los dátiles en plan Pilatos. Mala congestión le dé. Que este chico tendrá madre, digo yo. Y a estas alturas da lo mismo bandera que no bandera, o sea, nos la refanfinfla de proa a popa: nuestros cañones aún disparan y esos perros de ahí afuera nos van a seguir fileteando igual. O más.

El caso es que Marrajo todavía está pensando todo eso, a medio camino entre la indignación y el desconcierto, cuando ve al guardiamarina santiguarse y luego apretar los dientes, agachar la cabeza y salir disparado por la cubierta, saltando por encima de los escombros y los destrozos, en dirección al palo mayor. Con más agallas que una tintorera. Y lo que son las cosas chungas de la vida. Acto seguido, sin tiempo a reflexionar, empujado por un impulso extraño que lo estremece de la cabeza a los pies, el propio Marrajo levanta el rostro al cielo y se caga en don Ricardo Maqua y en Dios, por ese orden, en voz alta y clara, y luego sale despendolado detrás del chico, a toda leche, sin saber muy bien por qué. Tal vez porque le conmueve verlo allí solo, corriendo por la cubierta devastada, hacia la puta bandera de colores.

Y ahora sí que me la endiñan, piensa, los pulmones ardiendo por el sofoco. Ahora sí que me dan en la cresta, o me vuelan los huevos, o me sacan las túrdigas del pellejo, y a ver qué carajo de la vela hace el hijo de mi madre en este cirio, y de quién son las piernas con las que acabo de echarme esta carrera tan a lo gilipollas detrás del chinorri. A ver cuánto me duran las gambas antes de que una bala o palanqueta casacona se me lleve una, o un brazo, o la cabeza, o una de esas balas de mosquete que repiquetean alrededor como repelón de bautizo buscándome con tantas ganas, que se aplastan o se incrustan en el palo, llegue y se me aloje en los malditos sesos, haciéndome dar la boqueá. A ver, coño, a ver, cuándo me tocan los iguales: la Negra, el Casamiento, la Breva. La Muerte. Tengo menos sentío que un salmonete. Que alguien venga, pare esto y me diga qué hostias estoy haciendo aquí.

Pero nadie se lo dice, claro. Sólo oye raaaca, raaaca, pumba y pumba, crujir de maderas rotas, silbar de astillas, pasar balas. El finibusterre. Y así, agazapado al pie del palo, oyendo volar hierro por todas partes, de rodillas sobre la tablazón rota de la cubierta que se estremece a cada nuevo impacto (me van a poner de plomo como al lagarto de Jaén, se dice), Nicolás Marrajo ayuda con dedos nerviosos al joven Falcó en su intento por ayustar la driza. La bandera, observa (nunca había visto una tan de cerca), tiene una corona, un castillo a la izquierda, y a la derecha un león de pie y con un palmo de lengua fuera, el hijoputa. Tan asfixiao como ellos. Pero al león y al castillo y a la corona les van a dar mucho por saco, porque no consiguen izarlos. La driza se ha salido de su roldana, arriba en la cofa, y no hay nada que hacer. La bandera se queda abajo como España se queda sin barcos. Hasta la siega del tocino. Ésa es la fija. Por un momento, el guardiamarina y Marrajo se miran, indecisos.

—Vámonos, almirante —sugiere el barbateño, práctico.

El chico es tozudo. Niega con la cara vuelta hacia arriba, negra de pólvora y reluciente de sudor, a los obenques que aún quedan tensos, y que van de la mesa de guarnición de estribor hasta la cofa, con flechastes intactos donde aún se pueden apoyar los pies. Tela. Ni se te ocurra, chaval, empieza a decir Marrajo; pero antes de que pueda articular una sílaba, el guardiamarina agarra la bandera, se la ata a la cintura, se pone en pie y sube de un salto a la mesa de guarnición, por fuera de la borda destrozada. El jodío. Sin darse cuenta de lo que él mismo hace, Marrajo se incorpora tras el joven para sujetarlo por el faldón de la casaca e impedirle seguir, y en ese momento, descubiertos ambos como liebres en un prado, los tiradores de las cofas del tres puentes inglés, situado a pocas brazas por el través de estribor, se frotan las manos, claro, y empiezan a dispararles mosquetería, crac, crac, pam, pam, pam, y los abejorros de plomo silban por todas partes, chascando contra la regala, en los tablones rotos. Chac, hacen. Chac, chac, chac. Sin achantarse, emperrado en lo suyo, el joven intenta liberar el faldón de la casaca, pone un pie en los flechastes y luego el otro, trepa un poco, y en ésas llega una bala cabrona y le pega en una pierna con un crujido al romper el hueso, craj, hace (Marrajo lo oye partirse como si fuera una rama), y el guardiamarina emite un quejido ahogado antes de soltarse y caer de espaldas mientras Marrajo tira de él desesperadamente, ven aquí, joder, y sólo gracias a tenerlo cogido por el faldón logra atraerlo hasta la cubierta, evitando que se vaya al mar.

Entonces (cosas de la vida) el barbateño se vuelve loco. Pero loco de atar, o sea. Absolutamente majareta. Mientras el chico se arrastra por la cubierta dejando un reguero de sangre y rompiendo como puede tiras de su camisa para hacerse un torniquete en el muslo, Marrajo se inclina sobre él, le quita en dos manotazos la bandera de la cintura, se pone en pie, y encaramándose por los tablones rotos de la regala a la mesa de guarnición, importándole ya todo un huevo, agita el paño a gualdrapazos en dirección al tres puentes inglés. Perroshijosdelagrandísimaputa, aúlla hasta que parece a punto de rompérsele la garganta. Mecagoenvuestrosmuertoscabronesyenlaputaqueosechóalmundo, joder todo ya. Por mis dos huevos. Por tós mis muertos. Por Cristo y la Virgen que lo parió.

—¿Y sabéis lo que os digo?... ¿Sabéis lo que os digo, casaconesjodíosporculo?... ¿Queréis saberlo?... ¡¡¡Puesquemevaisachuparelcipoteeeecc!!!

Y luego, ronco de gritar, sordo de sus propias voces, oyendo como un rumor confuso, lejano, los estampidos de los disparos, los cañonazos, el ziaaang, ziaaang de las balas que buscan su cuerpo, Nicolás Marrajo Sánchez, natural de la ensenada de Barbate, provincia de Cádiz, hijo de madre poco clara, sin trabajo ni profesión conocida salvo la de pícaro, contrabandista, rufián y buscavidas, escoria de las Españas, reclutado forzoso por un piquete de leva en la taberna La Gallinita de Cai, se envuelve la bandera roja y amarilla en torno a la cintura, remetiéndosela por la faja, y se pone a trepar como puede por los obenques, tropezando, resbalando en los balanceos y sujetándose de milagro, mientras todos los ingleses del mundo y la perra que los trajo apuntan con sus mosquetes y le disparan, pam, pam, pam, y él sigue trepando y trepando ajeno a todo, entre docenas de plomazos que pasan zumbando, ziaaang, ziaaang, y él sube y sube y requetesube, una mano, un pie, otra mano, otro pie, entrecortado el aliento, los pulmones en carne viva y los ojos desorbitados por el esfuerzo, blasfemando y jiñándose a gritos en cuanto albergan el cielo y la tierra, cagoendiezycagoentodo, sin mirar abajo, ni al mar, ni al paisaje desolador de la batalla, ni al tres puentes inglés cuyos tiradores, poco a poco, sorprendidos sin duda por esa solitaria figura que trepa al palo del barco moribundo con una bandera sujeta a la cintura, van dejando de disparar, y lo observan, y hasta algunos empiezan a animarlo con gritos burlones al principio y admirados luego, hasta que el fuego de mosquetería cesa por completo. Y cuando por fin Marrajo llega a la boca de lobo de la cofa, y allí, las manos temblando, con uñas y dientes, como puede, anuda la bandera y ésta se despliega en la brisa (el puto león con la lengua fuera), desde el navío inglés llega el clamor de los enemigos que lo vitorean.

Epílogo

Informe del teniente de navío Louis Quelennec, comandante de la balandra de S.M.I. y R. *Incertain*, al comandante general de la escuadra combinada.

Cádiz, 3 de brumario (25 de octubre)
Excmo. Sr.:
Habiendo recibido el 23 del corriente (1 de brumario) orden de darme a la vela de la bahía de Cádiz con las fragatas y seis navíos españoles y franceses, a fin de socorrer en lo posible a los buques desmantelados de nuestra escuadra después de la batalla y del temporal del SO que se levantó esa misma noche y al día siguiente, y tras oírse durante toda la noche cañonazos de buques pidiendo socorro cerca de la costa, verifiqué la salida en cuanto me fue posible, con viento abonanzado del S, fuerte marejada y cielo nuboso amenazando lluvia. Reconocí desde la bahía de Cádiz hasta el cabo Trafalgar, dando caza a algunas velas que resultaron ser navíos ingleses llevando a remolque navíos propios o presas con rumbo a Gibraltar, de las que nuestra fuerza represó a los españoles Santa Ana *y* Neptuno, *después de que, por lo sabido, los prisioneros dominaran a las dotaciones británicas que los marinaban, adueñándose otra vez*

de ellos. Según parece, el enemigo estaría remolcando hasta cerca de Gibraltar los navíos españoles Bahama, San Ildefonso, San Juan Nepomuceno, San Agustín *y* Argonauta, *aunque tan maltratados por el combate que se ignora si aún seguirán a flote.*

Refrescando el viento al SSO hasta volverse el tiempo duro y cerrado con agua, pasé la noche del 23 entre chubascos y a la capa a la altura del cabo Trafalgar, separado de nuestra fuerza y procurando mantenerme lejos de los bajos de la zona, y al amanecer del 24, habiéndome acercado de nuevo a la costa para barajarla hacia el N, tuve el dolor de ver las playas llenas de despojos, pertrechos y cadáveres arrojados por el mar, y muchos navíos desarbolados y rotos, llevados allí por el temporal después de que el enemigo se viera obligado a picar los cabos de remolque o las tripulaciones apresadas se sublevaran. De navíos franceses pude reconocer, además del Bucentaure *y el* Aigle *a la entrada de Cádiz, el* Fougueux *por la parte de Sancti Petri junto a un navío inglés de 84 cañones que no pude identificar y que tenía mucha gente ahogada, el* Indomptable *cerca de Rota y el* Berwick *frente a Sanlúcar, incendiado por el enemigo. Allí estaba también el español* Monarca, *tumbado sobre su banda de babor y abandonado por los ingleses con mucha gente herida dentro, a la que por el mal estado de la mar no pude socorrer. De los otros navíos españoles identifiqué al* Neptuno *y al* Francisco de Asís *varados por la parte de Santa Catalina, y al* Rayo *apresado por los ingleses y en muy mala situación frente a Sanlúcar. Unos pescadores de Rota me confirmaron que a resultas del temporal se ha ahogado muchísima gente, y que los lugareños están socorriendo por igual a náufragos españoles, franceses e ingleses. Corresponde participar igualmente a V.E. que, según todos los indicios, el*

Santísima Trinidad, *que también iba a remolque de navíos ingleses (al parecer tuvo a todos sus oficiales heridos o muertos), habría terminado hundiéndose por los graves daños sufridos en el combate, por lo visto con muchos heridos y mutilados a bordo, que no pudieron salvarse por su mal estado. En la costa ha aparecido un trozo grande de su casco. Ése ha sido también el desgraciado caso del* Antilla, *de cuya suerte se ignoraba todo hasta que tuve conocimiento con las primeras luces de ayer, cuando, el cabo Trafalgar demorando un cuarto de legua por el NE, di con un sereni medio anegado a bordo del cual se encontraban dos supervivientes de ese navío. Según el relato de éstos, el* Antilla, *capturado por los ingleses en los últimos momentos del combate del día 21 y remolcado a Gibraltar por un navío británico que parece ser el* Spartiate, *hallándose desarbolado de todos sus palos y muy maltrecho por los daños sufridos y por el temporal subsiguiente, se fue a pique en la noche del 22 con mucha gente y gran número de heridos a bordo, incluido su comandante, que a causa de su grave estado no pudo ser transbordado con otros prisioneros al buque inglés. Los dos españoles supervivientes, que he desembarcado hoy en Cádiz, son un guardiamarina herido en una pierna y un marinero que cuidaba de él.*

Nota del autor

En Trafalgar combatieron treinta y tres navíos de
línea españoles y franceses, no treinta y cuatro. Eso
quiere decir que el navío de 74 cañones *Antilla*, a bordo
del cual transcurre la mayor parte de este relato, nunca
existió. Es privilegio del novelista manipular la historia
en beneficio de la ficción; por eso conviene precisar que,
pese al minucioso detalle de su actuación en la batalla de
Trafalgar, ningún navío llamado *Antilla* navegó ese día
bajo pabellón español. En todo lo demás —tácticas navales, barcos, hombres— las incidencias narradas son
reales, basadas en documentación abundante y directa:
aquel 21 de octubre de 1805, los marinos españoles,
franceses e ingleses —hombres de hierro en barcos de
madera— combatieron y murieron exactamente así.
Contarlo con el necesario rigor técnico e histórico habría sido imposible sin la ayuda de Michele Polak, que
desde su librería de la rue de l'Echaudé de París me proporcionó algunos libros y documentos decisivos para
completar la visión francesa de la batalla; tampoco habría sido posible sin la valiosa colaboración de Eva de
Blas Martín-Merás, que durante casi un año escudriñó,
tenaz, los archivos de marina españoles en Madrid, Cádiz

y Viso del Marqués, reuniendo para el autor la más valiosa colección de documentos directos sobre Trafalgar que sea posible imaginar: desde estados de fuerza de los navíos hasta provisiones, daños por el fuego enemigo, maniobras, listas de bajas, incidencias individuales y solicitudes de recompensas después de la batalla. El agradecimiento sería incompleto si no mencionara, con admiración y respeto, a mis amigos del Museo Naval de Madrid, al almirante José Ignacio González-Aller, hombre de bien y marino ilustrado, y a Luis Bardón, amigo fiel que desde hace muchos años aprovisiona mi biblioteca con libros de historia, construcción, táctica y maniobra naval del siglo XVIII.

La Navata, agosto de 2004

Apéndices

Relación de navíos aliados participantes en la batalla de Trafalgar, su armamento en ese combate, sus comandantes u oficiales superiores a bordo y su estado final.

Pluton (francés), 74 cañones. Capitán de navío Cosmao. Volvió a Cádiz.

Monarca (español), 74 cañones. Capitán de navío Argumosa. Perdido en la costa.

Fougueux (francés), 74 cañones. Capitán de navío Baudouin (muerto). Apresado y perdido en la costa.

Santa Ana (español), 120 cañones. Teniente general Álava (herido). Volvió a Cádiz.

Indomptable (francés), 80 cañones. Capitán de navío Hubert (ahogado con toda la tripulación). Perdido en la costa.

San Justo (español), 76 cañones. Capitán de navío Gastón. Volvió a Cádiz.

Intrépide (francés), 74 cañones. Capitán de navío Infernet. Apresado y hundido.

Redoutable (francés), 74 cañones. Capitán de navío Lucas. Apresado y hundido. (Este navío libró el más duro combate de Trafalgar: 487 muertos y 81 heridos a bordo. Uno de sus tiradores mató al almirante inglés Nelson.)

San Leandro (español), 74 cañones. Capitán de navío Quevedo. Volvió a Cádiz.

Neptune (francés), 80 cañones. Capitán de navío Maistral. Volvió a Cádiz.

Santísima Trinidad (español), 136 cañones. Jefe de escuadra Cisneros (herido). Apresado y hundido.

Héros (francés), 74 cañones. Capitán de navío Poulain (muerto). Volvió a Cádiz.

San Agustín (español), 80 cañones. Brigadier Cajigal (herido). Apresado y hundido.

Mont-Blanc (francés), 74 cañones. Capitán de navío Lavillesgris. Huido con Dumanoir.

San Francisco de Asís (español), 74 cañones. Capitán de navío Flórez. Perdido en la costa.

Duguay-Trouin (francés), 74 cañones. Capitán de navío Touffet. Huido con Dumanoir.

Formidable (francés), 80 cañones. Contralmirante Dumanoir. Huido.

Rayo (español), 100 cañones. Brigadier MacDonnell. Volvió a Cádiz. Perdido más tarde.

Scipion (francés), 74 cañones. Capitán de navío Berenguer. Huido con Dumanoir.

Neptuno (español), 80 cañones. Brigadier Valdés (herido). Apresado y hundido.

San Juan Nepomuceno (español), 74 cañones. Brigadier Churruca (muerto). Apresado.

Berwick (francés), 74 cañones. Capitán de navío Camas (muerto). Apresado y perdido en la costa.

Príncipe de Asturias (español), 118 cañones. Comandante general Gravina (muerto de sus heridas). Volvió a Cádiz.

Achille (francés), 74 cañones. Capitán de navío Deniéport (muerto). Hundido al estallar la santabárbara.

San Ildefonso (español), 74 cañones. Brigadier Vargas (herido). Apresado.

Argonaute (francés), 74 cañones. Capitán de navío Epron. Volvió a Cádiz.

Swift-Sure (francés), 74 cañones. Capitán de navío Villemandrin. Apresado.

Argonauta (español), 92 cañones. Capitán de navío Pareja (herido). Apresado y hundido.

Algesiras (francés), 80 cañones. Contralmirante Magon (muerto). Apresado y represado. Volvió a Cádiz.

Montañés (español), 80 cañones. Capitán de navío Alsedo (muerto). Volvió a Cádiz.

Aigle (francés), 74 cañones. Capitán de navío Courrége (muerto). Apresado y hundido.

Bahama (español), 74 cañones. Brigadier Alcalá Galiano (muerto). Apresado.

Bucentaure (francés), 80 cañones. Almirante Villeneuve (capturado y después liberado por los ingleses, se suicidó en Rennes cuando iba a ser sometido a consejo de guerra). Apresado y perdido en la costa.

(Los cuatro navíos huidos del combate con el almirante Dumanoir fueron capturados por los ingleses doce días más tarde, a la altura de Ortegal, cuando intentaban ganar la costa de Francia.)

**Relación de muertos y heridos
a bordo de los navíos españoles
durante el combate de Trafalgar,
a fecha 1-XI-1805
(no incluye los muertos de sus heridas
en los días y meses posteriores a la batalla).**

Príncipe de Asturias

Desarbolado. Entró en Cádiz. Almirante Gravina, herido (muerto más tarde). Mayor general Escaño, herido. Tres oficiales muertos. Tripulación: 52 muertos y 110 heridos.

Argonauta

Apresado y hundido. Su comandante, don Antonio Pareja, herido. Tripulación: 100 muertos y 203 heridos.

Neptuno

Desarbolado, apresado, represado y perdido en la costa. Su comandante, don Antonio Valdés, y el segundo comandante, don Joaquín Somoza, heridos. Un oficial muerto. Tripulación: 42 muertos y 47 heridos.

Monarca

Desarbolado, apresado, varado en la costa e incendiado por el enemigo. Su comandante, don Teodoro de Argumosa, herido. Un oficial muerto. Tripulación: 100 muertos y 150 heridos.

San Agustín
Desarbolado, apresado y hundido por daños del combate. Su comandante, don Felipe Cajigal, herido.
Cuatro oficiales muertos. Tripulación: 180 muertos
y 200 heridos.

San Ildefonso
Completamente desmantelado, apresado. Su comandante, don José de Vargas, herido. Cuatro oficiales
muertos. Tripulación: 34 muertos y 136 heridos.

San Francisco de Asís
Varado en la costa. Su comandante, don Luis Flórez, sin
novedad. Tripulación: 5 muertos y 12 heridos.

Santísima Trinidad
Desarbolado, apresado y hundido. El general Cisneros y
el comandante don Francisco de Uriarte, heridos.
Seis oficiales muertos. Tripulación: 205 muertos y
108 heridos.

Rayo
Encalló después del combate, sin apenas participar en él,
y fue incendiado por el enemigo. Su comandante,
don Enrique MacDonnell, sin novedad. Tripulación: 4 muertos y 14 heridos.

Bahama
Completamente desmantelado, apresado y hundido. Su
comandante, don Dionisio Alcalá Galiano, muerto.

Tres oficiales muertos. Tripulación: 75 muertos y 67 heridos.

San Justo
Entró en Cádiz sin apenas participar en el combate. Su comandante, don Miguel Gastón, sin novedad. Tripulación: 7 heridos.

San Leandro
Desarbolado. Entró en Cádiz. Su comandante, don Juan Quevedo, sin novedad. Tripulación: 8 muertos y 22 heridos.

Montañés
Desarbolado. Entró en Cádiz. Su comandante, don Francisco de Alsedo, y su segundo comandante, don Antonio Castaños, muertos. Un oficial muerto. Tripulación: 17 muertos y 29 heridos.

Santa Ana
Apresado y represado. Entró en Cádiz completamente desmantelado. Su comandante, don José Gardoqui, y el segundo comandante de la escuadra, don Ignacio María de Álava, heridos. Cinco oficiales muertos. Tripulación: 99 muertos y 141 heridos.

San Juan Nepomuceno
Desarbolado y apresado. Su comandante, don Cosme Churruca, y su segundo comandante, don Francisco de Moyna, muertos. Un oficial, muerto. Tripulación: 100 muertos y 150 heridos.

Índice

La crítica ha dicho
de *Cabo Trafalgar*:

«A estas alturas de su triunfal carrera y ya miembro
de pleno derecho de la Real Academia Española
—en la que ingresó con un espléndido discurso sobre
el lenguaje "de germanía" en nuestros Siglos de Oro—,
Arturo Pérez-Reverte (Cartagena, 1951) no ha cambiado
ni de modelos ni de manera de hacer, pues sigue siendo
el mejor novelista "profesional" —con permiso de
Eduardo Mendoza— con quien cuentan las letras españolas
de nuestros días, lo que asimismo brilla en este nuevo
capítulo que hoy nos entrega, este *Cabo Trafalgar*,
que repite y profundiza en sus temas —el mar, la historia,
la literatura, la aventura y la búsqueda de la moral a través
de la derrota— que siempre le acompañan.»
El País

«*Cabo Trafalgar* no es, sin embargo, una novela
de denuncia. Reverte ha escrito la novela que le apetecía
escribir, y se siente a gusto, en su salsa, hablando del mar,
aunque, en esta ocasión, como casi siempre, pinten bastos
para los españoles. Y escribe con rabia, con una tremenda
mala uva, con lágrimas en los ojos, sin que ello evite,
en primer lugar, un acendrado lirismo y, sobre todo,
un humor gordo y sano que hubiera hecho las delicias
de Gutiérrez-Solana y del mismísimo Baroja.
Pérez-Reverte no ha escrito una novela más.

Ha escrito, como a propósito de esta obra ha manifestado públicamente Juan Marsé —a quien, no por casualidad, dedica el libro—, una novela con músculo en la que destacan personajes que resultarán inolvidables para el lector, como don Carlos de la Rocha o Nicolás Marrajo, quien vive por dentro su propia guerra, personal e intransferible, erigiéndose así, más que en un personaje de novela, en un símbolo, en la voz de la calle, la voz de la razón y la cordura; un hombre, en fin, de carne y hueso que no oculta su miedo, artífice de uno de los finales más espléndidos y emotivos de toda la narrativa de Arturo Pérez-Reverte.»
La Verdad

«Gran novela de Arturo Pérez-Reverte.
Un prodigio de intensidad narrativa y una soberbia lección de lenguaje marinero, de amor al idioma que, por eso, y por su sagacidad en la fabulación novelística, por su alta calidad literaria, está el autor en la Academia. Pérez-Reverte es, sin duda, uno de los grandes nombres de la novela contemporánea.»
La Razón

«Una espléndida novela de Arturo Pérez-Reverte.»
Babelia

«Dos siglos después de la batalla de Trafalgar, los cañonazos de las flotas inglesa e hispano-francesa retumban de nuevo en las páginas de esta novela. No se escatima la crudeza del combate ni tampoco el heroísmo estéril y anónimo de los caídos en alta mar.»
El Periódico de Cataluña

Entrevista a Arturo Pérez-Reverte:

«Trafalgar demuestra que la dignidad no la tienen los gobiernos, sino los pueblos.»

PREGUNTA: ¿Éste es un libro de encargo?

ARTURO PÉREZ-REVERTE: No, pero digamos que se juntaron el hambre con las ganas de comer. Alfaguara sabía que tenía previsto escribir algo sobre Trafalgar, porque es un tema que conozco y que me gusta y me divierte. Me preguntaron si lo quería escribir ahora y les dije que sí. Alfaguara me animó a hacer lo que tenía previsto a un plazo más lejano.

P: La batalla de Trafalgar sigue de actualidad, ¿no?

APR: En este país se confunde historia con derechas y se cree que conmemorar una batalla es celebrarla. Pero conmemorar es recordar. En momentos como éstos, de guerra en Irak y en muchos más lugares, cuando se cuestiona la Historia de España y las jóvenes generaciones están creciendo sin la menor referencia histórica porque les han desmantelado la palabra "historia" de los planes de estudio, palabras como Trafalgar o la Guerra de la Independencia son pretextos estupendos para mirar hacia atrás. Para comprobar que este sitio llamado España tiene una historia rica, variada, llena de desgracias y de cosas también hermosas y luminosas. Siempre digo que somos lo que somos porque fuimos lo que fuimos. Sin conocer la historia, lo que nos ha pasado, no se entiende lo que nos está pasando ahora. Por eso es tan útil, al margen de este libro, recuperar la historia. Lo triste es que los chicos tengan que recuperar en las librerías lo que ministros analfabetos les han quitado en los planes de estudio.

P: ¿Los historiadores se ocuparán de Trafalgar con motivo del bicentenario de la batalla?

APR: Estaría muy bien. Éste es un país con una memoria de mierda, pero sería excesivo que el año que viene no se recuerde Trafalgar. Los ingleses y los franceses van a hacerlo. La batalla no puede pasar inadvertida. Y no sólo por el combate, sino por lo que significa, por lo que implica sobre nosotros mismos, sobre nuestra historia, sobre nuestra memoria, sobre nuestro presente.

P: ¿Qué lugar ocupa Trafalgar dentro de la historia española?

APR: Trafalgar es una ignominia, es uno de los puntos de mayor abyección y bajeza española. Godoy, que es un político miserable y servil, manda a la muerte a un montón de hombres que no tienen nada que ver con él para complacer a Napoleón. Eso es tan español que da asco reconocerlo. Pero Trafalgar también demuestra que la dignidad no la tienen los gobiernos, sino los pueblos. Incluso con políticos indignos y canallas hay pueblos que dan lecciones de dignidad. Eso ocurrió en el 11-M y ha ocurrido un montón de veces, como en Trafalgar. Esa gente que ha subido a los barcos sin tener experiencia, reclutada en las tabernas, en las cárceles y en los hospitales como carne de cañón, luego pelea con una habilidad y un coraje increíbles.

P: ¿Qué muere en Trafalgar?

APR: En Trafalgar termina el siglo XVIII, el de la Enciclopedia y la Ilustración, y muere una cierta España que pudo ser algo, una España ilustrada y culta que echaron a perder los curas fanáticos, los ministros incapaces y corruptos y los reyes estúpidos. Contábamos con marinos estupendos, con un prestigio extraordinario, y con barcos magníficos, pero no teníamos tripulaciones porque el sistema político de entonces había hecho que la gente no tuviera ninguna motivación para estar en el mar: te engañaban, te manipulaban, no te pagaban... Cuando fueron al matadero, a muchos marinos les debían seis o siete pagas atrasadas que después las viudas tardaron años en cobrar.

P: ¿Desde cuándo le atrae la batalla de Trafalgar?

APR: He nacido junto al mar, en Cartagena, y toda mi vida ha estado relacionada con los barcos y con la historia naval. He hecho maquetas de esos barcos, debo de tener trescientos o cuatrocientos libros de la época... En realidad, de lo que yo sé de verdad es de navíos del siglo XVIII, aunque hasta ahora no había escrito nunca sobre ello.

P: «Es privilegio del novelista manipular la historia en beneficio de la ficción», aclara al final del libro. Sin embargo, ¿no es éste uno de sus libros mejor documentados y más rigurosos con los hechos históricos?

APR: Todos lo están. Lo que pasa es que hay libros que te permiten mayor juego, mayor libertad. En *Cabo Trafalgar* estoy más limitado que en la serie de Alatriste, por ejemplo, porque durante la batalla todo ocurrió de una manera concreta y está documentado. Combinar el rigor histórico y náutico con un relato asequible a un público de ahora ha sido muy divertido, pero también muy duro.

P: ¿Por qué?

APR: En toda novela, como dice mi amigo Juan Eslava Galán, hay que construir un andamio, como al hacer una casa. Un andamio técnico, histórico y de documentación muy sólido y complejo. Y debajo de esta historia hay muchísimos datos y muchísima información que sostienen la novela, pero que no se ven. Durante un año una investigadora muy eficiente, Eva de Blas Martín-Merás, estuvo buscándome en los archivos de marina españoles todos los documentos directos sobre Trafalgar: los partes de batalla, los estados de fuerza, las provisiones de cada barco, las tripulaciones... Y en Francia, la librera Michele Polak me proporcionó muchas obras fundamentales para conocer la visión francesa de la batalla. Con ese andamio, he hecho una novela de doscientas cincuenta páginas y he quitado todo lo que no era imprescindible para la historia.

P: Da la impresión de que ha querido que el léxico naval empleado no constituya un obstáculo para la lectura.

APR: Claro, ésa es la cuestión: mantener el toque novelesco y utilizar toda esa terminología, correcta y en su sitio, pero al mismo tiempo lo bastante trufada con el lenguaje coloquial para que ningún lector se vea entorpecido. Para hacer que toda esa información histórica y náutica fuese más digerible para el lector, recurrí sobre todo a un humor negro, desgarrado, con mucha mala leche.

P: ¿Por qué el narrador utiliza palabras como espidigonzález?

APR: Este libro está lleno de anacronismos deliberados, es muy informal, muy contemporáneo. Yo quería que fuese un relato muy ameno. La historia es terrible, desolada, tremenda, tan española y tan negra que da náuseas pasear por ella; toda la podredumbre y la demagogia de este país tan desgraciado a veces se manifiesta en Trafalgar. Recurrí a ese tono anacrónico, contado con palabras y con guiños de ahora, para que el ritmo fuese fluido. El lector dirá si funciona o no.

P: El lector, además, podrá comprobar que el autor de este libro fue corresponsal de guerra.

APR: Hay algo evidente: a mí no me han contado cómo es un combate, cómo es el olor de la sangre o el ruido de las balas. Sé cómo habla, cómo respira, cómo se mueve la gente en combate. Y he visto que el héroe no es más que una mezcla de cabreo y de dignidad. En Trafalgar, hombres engañados y manipulados pelearon de forma tan heroica que los partes ingleses después de la batalla elogiaron su valor.

P: Sin embargo, también hubo cobardes.

APR: Sí, no todo el mundo se portó igual. Cuando miras los documentos y estudias la batalla ves que varios barcos franceses no pelearon, porque se largaron sin combatir, y que un par de barcos españoles y alguno más francés apenas combatieron. Basta comparar los cuatrocientos ochenta y siete muertos del barco francés Redoutable, el que se enfrenta con el Victory, o los cien muertos que tiene a bordo el San Juan Nepomuceno, que manda Churruca, con los siete heridos que tiene el San Justo, que manda el capitán de navío Gastón. Hubo leña para todos, y el que no tuvo leña fue porque no quiso. Aunque la mayoría de los españoles se batió con una bravura increíble.

P: ¿*Cabo Trafalgar* es una novela coral?

APR: Sí. Hay cuatro puntos de vista para dar un panorama de la batalla y para que el lector se sienta dentro de un barco, para que sienta la compleja forma de manejar un navío de guerra y vea cómo se desenvuelve cuando llega el combate: el de un capitán francés que manda una balandra de señales y ve la batalla prácticamente desde fuera; después, en el navío protagonista de la novela, el punto de vista del comandante, para dar la visión de conjunto, elevada de la batalla; el de un guardiamarina, para ofrecer la visión media, del joven en combate; y el de un marinero de la chusma, reclutado a la fuerza, que no se entera de nada más que de los cañonazos que están disparando.

P: En esta novela, ¿sigue la estela del Trafalgar de Galdós o de Patrick O'Brian?

APR: Las novelas de O'Brian me encantan, como he dicho muchas veces, y por supuesto están en el imaginario de cualquiera que se ponga a escribir un libro naval. Pero O'Brian, que habla de la marina inglesa, que no tiene nada que ver con la nuestra, nunca ha escrito sobre Trafalgar. Galdós sí que tiene una gran influencia en este libro. La suya es la obra maestra sobre Trafalgar. Cualquiera que escriba sobre la batalla tiene que tenerla presente. Aunque Galdós hizo un libro más completo en cuanto a costumbrismo: habla de Cádiz, de la vida de entonces, de la política nacional..., y la batalla la cuenta de una manera más general. Yo quería contar el combate naval, técnica e históricamente. Me circunscribo a un pedazo más pequeño de lo que aborda Galdós, y así puedo intensificar más la dosis de rigor histórico y técnico en la batalla.